KB237948

소유하기, 소유되기

소유하기, 소유되기

율라 비스 지음
김명남 옮김

우리는 무엇을 가지고 있는가,
그것은 우리를 어떻게 규정하는가

일러두기
• 이 책의 각주는 옮긴이 주입니다.

존에게

사랑과 빚진 마음을 담아

나는 육체를 가진 것이 두렵다 –
나는 영혼을 가진 것이 두렵다 –
심오하고 – 위태로운 재산 –
선택의 여지 없는 소유물 –
──에밀리 디킨슨

진정 우리가 경제적 생활의 도덕적 기반을
이해하고 싶다면, 그리고 그 연장선에서
우리 삶의 도덕적 기반을 이해하고 싶다면,
나는 우리가 아주 작은 것들에서부터
시작해야 한다고 본다.
— 데이비드 그레이버

차례

1부
소비

1
멋지지 않아?

우리는 또 가구점에서 집으로 가는 중이다. 「우리가 돈이 있고 그걸 쓰고 싶지만 살 만한 걸 찾지 못한다는 게 자본주의에 대해 뭘 말해 주는 것 같아?」 존이 묻는다. 우리는 〈크레덴자〉라고 불리는 물건을 살 뻔했지만, 존이 서랍을 열어 보고 그것이 튼튼하게 만들어지지 않았다는 사실을 발견했다.

「대량 생산이 생산하는 것에는 한계가 있는 것 같아.」 나는 말한다.

우리는 얼마 전에 집을 샀지만 아직 가구가 없다. 밥은 석 달째 뒷문 현관 계단에서 먹고 있다. 지난주에는 아이 넷을 거느린 한 멕시코 여자가 우리 집 초인종을 누르고 앞쪽 방을 세놓았느냐고 물었다. 나는 겸연쩍게 대답했다. 「미안해요, 우리가 여기 살아요.」 여자는 혼란스러

위했다.「하지만 비어 있잖아요.」여자가 말했다.

　　방은 비어 있다. 빈 것을 숨기려고 커튼을 걸었지만 아무튼 아직 비어 있다. 내가 어릴 때 자란 집에는 독일인 소목장이 우리와 함께 살려고 들어오기 전까지 가구가 하나도 없었다. 그는 트럭을 끌고 왔는데, 차가 어찌나 무거웠던지 진입로가 움푹 파였다. 그는 자신이 만든 가구로 우리 식당을 채워 주었고, 그다음에는 트럭에 싣고 온 기계로 그 가구들의 초소형 복제품을 만들어 주었다. 나는 아직도 그 격자 문짝이 달린 초소형 구석장, 놋쇠 손잡이가 달린 초소형 식기장, 장인이 만든 것답게 맵시 있는 다리가 달린 초소형 식탁을 갖고 있다. 그것들은 신문지에 싸여서 지하실에 보관되어 있다. 단 하나 초소형 서랍장만은 내 서랍장 위에 놓여 있는데, 이 서랍장은 이케아 물건이다.

　　우리가 얼마 전에 떠나온 아파트에는 존이 값싼 소나무 자재로 만든 선반이 설치되어 있었다. 그것들은 지금 해체되어서 목재로 지하실에 있다. 내가 길가에서 주워 와서 커피 테이블로 썼던 탄약 상자는 이제 뒷마당에 있고 그 안에는 마리골드가 한가득 심겨 있다. 「난 가구가 싫어.」 한번은 아버지가 이렇게 중얼거렸다. 그때 아버지는 마감하지 않은 소나무 자재로 만든 가구들이 진열된 창고를 구경하고 온 참이었다. 소목장은 이미 양로원으로 떠나고 그의 가구들도 떠난 뒤였다. 어릴 때 나는 집 식탁에 성냥불로 구멍을 낸 적이 있다. 내게 성냥을 공급한 사람은 파이프 담배를 피웠던 소목장이었다. 나는 물건을 태우는 것을 정말 좋아했지만 식탁에 대해서는 후회했으니, 그 식탁도 내가 정말 좋아하는 것이었다.

〈내가 식탁에 성냥불로 구멍을 냈어〉라는 노래 가사를 들으면, 대학 도서관에서 빌렸던 빌리 홀리데이 음반의 해설지가 떠오른다. 해설지는 홀리데이가 비록 남이 쓴 노래를 부르긴 했으나 노래하는 방식으로 그것들을 다시 썼다고 설명하고 있었다. 그녀의 창법이 부유한 삶에 관한 진부한 묘사였던 노래를 그 부유한 삶에 대한 비딱한 비판으로 바꿔 놓았던 것이다.

우리가 가구점을 방문할 때마다, 나는 이상하고 구체적이지 않은 갈망에 휩싸인다. 나는 모든 것을 원하고, 아무것도 원하지 않는다. 부드러운 색조의 러그, 따스한 나뭇결, 놋쇠와 유리로 만들어진 램프는 가게에 아름다운 것들이 가득하다는 인상을 주지만, 막상 어느 하나를 바라보면 아름답게 느껴지지 않는다. 루이스 하이드는 이렇게 적었다.〈소비에의 욕구는 일종의 욕정이다. 하지만 소비재는 이 욕정을 미끼로 쓸 뿐 그것을 충족시켜 주지는 않는다. 상품의 소비자는 열정 없는 식사에 초대받는 셈으로, 이 소비는 충족으로도 열정으로도 이어지지 않는다.〉

결국에는 우리가 구입할 모든 가구가 남을 위해 쓰여진 노래 가사처럼 느껴질 테지만, 단 하나 예외는 아미시 소목장이 만든 식탁일 것이다. 이것은 아름답고 견고한 체리목으로 만들어진 식탁이다. 잘 만들어진 가구이지만 내 어린 시절의 식탁, 내가 구멍을 냈던 식탁만큼 잘 만들어지지는 않았다. 그런 식탁을 구하려면 우리가 돈을 훨씬 더 많이 써야 했을 것이다. 아니면 우리와 함께 지낼 독일인 소목장이 있어야 했을 것이다.

〈예전에 내가 한 여자를 만났어. 아니, 그녀가 나를 만났다고 해야 하나.〉 차의 라디오에서 노래가 흘러나온다. 존과 나는 입을 다문다. 정말 오랜만에 듣는 노래다. 사실 내가 이 노래를 끝까지 귀담아들은 적이 한 번이라도 있었는지 잘 모르겠다. 그곳에서 무슨 일이 있었던 것일까? 나는 궁금해져서 말한다. 「여자가 일하러 간 동안 남자가 난로에 불을 피운 걸까?」 존이 답한다. 「아니야. 남자가 여자의 집을 홀랑 태워 버린 거지.」 존은 자기 말이 맞는다고 확신하지만 나는 잘 모르겠다.

나는 이 생각을 떨칠 수가 없다. 노르웨이산 나무.

신경이 쓰인다. 어느새 나는 비틀스의 인터뷰를 찾아 읽고 있다. 「사실은 소나무였어요, 싸구려 소나무.」 폴 매카트니는 노래 제목에 영감을 준 목재 패널에 대해서 이렇게 말했다. 결말에 대해서는 이렇게 말했다. 「내가 몸을 덥히려고 불을 피웠다는 뜻일 수도 있긴 했죠. 게다가 그녀의 집 인테리어가 아름다웠다고 말했잖아요. 하지만 아닙니다. 그건 내가 그 망할 집을 태워 버렸다는 뜻이에요.」

2
슬럼가 탐방

나는 전에 살던 아파트 지하실에 놓아두고 간 자전거 자물쇠를 가지러 왔다. 「여기서 뭐 해요, 슬럼가 탐방?」 내 아래층 이웃이 묻는다. 그녀는 나를 좋아하지 않았다. 그녀는 늘 새벽 2시까지 일했고, 걸음마를 뗀 내 아이가 잠깰 무렵에 잠을 청했다. 아이의 발소리에 대한 복수로 그녀는 한밤중에 청소기를 돌렸다. 그녀는 이 아파트로 이사 오기 전에는 집을 소유하고 있었지만 이제는 그 게임에서 빠져나왔다고 말한 적이 있다. 지금 그녀는 술집을 소유하고 있다.

슬럼가 탐방은 빅토리아 시대의 영국 유한계급 여성들의 도락이었다. 그들은 가난한 사람들을 찾아갔고, 보고서를 작성했고, 그곳 여자아이들에게 부자들의 세탁물을 삶고 치대고 다리라고 시킴으로써 그들을 노동으로 정화시키는 동안 자신들은 옆에서 시를 읽어 주었다. 여자들은 자신들이 빈자들에게 봉사한다고 생각했지만, 실제로는 빈자들이 그들에게 봉사했다. 앨리슨 라이트에 따르면, 여자들은 〈잘 갖추어진 자기 세계의 좁은 한계를 벗어나기 위해서〉 슬럼가 탐방에 나섰다. 달리 일에 접근할 기회가 없었던 여자들에게 슬럼가 탐방이 직업이 되는 경우도 있었다. 여자들은 고아들과 가난한 가정의 소녀들을 데려가 훌륭한 하인으로 길러 내는 집을 운영했다. 그 소녀들 중에는 자라서 버지니아 울프의 하녀가 될 로티 호프도 있었다.

우리 아파트의 침실 두 개 중 작은 쪽은 원래 하녀용이었다. 예전에 이 건물은 시카고 시내에서 멀리 떨어진 호숫가 별장 또는 휴가지였다. 하지만 지금 이곳 세입자들은 휴가 중이 아니다. 우리가 이사 올 때 바로 옆 건물에서는 담뱃불에 덴 흉터가 있는 꼬마들이 찢어진 창문 방충망을 넘어서 제 엄마 집을 드나들었고, 제정신을 놓은 남자 하나는 자기 집 창문에서 골목에 대고 비명을 질러 댔다. 한편 우리 집 창문은 호수 쪽으로 나 있었고, 그래서 나는 스스로가 부자라고 느꼈다. 호숫가에서는 건달들이 바위에서 무지개송어를 낚았고, 파도가 잔교 위로 거대한 물보라를 뿌렸다. 개들이 모래밭을 싸돌아다녔고, 녀석들이 남긴 똥이 햇볕에 말라 갔다. 가끔 내게 소리를 질렀던 어느 초로의 여자가 호수를 바라보는 벤치에 앉아 있었다. 이제 나는 이 모든 것으로부터 더 먼 곳에서 산다. 수평선에서 불어 드는 먹구름의 그림자가 탈공업화한 물에 비치던 호수로부터도 더 먼 곳에서 산다.

「다 됐나요?」 집주인이 나를 보고 묻는다. 나는 거의 매일 건물을 나설 때마다 그와 대화를 나누곤 했다. 그리고 그가 준 자전거를 몇 년간 타고 다녔는데, 그것은 이전 세입자가 버리고 간 자전거였다.

나는 콘크리트 안뜰에서 머무적거리면서, 자기 집 부엌에서 내 머리카락을 잘라 주었던 미용사와 이야기를 나눈다. 미용사의 윗집에는 루콜라가 나는 철이면 그것이 든 봉지를 내게 건네었던 요리사가 살고, 그 윗집에는 가끔 나와 와인을 마셨던 조각가가 산다. 우리 집 위층에는 우편집배원의 과부가 산다. 그녀와 대화를 나눈 적은 별로 없지만 한번은 그녀가 내게 토니 모리슨을 좋아한다고 말했고, 그래서 나는 그녀에게 저자 서명이 적힌 『술라*Sula*』를 주었다. 안뜰 건너편에는 러그 판매원이 살고, 배우가 살고, 내가 본 적 없는 어느 영화의 대본을 쓴 여자가 산다. 지하실 빨랫줄이 훼인 양 올라앉은 레이스

속옷 무리를 가진 여자아이도 산다. 나는 갑자기 이 모든 것을 잃었다는 실감이 든다. 여기에는 음주 문제가 있고 우리 아이에게 속이 비치는 개구리를 주었던 남자가 살고, 필로폰 문제가 있고 부활절에 우리 아이에게 플라스틱 바퀴벌레들이 든 바구니를 주었던 남자도 산다. 아이는 남자들을 기억하지 못하겠지만, 그 바퀴벌레들은 계속 내 삶에 기어다닐 것이다. 우리의 새집에서도.

3
광고

우리 집은 벽돌 방갈로이고, 옆집과 거의 똑같이 생겼다. 이 집들은 어느 형제가 지었는데, 그들은 이제 둘 다 죽고 없다. 이 사실을 내게 알려 준 것은 옆집, 즉 다른 형제의 집에서 사는 이웃 사람이다. 그는 은퇴한 우편집배원이자 요즘도 매일 연습하는 색소폰 연주자이지만 이제 건강이 나빠져서 공연은 하지 않는다. 그는 내게 두 집은 인테리어도 똑같지만 우리 집의 전 주인이 개조한 다락만은 예외라고 알려 준다. 그도 다락을 개조하고 싶지만 돈이 없다고 한다. 친척 몇 명이 감옥에 있어서 그들의 가족을 부양하느라 가욋돈이 다 들어간다고 한다. 「하나님은 내가 돈을 갖길 바라지 않으시는 것 같아요.」 그가 말한다. 나는 확실하지는 않지만 아마도 그가 하나님에 대해서 농담하는 것이라고 생각한다.

요전에 그는 내게 우리 아들이 다니는 초등학교에 자기도 다녔다고 말해 주었고, 그곳 놀이터에서 얻어맞았던 일도 말해 주었다. 그 시절에는 나 같은 여자와 감히 대화할 수 없었다고도 말해 주었다. 길에서 백인 여자를 지나칠 때는 고개를 숙이고 있어야 했고 여자가 말을 걸면 〈네, 부인〉하고만 대답해야 했다고 말해 주었다. 그리고 어느 호숫가 저택의 주인이 그에게 명절용 칠면조를 하사했지만 거절했던 일도 말해 주었는데, 그 부자는 그에게 푹푹 빠지는 눈을 헤치고 집 뒤쪽 하인용 출입구까지 가서 우편물을 배달하라고 요구한 사람이었다.

백인이었던 우리 집의 전 주인은 집을 광고 세트장으로 빌려주는 일로 가욋돈을 벌었다. 이 사실을 존이 알게 된 것은 캐스팅 담당자가 그에게 전화를 걸어서 집을 쓸 수 있느냐고 물었기 때문이다. 집은 쓸 수 없다. 우리가 살고 있으니까. 그러나 이내 우리는 얼마나 벌 수 있는지 알게 된다. 그냥 2박 3일간 집을 비워 주기만 하면 8천 달러를 벌 수 있다.

미국 최고의 부자 스무 명 중 네 명의 재산을 쌓아 준 기업, 월마트의 홍보용 광고를 찍을 것이라고 한다. 월마트는 오랫동안 시카고에는 점포를 내지 못했는데, 저임금에 대한 항의가 지속되고는 있어도 아무튼 이제 진출했으니 전형적인 시카고 방갈로를 무대로 광고를 찍고 싶어 한다. 우리에게 월마트에서 산 물건이 하나도 없다는 점은 문제가 되지 않는다. 왜냐하면 그들이 월마트 가구를 들여오고, 월마트 커튼을 걸고, 월마트 액자에 담긴 월마트 그림을 벽에 붙이기 때문이다. 백인 세트 디자이너와 백인 감독은 아프리카계 미국인 가정의 인테리어를 진짜처럼 꾸며 낸다. 「아프리카계 미국인 할머니가 명절에 칠면조 요리를 내는 장면을 광고에 담을 거예요.」그들이 우리에게 말한다.

우리 집과 똑같이 생긴 옆집에는 진짜 아프리카계 미국인 할머니가 산다. 은퇴한 우편집배원의 아내다. 우리는 세트 디자이너가 상상한 그들의 집처럼 우리 집을 꾸며서 월마트가 그들 같은 사람들에게 물건을 팔도록 하는 대가로 돈을 받는다. 존이 친구 댄에게 이 이야기를 들려주자, 댄이 말한다. 「이게 바로 백인 특권의 정의라고 해도 되겠는걸.」

4
이해

「이해가 안 되네. 어떻게 그게 백인 특권의 정의가 되니?」
어머니가 말한다. 어머니가 촌철살인의 재미를 망친 것
은 이번이 처음이 아니다.

어머니는 고등학교를 중퇴했고, 나중에 대학에 갔
다가 이혼한 뒤에는 중산층에서 거의 떨어져 나갔다. 어
머니는 여전히 백인 특권을 갖고 있다. 하지만 온수는 못
가질 때가 많다. 태생으로 얻은 삶을 그토록 철저히 저버
렸다는 점에서 나는 어머니를 존경한다. 어머니는 찬장
의 은식기도, 전축에 걸린 오페라도 저버렸다. 오로지 책
만 챙겼다.

어릴 때 어머니에게 들었던 동화가 있다. 소녀가 마
녀에게 쫓긴다. 소녀는 도망치면서 주머니에 든 물건들,
엄마가 준 물건들을 하나씩 뒤로 던진다. 소녀가 빗을 던

지자 그것이 우거진 숲으로 변한다. 소녀가 손거울을 던지자 그것이 소녀와 마녀를 갈라놓는 호수로 변한다. 〈원래 받은 것은 다 버려야 하는 법이란다.〉 내 어머니는 이렇게 말하실지도 모른다. 나도 그것은 알겠다. 하지만 이제서야 궁금한 점이 떠올랐으니, 소녀는 정확히 어떤 마녀를 피해 달아나는 것일까? 그리고 소녀의 마녀가 곧 내 마녀일까?

어머니는 직접 기르는 닭이 낳은 달걀을 이웃에게 주고 그 대신 소비 기한이 지났지만 상태가 좋은 빵을 받아 오곤 했다. 학교에서 우리를 데려오는 길에 어느 식당 뒤 쓰레기통 앞에서 잠시 차를 세우고는 버려졌지만 멀쩡한 과일을 주워 오곤 했다. 언젠가 어머니에게 퇴직 연금 계좌가 있느냐고 물었더니, 어머니는 코웃음을 쳤다. 「그딴 건 가져 본 적이 없네.」 어머니는 말했다. 그리고 잠시 멈추었다가 덧붙였다. 「자식들이 내 퇴직 연금이지. 난 너희에게 투자했어.」

어머니는 서른 살 무렵에 자식이 넷 있었지만 수입은 없었고 사회 보장 연금을 납입한 적도 없었다. 나는 서른 살에 아직 아이가 없었고 벌써 대학에서 일하고 있었다. 나는 퇴직 연금 계좌를 갖고 있으므로, 어머니에게 특권에 대해 설명할 입장이 못 된다. 특권을 갖지 않은 사람만큼 특권을 잘 이해하는 사람은 없다. 나는 어머니에게 이렇게 말한다.「그러게요, 저도 이해가 안 돼요.」

5
알맞은 흰색

나는 온 집을 방방이 페인트칠함으로써 집을 소유할 생각이다. 그러자 어느 방을 어떤 색으로 칠할지에 관한 문제가 나를 사로잡는다. 역사가 있는 색에서 시작해야 하나 하는 생각이 들지만, 갈라진 페인트칠 밑에 드러난 원래의 벽 색깔을 보니 너무 들큼한 분홍색이다. 아니면 역사가 아니라 기억에서 시작해야 하는지도 모르겠다. 어머니의 정원에서 수확한 〈버터드 얌〉, 흙에 반쯤 묻힌 오래된 유리병의 〈이브닝 블루〉, 장작 연기 같은 냄새가 났던 어머니의 작은 거실의 색 〈포리스트 모스〉.*

　예술가 어맨다 윌리엄스의 「색채 이론 모음집Color(ed) Theory」은 시카고 사우스사이드에서 철거가 예정된 주택

---

* 여기에 언급된 이름들은 모두 페인트 회사인 〈벤저민 무어〉가 판매하는 페인트 색깔 이름들이다.

들을 페인트칠한 작품으로, 그 시작은 색을 모으는 것이었다. 해럴드네 치킨 가게의 빨강, 크라운 로열 위스키 가방의 보라, 핑크 오일 헤어로션의 분홍, 울트라 신 헤어 컨디셔너의 파랑, 매운맛 치토스의 오렌지색, 환전소의 노랑.「이런 색 구성은 내가 아이비리그에서 건축 공부를 했던 경험과 사우스사이드 토박이로서 느끼는 감수성을 결합한 것입니다.」윌리엄스는 말한다. 모든 집은 기반 벽돌부터 지붕널까지 한 가지 색으로만 칠했다. 윌리엄스는 어느 누구에게도 아무 가치도 없는 집들만을 칠했다. 부동산 중개인에게도, 무단 점유자에게도, 동네 10대들에게도. 그녀는 그것을〈가치 제로〉라고 표현했고, 그 가치 제로의 부동산들을 주로 흑인에게 판매되는 상품들의 색으로 칠했다.「모든 색이 암호죠.」그녀는 말한다.

나는 알맞은 흰색을 찾는 데 애먹고 있다.〈오퓰런스 화이트〉나〈샌틸리 레이스〉나〈프렌치 매니큐어〉는 싫다.「이 대화는 지루해.」내 여동생이 불평한다.「차라리 흰색을 포기하고 거실을 복숭아색으로 칠할까 봐.」나는 말한다.「복숭아색은 문제적이야.」여동생이 이제 나를 비웃으면서 말한다.

나는 구입할 형편이 되지 않는 가격의 페인트 브랜드를 발견한 참이다. 물론 사려면 살 수도 있다. 나와 같은 계층의 사람들에게 페인트 같은 물건을 어떻게든 구입한다는 것은 보통 경제적 능력이 아니라 가치를 선언하는 일이다. 갤런당 110달러짜리 페인트가 그 값어치를 한다고 생각하는 것은 아니다. 하지만 이 브랜드의 페인트는 참을 수 없을 만큼 빛나고, 다른 어떤 페인트보다 부인할 수 없을 만큼 낫다. 밤에 가족이 잠들면, 나는 철물점에서 얻은 페인트 견본들을 살펴보다가 이내 패로 앤드 볼의 묵직한 카탈로그를 펼치고 에스테이트 에멀션이 도포된 탓에 살짝 도드라진 작은 사각형 페인트칠 견본들을 손가락으로 쓸어 본다. 이름마저도 더 낫다. 〈매치스틱〉, 〈스트링〉, 〈코드〉, 〈스키밍 스톤〉. 이 흰색들은 출세 지향적이지 않다. 이 흰색들은 겸손함을 갖출 여유가 있다. 심지어 〈블래큰드〉*라는 이름도 있다.

나는 고등학교 때 아크릴 물감을 쓰다가 대학에서 유화 물감으로 넘어갔을 때 느낀 놀라움을 기억한다. 처음에는 종이에 검은색과 흰색만 칠하다가 그다음에 캔버스로 넘어가서 모든 색을 다 칠해 보았다. 가는 금속 튜브에 든 실크 같은 유화 물감은 그 돈을 낼 가치가 있었다. 나는 모든 색을 사랑했고, 약한 독성이 있는 카드뮴 오렌지색을 특히 사랑했다. 매운맛 오렌지색. 내가 살면서 페

* Blackened. 〈검어진〉, 〈그은〉이라는 뜻이다.

인트칠과 페인트 구입에 가장 가까이 가본 경험은 이것이었다.

나는 〈설킹 룸 핑크Sulking Room Pink〉 견본을 로빈에게 보낸다. 그녀가 이 이름을 음미하리라는 것을 알기 때문이다. 〈설크sulk〉*는 프랑스어로 〈부데bouder〉이고, 여기서 나온 단어인 〈부두아르boudoir〉는 여성용 내실을 뜻한다. 잿빛이 감돌고 비싸 보이는 분홍색으로 칠한 자기만의 방. 카탈로그에는 〈매너 있는 색조〉라고 묘사된 〈에티켓〉도 있다. 이 흰색은 자신의 힘 뒤에 숨는 흰색이다. 나의 흰 시에 더할 문장이 한 줄 더 생겼다. 요즘 나는 시보다 페인트에 생각이 팔려 있을 때가 많다. 나는 새로운 문학을 발견했다. 〈크리스프 리넨〉, 〈컬렉터스 아이템〉, 〈화이트 진판델〉, 〈파시미나〉, 〈파인 차이나〉, 〈아이보리 타워〉, 〈미라지 화이트〉, 〈아메리칸 화이트〉.

얼마 전에 〈벤저민 무어〉는 〈심플리 화이트〉를 〈올해의 색〉으로 선정했다. 그것도 백인 남성이 백악관의 주인으로 선출될 해에 말이다. 벤저민 무어의 크리에이티

---

* 프랑스어 〈bouder〉는 〈뾰로통하다〉는 뜻이고, 이것을 명사화한 〈boudoir〉는 여성이 잠시 물러나서 편한 표정으로 쉬거나 몸단장할 수 있는 공간이라는 뜻이 되었다. 영어 단어 〈sulk〉도 〈뾰로통하다〉는 뜻이니, 〈설킹 룸〉은 〈뾰로통하게 있을 수 있는 방〉이라는 뜻의 직역이다.

브 디렉터는 올해의 색으로 흰색을 선정한 것은 〈불가피한〉 일이었다고 말한다.「흰색은 초월적이고, 강력하고, 호불호가 극단적으로 갈립니다. 사람들은 흰색을 당연시하거나 집착하거나 둘 중 하나죠.」

나는 집착하는 쪽이고, 이 집착은 아무것도 해결해 주지 않는다. 흰색 이름 중에서 내가 가장 좋아하는 것은 〈딥 인 소트〉인데, 그 색 자체는 별로 좋지 않다. 나는 내 벽이 딥 인 소트*이기를 바라지 않는다. 학부모 면담에 가는 길에, 나는 초등학교 건물 복도에 멈춰 서서 거대한 상자에 담긴 기관용 화장지를 사진으로 찍는다. 상표에 그 화장지의 색이 〈엠퍼시 화이트〉**라고 적혀 있다. 어쩌면 이것이 내가 찾는 색인지도 모르겠다. 아니면 그 변형으로서 〈거듭 사과합니다〉 같은 이름의 걱정스러운 오프화이트가 나을지도 모르겠다. 아니면 좀 더 노골적인 이름, 이를테면 〈사무직 흰색〉이나 〈급여자 흰색〉이 나을지도 모르겠다. 아니면 나는 그냥 온 집을 〈부동산색〉으로 칠해야 할지도 모르겠다.

* Deep in Thought. 〈생각에 잠긴〉이라는 뜻이다.
** Empathy White. 〈감정 이입적 흰색〉이라는 뜻이다. 이후에 나오는 이름들은 실제 존재하는 페인트 색깔 이름이 아니라 저자가 지어낸 것들이다.

6
소비자가 아닌

카탈로그가 계속 배달된다. 어떻게 그들이 우리를 찾아내는지, 혹은 어떻게 우리가 그들을 멈출 수 있는지 모르겠다. 똑같은 카탈로그 두 권이 같은 날 도착할 때도 있다. 저마다 더 무거운 종이와 선명한 색깔로 서로를 능가하려고 다투는 카탈로그가 무더기로 쌓인다. 그러다가 마치 이 상황 자체의 패러디인 양 레스토레이션 하드웨어*의 카탈로그가 배달되는데, 두 권짜리인 이 카탈로그는 각 권이 전화번호부만 하다. 우리 할아버지의 소장품이었던 두 권으로 된 『그림으로 보는 영국 사회사 *Illustrated English Social History*』세트보다 더 크고 더 무겁다. 우리는 레스토레이션 하드웨어의 카탈로그를 벽난로 옆에 두고 방

---

* Restoration Hardware. 미국의 고급 가구 판매 체인점으로, 지금은 〈RH〉로 이름을 바꾸었다.

석으로 쓴다.

이케아 카탈로그의 표지에는 〈소비자가 아닌, 사람을 위한 설계〉라는 선전 문구가 적혀 있다. 표지 사진에는 젊은이 몇 명이 어수선한 식탁에서 소박한 저녁을 먹으면서 즐거운 시간을 보내고 있다. 옆에 놓인 카트에 더러운 접시가 쌓여 있고, 벽에 기타 하나가 기대어 서 있다. 우리는 사람의 손길이 전혀 닿지 않은 가구를 진열해둔 무미건조한 방 사진이 실린 카탈로그 무더기 맨 위에 이케아 카탈로그를 얹는다. 좀 더 너저분하고 남다른 우리의 생활 방식은 덜 비쌀 뿐 아니라 더 인간적이랍니다, 이케아는 이렇게 제안한다.

존과 내게는 이케아에서 산 서랍장 두 개 세트가 있는데, 닉과 로빈에게도 같은 서랍장 두 개가 있다. 닉의 서랍장은 같은 제품을 두 번째로 산 것으로, 첫 번째로 샀던 것은 모든 서랍의 바닥이 다 떨어져 나갔다고 한다. 「겉은 완전히 멀쩡하지만 모든 층의 바닥이 지하실로 폭삭 무너진 건물 같았다니까.」 로빈이 말했다. 나는 뉴욕에서 그런 연립 주택을 보았던 것을 기억한다. 그 건물 내부에는 나무들이 자라고 있었다. 교외에서 보았던 어느 압류된 주택은 겉은 새것 같았지만 안은 설비가 모조리 제거되어서 전선이나 배관조차 없었다.

이 서랍장은 단순한 셰이커식 디자인이다. 셰이커 교도들은 세상의 종말이 머지않았다고 믿었는데, 이 믿음은 가구를 임시변통으로 만들어도 된다는 근거로 쓰일 수도 있었겠지만 오히려 그들은 오래가는 물건을 만드는 것을 일종의 기도로 여겼다. 머더 앤 리는 신도들에게 〈1천 년을 살 것처럼 일하고 내일 죽을 것처럼 일하라〉고 말했다.

셰이커 교도는 이제 많이 남지 않았다. 그들이 의도했던 대로 그들의 가구가 그들보다 오래 남았다. 내가 앤 리가 죽은 마을에 방문했을 때 만났던 안내원은 셰이커들의 가치가 그들의 가구에 담겨 있다고 설명했다. 셰이커식 삶의 맥락에서 벗어난 셰이커식 서랍장에도 여전히 셰이커들이 헌신했던 독신주의와 근면한 노동의 가치가 담겨 있을까? 나는 궁금하다. 어쩌면 그것이 밤마다 그 소유자에게 속삭일지도 모른다. 아마도 내 의구심의 기원은 서랍장인 모양이다.

내가 학생일 때 방문했던 앤 리가 죽은 마을에서 나는 벽의 나무못에 걸린 셰이커식 의자를 보았고 셰이커 노래를 한 곡 배웠다. 나는 가구에는 흥미가 없었지만 노래에는 푹 빠졌다. 특히 〈돌고 도는 것은 우리의 기쁨이 되고 / 돌고 돌아서 우리는 알맞은 자리로 돌아올 것입니다〉라는 마지막 두 행이 좋았다.

　나는 20대에 이사를 열 번 했다. 네 번째인가 다섯 번째 이사로 뉴욕을 떠날 때는 어머니가 만들어 준 침대 틀을 버렸다. 머리 판조차 없을 만큼 단순하고 간소했던 그것은 거의 셰이커식 침대였고, 폭이 1인용 침대보다 좁다는 점에서 독신주의를 위한 설계였다. 어머니는 내가 그것을 버렸다는 것을 알고 속상해했다. 나는 내가 사는 삶에는 가구가 허락되지 않는다는 사실을 어머니에게 설명하려고 애썼다.

　캘리포니아에서는 쉽게 말해서 이리저리 옮길 수 있는 매트리스만 깔고 잤다. 자기 옷을 전부 마분지 상자에 넣어 두고 지냈던 남자 친구는 내게 모든 가구를 마분지 상자로 만들어 보자고 제안했다. 그런데 그것은 이미 이케아가 개척한 아이디어였다. 이케아는 파티클 보드로 속이 빈 곁탁자를 만들었다. 로런 콜린스는 이렇게 말한다. 〈우리가 이케아 덕분에 손쉽게 자신을 발명할 수 있다는 것은 자유스럽지만, 이토록 값싸게 삶을 만들거나 폐기할 수 있다는 것은 슬픈 일일 수도 있다.〉 나는 1년도 채 지나지 않아 매트리스를 말아 걸고 내 상자들을 아이오와로 보냈으며, 아이오와에서는 가구를 길에서 주워다 썼다.

〈더 많은 사람에게 더 좋은 일상을.〉이것이 이케아의 사명이라고 카탈로그에 적혀 있다. 나는 그동안 보았던 수많은 이케아 가구, 삶에 잡아먹힌 가구들을 떠올린다. 다리가 부러진 곁탁자, 갈빗살이 갈라진 침대, 누가 길가에 내놓았지만 다른 누가 주워 가기 전에 비에 망가진 파티클 보드 책상. 세계 제3위 목재 소비자인 이케아는 가구를 소진되는 물건으로 바꾸었다. 그것은 세상의 종말을 위한 가구다. 하지만 그보다도 내가 〈소비자가 아닌, 사람을 위한 설계〉라는 문구에서 좋아하는 점, 살짝 웃게 되는 점은 소비자는 사람이 아니라는 암시다.

7

살아 있는 물건들

「물건은 사람 같아. 이론적으로는 살아 있거든.」 매기가 내게 말한다. 나는 어쩌면 사람도 그 못지않게 물건 같은지도 모른다고 생각한다. 우리가 깜박거리는 전구나 빈물병에서 자신을 보곤 한다는 점에서 그렇다. 나는 엘리자베스 친의 『물건과 함께한 내 인생: 소비자 일기*My Life with Things: The Consumer Diaries*』를 읽는 중이다. 친은 이렇게 말한다. 〈사람들은 너무나도 철저하게 또한 강력하게 소외된 나머지 물건이 되어 버린다. 한편 그들이 생산하고 구입하는 물건들은 사람들이 잃은 생기를 고스란히 차지해 왔다.〉

친의 책은 잃어버린 생기를 기록한 일기다. 어느 날일기에서, 그녀는 막 유산을 겪어 하혈하는 몸으로 타깃*

* Target. 미국의 대형 소매 체인점이다.

에 가서 그동안 갖고 싶었던 의자를 두 개 구입하는 것을 자신에게 허락한다. 이튿날은 여전히 하혈하는 몸으로 이케아에 가서 의자 옆에 둘 작은 탁자를 구입한다. 그녀는 마스터카드 광고를 상상해 본다. 〈의자 둘, 각 79달러, 시계 23달러, 탁자 39달러. 유산하는 경험: 값을 매길 수 없음.〉

친은 인류학자이고, 이 일기는 자기 삶을 관찰한 필드 노트다. 그녀는 예전에 가난한 흑인 아동들을 연구했던 방식으로 자신을 연구하는 중이다. 교수인 그녀는 가계 소득이 9만 달러가 넘는데, 이것은 인류 역사를 통틀어서 따지더라도 세계 최고로 부유한 나라에서 상위 20퍼센트에 해당한다. 그녀도 자신이 경제적 엘리트 계층에 속한다는 것을 알고는 있지만 부자라고 느끼지는 않는다. 그녀는 생활비를 대기 위해서 하는 일과 집 청소 때문에 힘이 부친다고 느낀다. 남에게 돈을 주고 집 청소를 시키는 것은 너무 사적인 느낌이라 원하지 않지만, 네일 숍 뒷방의 분홍색 프라이버시 속에서는 돈을 주고 남에게 다리 제모를 맡긴다. 그녀는 모순적인 삶을 살며, 모순된 욕망들 사이에서 이러지도 저러지도 못하고 있다. 그녀는 더 원하면서도 덜 원한다. 나도 그렇다.

〈내가 정말 원하는 것, 정말 정말 원하는 것은 일을

덜 하는 것이다.〉친은 말한다. 그러면서도 그녀는 동시에 골동품 러그를 원한다. 그녀가 좋아하는 것은 특정한 러그로, 과거에 어머니 대신 그녀를 돌봐 주었던 대부모가 갖고 있는 물건이다. 대부모를 만나러 가서 그 러그를 보면, 다른 물건은 안중에도 들지 않는다. 대부모가 그것을 자신에게 주었으면 싶지만, 그들은 그러지 않는다. 그들은 이미 다른 러그를 그녀에게 주었다. 그녀는 그들의 러그가 너무너무 갖고 싶은 나머지 〈사기당한〉느낌마저 든다. 그녀가 원하는 러그를 그들이 갖고 있다는 사실이 마치 그들이 그녀에게서 무언가를 훔친 양 느껴지는 것이다. 욕망은 그 물건을 그녀의 것으로 만들었고, 대부모가 그것을 갖고 있다는 이유로 그녀가 그들을 미워하기 시작할 때 잃는 생기를 그 물건에게 대신 불어넣었다. 그녀는 자신이 역겹다. 그래도 여전히 그 러그를 원한다. 그녀는 이렇게 적는다. 〈마르크스가 자본주의에서 간파한 중요한 사실 중 하나는 자본주의가 사람들로 하여금 다른 사람 대신 물건과 관계 맺도록 적극 장려한다는 것이다.〉

나는 일을 마친 후 피곤하지만 기차를 타고 시내에 간다. 케망 와 레홀레레 전시회장에서 마라를 만난다. 마라는 전시장을 돌아다니면서 작품을 하나씩 살펴보고 수

첩에 메모를 한다. 나는 간신히 몇 발짝을 뗀다. 무엇이든 제대로 구경할 마음이 들지 않는다. 내 옆벽에는 옛날 초등학교 교실의 쓰레기통 바로 위 벽에 설치되어 있었던 것 같은 연필깎이가 분필로 거대하게 그려져 있고, 그 밑에는 뼈 무더기가 그려져 있다. 그 너머에는 깨진 도자기 개들이 여기저기 놓여 있고, 그 옆에는 살아 있는 잔디가 담긴 여행 가방들이 놓여 있다. 이 예술 작품은 약간의 해석 작업을 필요로 한다. 나는 어디에도 초점을 맞추지 못하는 눈으로, 그 사실을 들키지 않기를 바라며 전시장을 어슬렁거린다. 작업을 하기에는 너무 지친 내가 예술을 실망시키는 것만 같다. 결국 나는 무한 반복으로 재생되는 영상을 구경하는 척한다. 마라가 이제 그만 저녁을 먹으러 가자고 제안할 때까지.

우리는 미술관을 나서는 길에 기념품 숍에 들른다. 그곳에서 나는 눈에 초점을 맞추는 능력을 되찾는다. 내가 한동안 목걸이를 갖고 싶어 했다는 사실이 떠오르는데, 여기에는 목걸이가 잔뜩 담긴 유리 진열장이 있다. 나는 어떤 식물의 작은 잎들을 청동으로 본떠 만든 목걸이에 끌린다. 이 목걸이는 한때 살아 있었다. 가격은 2백 달러로 내 결혼반지보다 두 배 비싸다. 그래도 나는 굴하지 않고 그것을 산다. 그러자 이상한 성취감이 들고, 이 성취감은 저녁 식사 내내 지속된다. 귀가하는 기차 안에서도 여전히 책도 못 읽을 만큼 피곤하지만, 그래도 오늘 무언가를 해냈다고 느낀다. 아니면 목걸이가 나를 위해서 무언가를 해냈을 것이다.

8
소비자

〈이 말은 사실 은유다.〉데이비드 그레이버가 말하는 것
은 〈소비consumption〉였다. 이 단어는 과거에 폐결핵의 이
름이었고,* 오늘날은 인류학자들이 일 외의 거의 모든 인
간 활동을 가리킬 때 쓰는 용어가 되었다. 여기에는 먹기,
쇼핑하기, 읽기, 음악 듣기 등등이 다 포함된다. 그레이
버에 따르면, 〈컨슘consume(소비하다)〉이라는 영어 단어
는 〈철저히 사로잡다 혹은 취하다〉라는 뜻의 라틴어 〈콘
수메레consumere〉에서 유래했다. 사람은 음식을 취할 수도
있고 분노에 사로잡힐 수도 있다. 초기 용법에서 〈소비〉
는 늘 파괴를 암시했다.

　　* 오늘날 〈tuberculosis〉라고 불리는 결핵이 과거에는 〈consumption〉
이라고도 불렸다. 결핵의 주 특징이 체중 감소 등 신체 쇠약이기 때문에 〈소모
되는 병〉이라는 뜻으로 불린 것이다.

애덤 스미스의 『국부론*An Inquiry into the Nature and Causes of the Wealth of Nations*』에서 〈소비〉는 〈생산〉의 반대다. 스미스는 이 책을 1776년에 썼는데, 그때는 사람들의 일이 차츰 공장으로 이전되고 삶이 이전과는 달리 집과 일터로 양분되던 시기였다. 요즘도 우리는 그 시대의 셈법에 따라 우리가 일터에서 생산한 것으로부터 집에서 소비한 것을 뺀다. 이 엉성한 방정식은 오직 돈을 벌어들이는 일만을 생산으로 여긴다. 그리고 재생산 같은 제3의 항이 없는 한, 방정식을 계산한 값은 늘 〈0〉이 된다.

「그 애가 그걸 먹어 버렸지.」 예전에 여동생이 아버지에게 내 스테레오가 어떻게 되었는지 묻자 아버지는 이렇게 답했다. 그것은 내가 뉴욕에서 지낸 첫해의 일이었다. 아버지가 내게 스테레오를 살 돈을 선물로 주었는데, 아버지는 원래 대학 수업료는 내주겠지만 그 밖에는 영영 아무 돈도 더 주지 않겠다고 말했던 사람이었다. 아버지에게는 대학에 보낼 자식이 셋 더 있었으니까. 스테레오는 예외였다. 내 생일을 축하하는 깜짝선물이었다. 그것을 내가 먹어 버린 것이다. 나는 스테레오를 원했지만, 내게 필요한 것은 음식이었다.

음식은 〈소비〉로 인해 파괴되지만 식기는 그렇지 않다. 이 단어 이면의 은유에 따르자면 우리가 소비로써 심지어 식기와 접시까지 먹어 치우는 셈이라고 말할 수도 있겠지만 말이다. 그레이버는 〈우리가 은유를 어디까지 연장하고 싶은지 생각해 보아야 한다〉고 경고한다. 화석 연료라면, 우리가 무언가를 〈먹어 치우고, 삼키고, 소모하고, 써버리는 것〉이 소비라는 의미에서 우리가 화석 연료를 소비하는 것이 맞다. 하지만 음악은 우리가 소비하는 것이 아니다. 음악은 음식과 마찬가지로 우리의 일부가 되지만 그 과정에서 파괴되지는 않는다.

그레이버는 우리가 스스로를 소비자라고 여길 때 무언가 파괴되는 것이 있다고 말한다. 그것은 바로 우리가 일 바깥에서도 생산적일 수 있다는 가능성이다.

9
살림

거실의 오래된 페인트칠 밑에 깔린 벽지가 살짝 들뜨고 있다. 나는 라디에이터 뒤쪽에 벽지 귀퉁이가 동그랗게 말려 일어난 것을 발견하고 존에게 보여 준다. 존이 귀퉁이를 잡아당기자, 벽지가 널찍하게 벗겨져서 그 아래 회벽이 드러난다. 이 일로 우리가 곤란해질 것 같다는 느낌이 든다. 하지만 이 집은 우리 집이다. 존이 방의 나머지 벽지도 벗기기 시작한다. 그는 바닥에 등을 두고 일하는데, 그 등의 불빛이 새롭게 벌거벗은 벽에 내 그림자를 던진다. 「거기 있어 봐.」 존이 이렇게 말하고는 도구 상자에서 꺼낸 목공용 연필로 내 그림자의 윤곽을 회벽에 그려 넣는다. 감동받은 나는 그의 그림자를 내 것 옆에 그려 넣는다.

우리는 아직도 거기에 있다. 새로 칠한 페인트 밑에,

연필로 이어진 두 그림자로 있다. 원래 우리는 서류 없이 우리 스스로의 권한으로 결혼했다. 그랬다가 몇 년 뒤에 의료 보험 때문에 법원에서 신청서를 쓰고 수수료를 내고 다시 결혼했다. 결혼은, 또한 나의 담보 대출은, 애초에 이해되도록 만들어지지 않은 문서다. 나는 그것에 서명할 때 처음에는 한 쪽 한 쪽 다 읽어 보려고 했으나 전체가 몇 쪽인지 안 뒤에는 그냥 내 이름을 쓰고 또 쓰기만 했다. 그것은 소유권에 대한 서명이 아니라 상환 약속에 대한 서명이었다.

이 집은 내 것이 아니다. 나는 이 집을 소유한다기보다는 보살피는 것에 가깝다. 이런 생각이 떠오른 것은 장미 덩굴에서 늙은 줄기를 잘라 내는 작업을 하던 도중이다. 나는 장미를 좋아하지 않지만, 장미가 이 집에 딸려 왔기 때문에 보살핀다. 장미를 가지치기하는 동안, 이 모든 것 — 장미가 타고 오르는 벽돌담, 윗가지와 회반죽, 구리 배관, 참나무 마루, 석탄실, 이 모든 것을 떠받치는 갈라진 바닥판 — 이 선물이라는 느낌이 든다. 내가 받는 선물이 아니라 미래가 받는 선물이다. 이 집은 내 손을 거쳐 갈 뿐이다. 이것은 구입이 아니라 살림이다.

나는 집에게 봉사한다. 이 진실은 또 다른 진실과 결합해 있으니, 집도 내게 봉사한다는 것이다. 나는 이 자산을 담보로 돈을 빌릴 수 있고, 만약 매사가 순조롭다면 이 자산의 가치는 계속 커질 것이다. 하지만 우리가 이 집을 사기 전에 할아버지가 내게 경고했다. 집은 사는 곳이라고. 투자가 아니라고.

10

동네

나는 한밤중에 소음기의 굉음을 듣고 깨어, 어둠 속에서 존을 향해 돌아누우며 〈아이록*이다〉 하고 말한다. 「20분 뒤에 블록을 한 바퀴 돌아서 돌아올 거야.」 존이 말한다. 존은 아이록의 습관을 안다.

우리가 이 집을 사기 전에, 존은 부동산 중개인에게 동네가 어떠한지 물었다. 중개인은 대답하기 전에 잠시 멈칫했다. 동네의 인구 구성을 알려 주는 것은 법으로 금지되어 있기 때문이다. 그래서 그는 가령 이 블록의 흑인 주민은 대부분 여기서 오래 살았고 백인 주민은 대부분 최근에 이사 왔다고 우리에게 말해 줄 수 없었다. 그 대신

---

* IROC. 쉐보레가 1985년 출시한 스포츠카 카마로의 3세대 버전을 말한다. 〈인터내셔널 레이스 오브 챔피언스〉라는 자동차 경주 대회의 이름을 딴 것으로, 1970~1980년대에 카마로가 이 대회에서 연이어 우승했다.

자신이 얼마 전에 옆의 옆 집을 어느 가족에게 팔았는데 그들은 그 집을 복원할 계획이라고 말해 주었고, 길 건너편 집도 최근에 복원한 집이라고 말해 주었다. 저쪽 모퉁이에는 마약 판매상이 산다고도 말해 주었다. 다른 쪽 모퉁이 집은 남편이 전업주부로 아이들을 돌보고 아내가 교사로 일한다고 말해 주었다. 「그리고 저쪽 집에 사는 남자는 길에서 차를 수리합니다.」 중개인은 그쪽을 가리키면서 말했다.

우리가 이사 왔을 때는 나뭇잎이 돋지 않은 철이어서, 옆집 잔디밭과 길 너머로 모퉁이 집 차고의 문 안이 들여다보였다. 차고 안에 후드 열린 차가 있었고, 잭으로 들어 올려진 차도 있었다. 진입로에는 드릉드릉 소리를 내며 엔진을 예열하는 중인 차가 세워져 있었다. 「저게 아이록이야.」 존이 경외심을 담아 말했다. 그러고는 이어서 말했다. 「저 사람이랑 알고 지내고 싶어.」

아이록을 가진 남자는 차를 손볼 때 차고에 샤데이와 제네시스와 샤카 칸과 휴먼 리그를 틀어 둔다. 그의 음악은 두 블록 건너 고등학교에서 행진 악대가 연습하는 소리, 옆집 지하실에서 색소폰이 재즈 스탠더드 곡을 연주하는 소리와 더불어 우리의 여름 사운드트랙이다. 우리는 어디에 있든, 집 안에 있든 마당에 있든 아이록 소리를 들으면 고개를 들고 〈아이록이다〉 하고 말한다. 그 차는 우리 집 창유리를 달캉달캉 울릴 만큼 가까이 있지만, 백인이 살지 않는 길 건너편 쪽에 있다는 점에서는 멀리 있다. 우리는 이제 아이록의 음색과 튜닝 상태를 안다. 다른 이웃에게 들어서 그 주인의 이름도 안다. 하지만 우리는 그 사람과 알고 지내지 않는다.

11

내 잔디밭에서 나가

나는 어제까지만 해도 집이 서 있었던 곳에 생긴 구덩이를 철조망 울타리 틈으로 쳐다보고 있다. 여기에 새 집이 올라갈 텐데, 최대 허용 높이보다 겨우 5센티미터 낮고 1백만 달러 넘게 나갈 집이다. 「내 잔디밭에서 나가.」 웬 여자가 구덩이를 들여다보는 내게 말한다. 나는 여자의 모습을 이제서야 보았다. 그녀는 나이 든 흑인 여성으로, 바로 옆에 있는 집 현관에 서 있다. 엄밀히 따지자면 나는 그녀의 잔디밭에 서 있지 않지만, 그것이 요점이 아니라는 것을 안다. 요점은 내가 꺼지기를 그녀가 바란다는 것이다. 「저 이 동네 살아요.」 나는 이 말이 무엇을 해결해 주기라도 하는 양 말한다. 「내 잔디밭에서 나가.」 그녀가 다시 말한다.

　나중에 나는 그녀의 집을 그녀의 할아버지가 지었다

는 사실을 알게 된다. 그녀는 그 집을 온전히 소유했고 따라서 자식들에게 물려줄 수 있었겠지만, 노년에 들어 재산세가 자꾸만 올랐다. 그때 어느 대출 판매자가 그녀에게 역모기지 대출을 받아서 세금을 내라고 설득했다는 사실은 또 다른 이웃이 내게 알려 주었다. 그렇게 해서 그녀는 집을 잃었다. 집은 이제 은행의 소유이고 압류된 상태이지만, 그녀는 아흔 살이니 은행이 그녀를 퇴거시키지는 않을 것이다. 은행은 그녀가 죽기를 기다리고 있다. 때를 기다리는 중인 지금, 집은 지붕에 방수포가 덮여 있고 위층 창문 두 장은 깨져 있다.

그녀가 사는 블록과 내가 사는 블록은 1940년 주택 대부 공사 지도에서 붉게 칠해진 영역의 경계선 바로 안쪽에 해당한다. 최저 등급에 해당하는 붉은색 구역에 대한 설명은 이렇다. 〈이곳 인구 계층은 평균적인 흑인 구역보다 다소 나은 편이다. 북해안 전역의 가정에서 하인으로 일하는 사람들이 이곳에 많이 산다.〉 낮은 등급은 은행과 보험 회사의 투자를 말리려는 의도였다. 사실상 인종을 재산 가치로 번역한 셈이었다.

구덩이가 파인 땅에서 한 블록 떨어진 우리 블록에는 다른 곳보다 폭이 더 좁은 부지에 세워진 작은 집이 하나 있다. 존은 그 집에 사는 여자 중 한 명을 만난 적이 있는데, 언젠가 존이 우버를 불렀을 때 그 집에 사는 여자가 몇 초 만에 태우러 온 것이었다. 그녀는 흑인 여성이고 어머니와 함께 살고 있다. 그녀는 그 집에서 자랐으나, 집은 곧 압류될 예정이다. 「동네에 남은 토박이가 이렇게 적다는 건 안타까운 일이에요.」 그녀는 존에게 말했다. 그러고는 자기 교회에서 열리는 지인 초청 주말 행사에 우리를 초대했다.

12
추수 감사절

나는 소스 그릇 때문에 속상하다. 그리고 로스팅용 팬, 컵 받침들, 큰 접시들, 치즈용 접시 때문에 속상하다. 나는 이것들 중 어느 것도 원하지 않는다. 내가 원한 것은 추수 감사절 만찬에 쓸 서빙용 스푼뿐인데 존이 이것들까지 몽땅 사들였다.

존은 내 나쁜 기분을 웃어넘기면서 칠면조 속을 채운다. 몇 년 전에 내가 할머니네 부엌에서 준비한 추수 감사절 만찬이 할머니를 속상하게 만들었을 때, 나는 그냥 웃고 말았다. 「이걸 보렴. 낭비잖니! 우리는 음식이 너무 많아.」 할머니는 내가 캔 바닥에 남긴 호박퓌레의 얇은 고리를 보여 주면서 말했다. 할머니는 투덜거렸다. 「먹을 게 이렇게 많으니, 누가 이 바나나가 썩기 전에 먹어 치우겠니? 결국 내가 먹어야 하겠지.」 할머니는 이렇게 말하면서 갈색이 된 바나나를 부루퉁히 입에 쑤셔 넣었다.

「소스 그릇은 우스꽝스러워.」존이 동의한다. 아무 짝에도 필요 없는 물건이지만, 우리는 자가에 처음 사람들을 초대해서 추수 감사절 만찬을 여는 것이고, 이런 자리에는 이 망할 소스 그릇이 있어야 한다. 원치 않는 물건을 갖게 되었다고 해서 속상해하며 이 특별한 명절을 나는 것은 어리석다는 것을 나도 안다. 내가 왜 속상한지도 잘 모르겠다. 다만 내게는 이 모든 것이 너무 과하게 느껴진다. 〈자가(自家)〉라는 표현마저도 그렇다.

우리가 몇 년간 물색한 끝에 이 집을 샀을 때, 나는 내가 집을 원하기는 하는지 더는 확신하지 못하는 상태였다. 우리 예금 계좌에 든 돈은 내 생각에 돈이 아니라 시간이었다. 그 돈은 은행에 넣어 둔 시간으로서, 일하지 않고 글을 쓰는 데 써야 할 것이었다. 그 시간을 부동산에 쓴다는 것은 낭비로 보였다. 나는 집 문제로 존과 흥정하려고 시도했다. 집 구입에 내가 동의하는 대가로 그가 무엇을 양보할지 알고 싶었다. 「아무것도 안 해.」존은 말했다. 내가 집을 원하거나 원하지 않거나 둘 중 하나일 뿐이라는 것이었다.

나는 원했다. 부엌을 〈무아르 골드색〉으로 칠하기를 원했고, 뒷마당에 정원을 만들기를 원했다. 무언가를 내 것으로 만들기를 원했다. 그 무엇보다 원한 것은 집이 제공하는 영속성의 환상이었다. 견고한 기반, 날아가지 않을 벽돌담, 안전하다는 감각. 그것이 환상이라는 것은 알았지만, 그래도 그것은 진짜처럼 느껴졌다.

나는 칠면조 모양의 초 심지에 불을 붙인다. 칠면조는 머리부터 녹아내릴 것이다. 태평양 북서부 지역의 하이다족은 자신들이 여는 포틀래치 잔치를 가리켜서 〈부유함 죽이기〉라고 불렀다. 사람들은 그런 잔치에서 남에게 얼마나 많이 주느냐에 따라 지위가 정해졌다. 콰콰카와쿠족의 포틀래치에서 사람들은 집을 불태웠고, 재봉틀을 바다에 내던졌다. 하지만 이것이 포틀래치 전통의 전형적인 모습은 아니었다. 이것은 1900년 무렵의 포틀래치로, 콰콰카와쿠족이 질병으로 인구가 격감하고 새로운 경제 속에서 살게 된 이후의 일이었다. 그들은 시민으로 인정되지 않았고 토지에 대한 권리도 주장할 수 없었으며, 자신들의 땅을 대부분 상업적 어업과 통조림 공장에 잃은 뒤였다. 하지만 이제 그들은 통조림 공장에서 임금 노동을 했고, 기계로 짠 담요와 가게에서 파는 물건을 살 수 있었다. 그들은 한 가지 측면에서는 과거 어느 때보다 많이 가졌고 다른 모든 측면에서는 적게 가졌다.

「두 예술가가 이 모든 것을 가질 수 있다고?」 거스

와 부와 함께 도착한 나미가 묻는다. 나미는 우리의 새 식탁과 크고 텅 빈 거실에 경탄한다. 「대가가 없진 않았지.」 나는 그녀에게 말한다. 나미는 얼마 전에 직장을 그만두었고, 나는 그것이 부럽다. 나도 직장을 그만둘 수 있다면 이 소스 그릇을 기꺼이 포기하겠지만, 그러면 이 집도 함께 포기해야 할 것이다.

13
자본주의

빌과 나는 같은 책을 읽는 중이고, 둘 다 같은 대목에 표시를 했다. 〈사람들은 근대화가 세계 ─ 공산주의 세계든 자본주의 세계든 ─ 를 일자리로 채워 주리라고 예상했다. 더군다나 그냥 일자리가 아니라 안정된 임금과 혜택을 제공하는《표준 고용》일자리일 것이라고 했다. 오늘날 그런 일자리는 상당히 귀하고, 사람들은 대부분 훨씬 더 불규칙한 생계 수단에 의존한다. 그렇다면 우리 시대의 아이러니란 모든 사람이 자본주의에 의존하지만 한때《정규직》이라고 불렸던 일자리는 거의 아무도 갖지 못한다는 점일 것이다.〉

나는 현재의 직장 이전에는 정규직으로 일한 적이 한 번도 없었다. 20대 때에는 이곳저곳 일자리를 전전하며, 글 쓸 돈이 모일 때까지 일하다가 돈이 모이면 그만두고 다시 돈이 필요해질 때까지 글을 썼다. 예술가로 살면서 달리 어떻게 살 수 있는지 나는 알지 못했다. 정규직인 지금의 직장도 처음에는 임시직이었다. 나는 〈상주 작가〉였고, 계약상 4년 후에 떠나게 되어 있었다. 내 상주는 영구적이지 않았다. 하지만 이후 계약이 수정되었고, 그 뒤에 또 수정되었다. 영구직이 되었다고 보아도 되는 시점에 나는 집을 샀다.

빌과 나는 오래전 뉴욕의 한 출판사에서 비정규직으로 일했다. 어느 날 빌은 거대한 책장 속에 있는 수백 권의 책을 알파벳순으로 정리하는 일을 맡았다. 그는 중복된 책을 많이 발견했는데, 가령 『분노의 포도 *The Grapes of Wrath*』는 두 권이 있었고 『시장의 마법사들 *Market Wizards*』은 세 권이 있었다. 하루 일이 끝나고 모두 퇴근한 뒤, 우리는 중복된 책들을 상자에 담아 스트랜드 서점으로 가져가서 60달러에 팔았다. 우리는 적어도 그 돈 정도는 일의 지루함의 대가로 회사가 우리에게 빚진 것이라고 느꼈다.

나는 『주식 시장의 마법사들 *Stock Market Wizards*』이라는 책의 담당 편집자를 위해서 일했는데, 이것은 『새로운 시장의 마법사들 *The New Market Wizards*』의 속편이었고 이것은 또 『시장의 마법사들』의 속편이었다. 『주식 시장의 마법사들』의 목적은 주로 앞서 나온 두 편의 성공에 편승하여 돈을 버는 것이라고, 편집자는 내게 설명해 주었다. 그 책에는 〈인터넷 붐의 절정기〉에 수백만 달러를 번 주식 투자자들의 인터뷰가 실려 있었는데, 그들의 이야기는 거의 모두 전 재산을 잃었다가 마침내 한몫 잡은 내용이었다. 그들은 집을 잃었고, 친척이 빌려준 노후 자금을 잃었고, 결혼 생활을 잃었다. 그들은 마법사가 아니라 막대한 손실을 견딜 수 있었던 도박꾼이었다.

빌과 내가 읽는 책은 『세계 끝의 버섯: 자본주의의 폐허에서 삶의 가능성에 대하여 *The Mushroom at the End of the World: On the Possibility of Life in Capitalist Ruins*』다. 나는 위태로움에 관한 대목이 나오면 모조리 표시한다. 〈만약 내 주장대로 정말로 위태로움이 우리 시대의 조건이라면 어찌할 것인가? 달리 표현하여, 우리 시대가 위태로움을 감각하기에 알맞은 조건이 갖추어진 때라면?〉 이런 문장도 있다. 〈위태로움은 타인에게 취약한 상태다.〉

나는 문득 뉴욕에서 살았던 시절을 떠올린다. 그때 나는 툭하면 길을 잃었다. 파 로커웨이의 종점까지 가서, 존재하지 않는 주소를 찾아다녔다. 매디슨가를 따라 60블록을 걸으면서, 가게와 식당에 일일이 들어가서 일거리가 있느냐고 물었다. 이스트강 부둣가를 배회하면서 끝없이 줄지은 창고들 앞을 지나갈 때는 뒤따라온 시내버스가 옆에 서더니 운전사가 내게 안전하지 않다고 말해 주었다.

내가 뉴욕에서 처음 했던 일 중 하나는 시 공원국을 위해서 빈 부지를 보러 다니는 것이었다. 시는 방치된 지 수십 년이 지나서 이제 가치가 오른 부지들을 팔고 싶어 했다. 하지만 그 부지들은 공원국에 녹지로 기재되어 있었다. 나는 철조망 울타리 틈새로 폴라로이드 사진을 찍어서 그곳에 녹지가 있다는 것, 또한 만약 불도저가 온다면 땅에 묻힌 콘크리트 블록에 제 몸을 쇠사슬로 묶을 정원사들이 있다는 것을 기록하여 시에 전달했다. 그 정원사들은 그런 땅에 뒹굴던 벽돌과 주삿바늘을 치우고 장미를 심은 사람들이었다. 가치 제로의 부동산에 투자한 사람들이었다. 나는 빈 부지에서 빈 부지로 걸어 다니면서 도중에 만나는 모든 광인, 모든 중독자, 모든 전도사와 이야기를 나누었다.

「어쩌면 나는 삶에 더 많은 불안정성이 필요한지도 몰라. 어쩌면 나는 지나치게 편안해졌는지도 몰라.」나는 빌에게 말한다.「아니야, 불안정성에는 대가가 있어.」빌이 내게 일깨운다. 그리고 지나치게 취약한 상태라는 것도 있다고 알려 준다. 빌은 잠시 말을 멈춘 뒤, 사실은 자본주의가 무엇인지 잘 모르겠다고 고백한다. 나는 그에게 설명해 주려고 하다가 사실은 나도 모른다는 것을 깨닫는다. 나는 자본주의가 어디서 혹은 언제 시작되었는지도 잘 모른다. 우리는 자본주의를 알아본 뒤에 다시 이야기하자고 약속한다.

14

솜이불

솜이불은 우리 세탁기로 빨기에는 너무 크다. 하지만 이제 우리는 지척에 빨래방이 있는 동네에서 살지 않는다. 주택에서 사는 사람들은 이불을 빨아야 할 때 어떻게 할까? 틀림없이 차로 가겠지.

제일 가까운 빨래방에는 내 이불이 들어갈 만큼 큰 세탁기가 한 대뿐이다. 나는 그 안에 이불을 넣고 세제를 붓고 동전 투입구에 25센트 동전을 넣기 시작한다. 동전을 두 닢 넣었을 때 기계가 막힌다. 관리인에게 말하니, 그녀가 내게 이 기계는 가끔 그런다고 말한다. 「고장 난 거죠.」 그녀가 어깨를 으쓱한다. 나는 원칙상 동전 두 닢을 돌려 달라고 요구한다. 동전을 환불받는 데는 시간이 많이 걸린다.

기다리는 동안, 내내 돈 없이 살았던 20대 시절이

떠오른다. 돈이 없다는 것은 시간이 드는 일이다. 그러면 빨래방에서 시간을 보내게 되고, 버스 정류장에서 시간을 보내게 되고, 무료 진료소에서 시간을 보내게 되고, 중고품 가게에서 시간을 보내게 되고, 은행이나 신용 카드 회사나 전화 회사와 어떤 수수료에 대해서, 어떤 작은 요금에 대해서, 어떤 실수에 대해서 통화하는 시간을 보내게 된다.

이제 내 이불은 세제가 묻어 끈적거린다. 나는 그것을 들고 길을 건너면서 세제를 옷에 묻히지 않으려고 애쓰다가 먼저 세제 통을 떨어뜨리고 뒤이어 이불을 떨어뜨린다. 지나가던 차가 나를 위해서 속력을 늦춰 준다. 도로의 기름이 이불에 묻었다. 이불은 오히려 더 더러워지고 있다. 그리고 나는 오늘 글을 쓰지 못할 것이다. 눈물이 날 것 같다. 차를 몰고 다른 빨래방으로, 세탁기가 몇 줄씩 줄지어 있는 거대한 빨래방으로 간다.

이제 내 이불은 거품 구름 속에서 나른하게 회전하고 있다. 하지만 나는 하루가 이렇게 끝난 것이 화난다. 시간을 이렇게 쓰고 싶지는 않았다. 길을 건너서 부리토 가게로 간다. 실내에서도 겨울 코트를 입은 채 플라스틱 바구니에 든 타코를 먹으면서 빨래가 끝나기를 기다릴 때, 내가 과거로 돌아가서 옛 삶과 접촉하고 있는 듯한 느낌이 든다.

　나는 이렇게 결정한다. 성인이 된 후 내 삶은 확연히 다른 두 부분으로 나뉘는데, 그것은 세탁기를 갖기 전과 세탁기를 가진 후다. 어쩌면 세탁기가 집보다 내 삶을 더 크게 바꾸었을지도 모른다고 생각해 본다. 나는 여동생에게 전화를 걸어, 내가 사실상 40만 달러짜리 세탁기 용기를 산 셈이라고 말한다. 이렇게 말하면서도 우리 집 가격은 50만 달러에 더 가깝다는 사실을 인식하고 있지만, 그 말을 입 밖에 꺼내지 않는다. 그것은 너무 불편한 일이다.

15
풍요

J가 스케이트 수업을 듣는 동안, 나는 아이스 링크 관람석에서 『풍요한 사회 *The Affluent Society*』를 읽는다. 다른 엄마가 곁에 앉다가 책을 본다. 「그걸 왜 읽으세요?」 그녀가 묻는다. 나는 자본주의를 공부하려는 중이라고 말한다. 그녀는 내게 자본주의가 좋다고 생각하는지, 아니면 나쁘다고 생각하는지 묻는다. 나는 나쁘다고 생각하고 싶은 충동이 들지만 사실은 그것이 무엇인지 잘 모른다고 말한다. 아니면 적어도 그것이 내게 무엇인지, 내 삶과 일에서 무엇인지 모르겠다고 말한다. 중립적인 것이 아니라 결정을 못 내리는 것이라고 말한다. 그녀는 자본주의를 대신하여 살짝 기분이 상한 듯 보인다. 「우리 남편은 재무 분석가예요.」 그녀가 내게 말해 준다. 나는 그 남자가 자본주의에 나보다 조금이라도 더 깊게 투자했다고

보아야 하는지 궁금해진다. 우리는 둘 다 똑같은 부유한 동네에서 살고 있고, 지금 똑같은 돔 아래 실내에서 얼음판을 지치고 있는 아이를 두었다.

아이들은 이제 안전 고깔 사이를 요리조리 통과하여 달리고 있고, 나는 그 연습 장면을 약간 슬픈 심정으로 지켜본다. 나는 스케이트를 아주 잘 타는데도 J에게 직접 가르치기를 포기했다. 오늘 J의 스케이트화 끈을 묶어 줄 때, 오래전에 바람이 센 강둑에서 내 스케이트화 끈을 묶어 주느라 추위에 붉어졌던 아버지의 맨손이 떠올랐다. 아버지는 팔을 내민 채 뒷걸음질로 얼음을 지쳐서 내가 아버지를 붙잡고 균형을 잡도록 해주었다. 그런데 지금 나는 이렇게 수업료를 내고 관람석에서 책을 읽고 있다.

〈풍요에는 분명 이점이 있다. 그 반대로 주장하는 사람도 종종 있지만 그 주장이 대체로 설득력 있게 증명된 바는 없다.〉존 케네스 갤브레이스는『풍요한 사회』의 위대한 첫 문장에서 이렇게 말한다.〈하지만 풍요가 이해의 냉혹한 적이라는 사실만은 의심의 여지가 없다.〉

나는 다른 엄마가 곁에 앉았을 때 겨우 여기까지 읽은 참이었지만, 이제 서문을 다 읽었다. 서문에서 갤브레이스는 자신이 원래 가난 연구서를 쓸 목적으로 구겐하임 재단의 지원금을 받아 집필을 시작했지만 결국 그 대신 풍요 연구서를 쓰고 말았다고 밝힌다. 갤브레이스에 따르면, 인류 역사에서 거의 모든 시대에 거의 모든 나라에서 거의 모든 사람이 가난했다. 가난의 만연은 이례적인 현상이 아니다. 하지만 풍요의 만연은 이례적이다. 그리고 만약 우리가 가난으로부터 형성된 낡은 사상으로 이런 새로운 풍요에 접근한다면, 우리는 우리 자신을 오해하게 될 것이다.

16

도덕적 월요일

오늘은 〈도덕적 월요일〉이라고 라디오에서 들었다. 시내에서 한 목사와 랍비가 큰 낙타 한 마리와 초대형 바늘을 동원하여 시위를 벌이고 있다는데, 이것은 물론 예수의 말씀을 언급하는 행위다. 〈부자가 하느님 나라에 들어가기보다 낙타가 바늘귀를 통과하기가 더 쉬울 것이다.〉 나는 이 대목에서 잠시, 돈이란 그것을 갖고 있기만 해도 비도덕적일 정도로 정말 그토록 사람을 타락시키는 것인지 생각해 본다. 나는 의심을 갖고 있다. 하지만 돈도 갖고 있다.

이제 나는 초등학교 화단에서 잡초를 뽑으면서, 내가 재수 없는 인간이 되어 가는 중인지 고민하고 있다. 요즘 심리학자 폴 피프의 글을 읽고 있는데, 그는 논문 「사회적 계층이 높을수록 비윤리적 행동이 증가한다Higher

Social Class Predicts Increased Unethical Behavior」에서 예수의 말을 인용한다. 피프와 연구진은 사람들이 차를 몰고 교차로를 통과할 때 부자가 가난한 사람보다 다른 차량을 더 자주 가로막는다는 것을 발견했다. 그리고 부자는 행인을 위해서 차를 세워 주는 경우가 더 적다. 부자는 또 게임에서 속임수를 더 많이 쓰고, 탐욕을 좋은 것으로 생각하는 경우가 더 많다. 그러나 피프는 이 현상을 돈 탓으로 돌릴 수는 없다고 말한다. 대신에 높은 계층적 지위가 제공하는 안락함, 즉 독립성, 고립성, 안전함, 타인은 필요하지 않다는 착각 등등을 탓해야 한다는 것이다. 피프는 잡지 『뉴욕*New York*』과의 인터뷰에서 이렇게 말했다. 「사람이 돈이 있다고 해서 꼭 어떤 식으로 변하는 것은 아니지만, 부자는 분명 타인의 이익보다 자신의 이익을 우선시하기 쉽습니다. 그래서 그들은 뭐랄까, 재수 없는 인간의 전형적 특징이라고 여겨지는 성질들을 더 많이 드러내지요.」

이 화단에는 칡을 닮은 잡초가 있다. 이름은 서양메꽃이고, 드물게 〈퍼제션 바인〉*이라고도 불린다. 이 식물은 다른 식물을 감고 올라가서 햇빛을 차단한다. 여기서는 라즈베리를 휘감아 옥죄고, 루콜라를 향해 뻗어 가고

---

* possession vine. 〈소유의 덩굴〉, 즉 〈무언가를 점령하여 차지하는 덩굴〉이라는 뜻이다.

있다. 땅에 닿는 지점마다 새로 뿌리를 내리는 식물이니, 내가 안 뽑고 남겨 두는 뿌리 조각은 모두 새 덩굴로 자랄 것이다. 이 식물은 다른 식물에 비해 불공평한 이점을 가진 듯 보인다. 수지가 내가 일하는 모습을 보고서 발길을 멈추어 도와준다. 「어제 『뉴욕 타임스*New York Times*』에 실린 부자 관련 기사 읽었어?」 수지가 묻는다.

　나는 읽었다. 그것은 사회학자 레이철 셔먼이 쓴 글이었다. 그는 상위 1퍼센트에서 2퍼센트 안에 드는 부유한 뉴요커들을 인터뷰했는데, 그 연구에서 밝혀진 바, 진짜 부자들은 자신이 부자인 것을 거북하게 여긴다고 한다. 그들은 비록 재수 없는 인간일지언정, 자신이 부자인 것을 거북해하는 재수 없는 인간이다. 그들은 자신이 돈을 얼마나 쓰는지 보모에게 숨기고 싶어서 새 옷의 태그를 자르고, 비싼 빵의 라벨을 벗긴다. 자신의 부유함이 아니라 검소함을 과시한다. 싼 물건을 찾아본다는 이야기, 오래된 차를 몬다는 이야기를 한다.

　「내 차가 진짜 오래된 거라고 말했던가?」 수지가 농담한다.

　「진짜 부자들이 우리랑 비슷하다는 게 심란하긴 하네.」 나는 동의한다. 우리와 마찬가지로, 그들도 자신이 부자라는 사실을 인정하지 않는다. 그들은 그저 〈넉넉

할〉 뿐이다. 그들도 우리처럼 예산을 세우고 절약하고 베푼다. 자신이 열심히 일하고 있다고 스스로에게 말해 준다. 하지만 그들은 자신의 돈과 그 돈으로 구입하는 것에 대해서 양가적인 감정을 느낀다. 4백만 달러짜리 아파트는 그곳에서 사는 사람들이 보기에도 지나치다. 지출은 그들과 다른 사람들의 거리를 알려 주는 척도다. 부자는 자신에게 도덕적 흠이 있다고 느끼기 때문에 착하게 행동하려고 애쓴다.

셔먼은 착한 부자와 나쁜 부자를 나누는 일은 부자에게나 다른 모두에게나 한낱 시간 낭비라고 주장한다. 〈개인의 행동을 기준으로 부자를 평가하는 것 ― 그들이 충분히 열심히 일하는지, 충분히 합리적으로 소비하는지, 충분히 남에게 돌려주는지 ― 은 엄청나게 불평등한 부의 분배의 도덕성을 묻는 다른 종류의 질문들에서 시선을 돌리게 만들 뿐이다.〉 달리 말해, 우리는 부자에게 착할 것을 요구하는 대신 우리의 경제 체제에게 더 나아질 것을 요구해야 한다.

17
지주 놀이

매일 저녁 J와 모노폴리 게임을 일주일째 하는데, 단 한 번도 이기지 못했다. J는 게임을 마구잡이로 한다. 닥치는 대로 사들이고 연거푸 이긴다. 오늘은 J가 주사위를 던지면 수상쩍을 만큼 자주 더블이 나와서, 나는 아이에게 속임수를 쓰는 것 아니냐고 따진다. 「난 속임수 안 써, 그냥 운 좋은 사람이라서 그래.」 아이가 내게 즐겁게 설명한다.

　　모노폴리의 전신인 〈지주 놀이〉 게임이 1990년대 초에 고안되었을 때 그 목적은 부동산 소유자가 세입자를 궁핍하게 만듦으로써 〈이기는〉 경제 체제의 문제점을 폭로하자는 것이었다. 게임은 헨리 조지의 이론에 영향을 받았는데, 그는 땅이나 석탄이나 석유 같은 자연 자원으로 얻은 이익은 모두가 동등하게 나누어 가져야 한다고 주장했다. 개인이 집단의 자원을 자기 소유로 주장하여 재산을 쌓아서는 안 된다고 단언했다. 모든 사람은 자신의 노동으로 이득을 취할 권리가 있지만, 부동산 소유로 얻은 이득에는 사회가 세금을 무겁게 매겨야 한다고 믿었다.

지주 놀이를 발명한 사람은 엘리자베스 매기라는 여성으로, 그런 세금의 옹호자였다. 당시에는 드물게도 자기 집을 가진 미혼 여성이었던 그녀는 속기사로 버는 주급 10달러만으로 생계를 꾸리느라 고생했다. 〈인간이 기계의 속성만으로 축소될 수 있다면, 기름칠로 작동 상태를 유지하는 것이 전부라면, 아마 10달러만으로도 충분할 것이다.〉 그녀는 이렇게 말했다. 그녀는 결혼으로 경제적 곤란에서 벗어나는 대신에 〈젊은 미국인 여성 노예〉인 자신을 최고가 입찰인에게 판매하겠노라고 선전하는 광고를 냈다. 이 일은 전국 뉴스로 보도되었고, 작은 스캔들을 일으켰다. 그녀의 남자 형제는 당황하여, 그녀가 자기 글을 홍보하려는 것일 뿐이라고 해명했다. 그녀는 발명가이자 시인이었다.

매기는 기자들에게 자신은 여성의 경제적 독립에 관한 의견을 내려는 것뿐이며 자신의 진의는 결혼 관계에서 자신의 노동을 판매하겠다는 뜻이라고 밝혔다. 「나는 물론 백인 노예이지요. 물리적으로 경매에 부쳐지진 않았지만.」그녀는 이렇게 말했다. 소설가 업턴 싱클레어는 그녀의 비유를 높이 사서 그녀에게 돈을 보냈다. 반면 다른 사람들은 언짢아했는데, 노예제는 결혼과는 다르다고 증언할 실제 노예 출신 사람들이 아직 적잖이 생존해 있다는 점 때문이 아니라 그녀가 결혼도 노예제처럼 일종의 경제 제도라고 주장했다는 점 때문이었다.

매기가 발명한 지주 놀이의 원래 버전에서, 참가자는 놀이판을 한 바퀴 돌아서 〈어머니 지구를 일구는 노동이 임금을 생산한다〉라고 적힌 칸을 통과하면 돈을 벌었다. 지금은 그 칸에 그냥 〈출발〉이라고 적혀 있다. 매기는 게임에 두 번 특허를 냈지만, 그런데도 찰스 대로라는 남자가 이 게임을 〈모노폴리〉라는 이름으로 포장해서 백만장자가 되는 것을 막을 수 없었다. 파커 브라더스는 매기의 특허를 5백 달러 일시금으로 사들였으나 대로에게는 평생 인세를 지급했다. 매기는 항의했다. 사실 특허로 인세를 번다는 개념은 그녀가 만든 게임의 철학에 그다지 들어맞지 않았지만 말이다. 헨리 조지는 이렇게 적었다. 〈발견에는 소유권이 따를 수 없다. 왜냐하면 무엇이 되었든 발견된 것은 이미 존재하고 있었기에 발견된 것이기 때문이다.〉

대로는 매기가 설계한 게임을 가져갔지만, 매기도

무한 루프를 비롯하여 게임의 특징적인 속성을 대부분 오클라호마의 카이오와 부족이 하던 〈존 알〉 게임에서 가져왔다. 〈카이오와 부족이 미국과 세계에게 준 선물이 토지 분할과 배타적 소유권으로써 상대를 극빈에 몰아넣는 행위를 일상적으로 재연하게 되었다는 것은 정말로 쓰라린 아이러니다.〉 필립 윈켈먼은 이렇게 평한다.

「불공평해.」 내가 J에게 잔돈을 달라고 하자 아이가 불평한다. 나는 집이 두 채 있는 펜실베이니아 대로 칸에 내렸기 때문에 J에게 450달러를 내야 했고, 그래서 5백 달러 지폐를 건네었다. 아이는 이기고 있는 선수답게 이제 남에게 돈을 주어야 하는 거래라면 무엇이든지 일단 반대하고 본다. 〈내 장담하건대 우리 미국의 어린이들만큼 공평무사한 존재는 세상에 또 없다.〉 매기는 이렇게 낙관적인 말을 남겼다. 그녀는 자기 게임을 하고 자란 아이들이 우리 경제 체제의 부당함을 깨닫게 되기를 바랐다. 그 부당함을 부각할 요량으로, 그녀는 규칙을 두 종류로 설계했다. 둘 중 한 규칙에 따라 게임하면, 돈이 참가자들에게 고르게 분배되고 승자는 없다. 다른 규칙에 따라 게임하면, 부가 축적되고 한 참가자가 이긴다. 둘 중 살아남은 규칙, 우리가 요즘도 사용하는 규칙은 승자 독식의 규칙이다.

18
자본주의

댄이 그냥 인사차 우리 집 초인종을 누른다. 그는 새 자전거를 시운전하느라 우리 동네에 왔다. 자전거는 존의 새 자전거와 똑같아 보이고, 그것은 또 존의 오래된 자전거와 똑같아 보인다. 「저 자전거 어디서 많이 봤는데.」 나는 말한다. 「우리는 다들 한 자전거의 다양한 버전을 타는 거잖아.」 댄이 껄껄거린다. 어쩌면 그는 이 자전거가 필요 없는지도 모른다고 걱정하는 것 같아서, 나는 존이 새 자전거 덕분에 엄청나게 즐거워한다고 말해 준다. 댄에게 이미 자전거가 두 대 있다는 것을 알지만, 그가 자전거를 엄청나게 많이 탄다는 것도 안다. 나는 댄에게 자본주의에 대해 묻는다. 사회학자인 댄은 내가 대화한 사람들 중에서 최초로 이 주제를 편하게 느끼는 듯 보인다. 「마르크스는 읽었지?」 댄이 확인한다. 「대학에서 『자본론*Das Kapital*』은 읽었어.」 나는 대답한다. 그리고 나는 『21세기 자본*Capital in the Twenty–First Century*』의 첫 챕터를 막 다 읽었으므로, 피케티도 마르크스처럼 제어되지 않는 자본주의는 늘 불평등을 낳는다고 믿는다는 것을 안다. 하지만 현대 자본주의의 내적 작동 방식, 시장의 기본 구성 요소, 버블과 침체의 순환 같은 것은 여전히 모르겠다.「그런 건 경제학자들도 몰라.」 댄이 말한다.

　　댄은 2013년에 노벨 경제학상을 세 명이 공동 수상했다는 사실을 내게 알려 준다. 그중 두 명은 서로 정면으로 모순되는 이론을 주장한 공으로 상을 받았다. 그들은 우선 버블에 관한 의견부터 갈렸다. 로버트 실러는 2005년에 집값이 가파르게 상승하자 그것을 버블로 규정하며 폭락의 우려가 있다고 경고했다. 한편 유진 파마는 시장이 버블처럼 어리석은 현상을 만들어 내지는 않는다고 생각했다. 파마는 심지어 집값 폭락 후에도 주택 시장이 버블이었다는 분석을 부인하면서 버블의 존재 자체를 의심했다. 그는 〈버블이 대체 무엇인지도 모르겠습니다〉라고 말했다. 그는 경제학이 가령 침체 원인과 같은 특정 현상을 설명하는 데 서툴다는 것은 인정하면서도 그래도 여전히 시장은 〈합리적〉이라고 믿었다. 합리적 시장은 버블을 만들지 않는다. 그리고 합리적 시장은 규제될 필요가 없다. 실러는 시장에서의 비합리적 행동을 추적해 온 사람으로서 이 의견에 반대한다. 주가가 합리적이라는 생각은 〈경제사상사에서 가장 놀라운 실수 중 하나〉라고 실러는 적었다.

그들은 주요한 경제 논의에서 상반되는 입장을 취했는데도 공동으로 상을 받은 것이었다. 비냐민 아펠바움은 이렇게 설명했다. 〈선정 위원회는 시장이 합리적 계산과 비합리적 행동의 혼합으로 움직인다는 사실을 이 발견들이 보여 주었다고 평가했다.〉 꼭 우리처럼 말이다. 「시장을 묘사하는 전문 용어가 〈합리적〉, 〈비합리적〉이라는 게 무슨 뜻인지 궁금해.」 나는 댄에게 말한다. 마치 경제학자들이 시장이란 논리적인 남성인지 변덕스러운 여성인지를 성차별적 언어로 토론하는 것처럼 들리지 않나. 「시장은 수학 모델이고 경제학은 이론이야.」 댄은 설명한다. 현실의 경제 체제들은 이론에 들어맞게 행동하지 않는다. 우리의 정치와 정책이 그것들에 영향을 미친다. 〈시장은 사람들에 의해, 사람들이 선택한 목적에 따라 만들어진다. 게다가 사람들은 규칙도 바꿀 수 있다.〉 아펠바움은 이렇게 주장한다. 우리가 반드시 분배보다 축적을 우선시할 필요는 없다. 그러나 오늘날 우리의 일상을, 우리의 일과 놀이를 관장하는 것은 그런 규칙이다.

19
포켓몬

J는 포켓몬 카드를 두 장 갖고 있다. 1학년 등교 첫날 다른 남자아이에게 받은 것으로, 그 아이는 J에게 그것들이 〈입문용 카드〉라고 말해 주었다. J는 포켓몬에 대해서 아무것도 모르지만 이내 카드를 더 많이 갖고 싶어 한다. 우리는 만화책 가게에서 이런 카드가 한 팩에 3달러라는 것을 발견한다. J가 집안일을 해서 받는 돈으로 그것들을 살 수 있다는 뜻이다. 하지만 카드의 가격은 카드의 가치와는 전혀 무관하다.

카드의 가치는 학교 운동장의 아스팔트 마당에 모인 아이들이 결정한다. 사실 운동장 밖 세상에는 이미 그런 카드를 사고파는 시장이 형성되어 있고, 마치 주가처럼 가격이 오르내리는 것을 보여 주는 웹사이트들도 있다. 하지만 이 꼬마들은 아직 그런 것을 잘 모른다. 아이들은 아직 자신들만의 가치를 발명하는 중이다. 아스팔트 놀이터에서 아이들은 어떤 카드가 반짝거리기 때문에 탐내고, 어떤 카드는 아직 아무도 안 가진 것이라서 탐내고, 어떤 카드는 강력하기 때문에 탐낸다. 카드의 강력함은 카드에 인쇄된 숫자를 보고 어림잡는데, 1학년생들의 엉성한 산수 실력으로 계산한 것인지라 으레 그 카드가 게임에서 정확히 얼마나 강력한가를 두고 토론이 벌어지기 마련이다.

토론은 〈좋은 거래란 무엇인가〉 하는 문제를 두고도 벌어진다. 어느 날 J가 제가 가진 카드 중 가장 강력한 것을 덜 강력한 것과 바꾸어 온 뒤, 베이비시터가 J에게 협상을 똑똑하게 한 것 같으냐고 묻는 소리가 내 귀에 들린다. 그녀는 J에게 다음번에는 그런 카드를 더 많은 것으로 바꾸어 오면 어떻겠느냐고 제안한다. 그 후 J는 자기보다 두 살 어린 남자아이의 수집품 전체를 가지고 돌아온다. 그 꼬마는 J의 카드 한 장과 그것 전부를 바꾸었다고 한다.

이 카드들을 써서 게임을 할 수 있다고도 하지만, 이 꼬마들은 아무도 그 규칙을 이해하지 못한다. 이 아이들의 목적은 축적이다. 할 줄 모르는 게임을 위한 카드를 수집하는 것이다.

20
피아노

피아노는 다른 집 향기를 머금은 채 도착했다. 이 향기가 불쾌하지는 않다. 이것은 사실 중산층의 향이다. 그리고 이제 우리 집 식당에 자리 잡은 피아노가 선언하는 바도 그것이다. 〈딴딴딴 따. 중산층! 자, 수업을 시작합시다.〉

「우리 그거 크레이그리스트*에서 샀어!」 J는 나를 흉내 내어 이렇게 말하곤 한다. 아이는 이 말이 무슨 뜻인지 모르지만 그냥 좋아한다. 「그거 크레이그리스트에서 샀잖아!」 아이는 내가 점심으로 만들어 준 샌드위치를 가리켜서 말한다. 「이거 크레이그리스트에서 샀어!」 아이는 방금 자신이 친구에게 접어 준 종이비행기를 가리켜서 말한다.

나는 글을 쓰기 위해서 한 달 동안 J를 주간 캠프에

---

* Craiglist. 물품 판매 등을 위한 개인 광고를 올릴 수 있는 웹사이트다.

보낸다. 매일 버스가 와서 아이를 태워 갔다가 데려다준다. 캠프 활동에는 양궁과 테니스가 포함되어 있다. 「비쌀 것 같은데.」 한 친구가 말한다. 「비싸.」 나는 인정한다. 「하지만 이건 내 글에 대한 투자야.」 투자라는 것이 금전적인 의미는 아니다. 내 글이 반드시 돈이 되는 것은 아니기 때문이다. 올여름에 내가 하는 일은 캠프 비용을 벌어줄 수도 있고 아닐 수도 있다.

나는 피아노 연습으로 하루를 연다. 피아노를 못 치지만 열심히는 친다. 그다음에 잠시 독서한다. 그다음에 글을 쓰다가 배가 너무 고파서 더 못 쓰겠으면 점심을 먹고, 그 후에 정원에서 시간을 좀 보내다가 다시 글을 쓴다. 프랑스어 공부도 하고 싶지만 거의 하지 않는다. 이런 나날 중 하루를 슬렁슬렁 밟아 가던 중, 내 작업 일상이 18세기 귀족의 삶을 닮았다는 생각이 문득 떠오른다.

정말로 그런지 확인하기 위해서, 책꽂이에 있는 책을 꺼내어 살펴본다. 『피아노와 사회 *Men, Women, and Pianos*』라는 책이다. 이 책의 장 제목들은 〈피아노, 사업이 되다〉혹은 〈상품이 된 음악〉혹은 〈가구로서의 피아노〉 같은 식이다. 읽어 보니, 18세기 독일에서 클라비코드는 주로 여자들이 연주했다. 〈이 악기는 가구였고 보통 가정에 있었다.〉 그러나 여자들이 연주를 너무 진지하게 여기거나 그것으로 경력을 쌓는 것은 안 될 일로 여겨졌다.

〈여성의《교양》으로서의 피아노〉라는 장에 따르면, 원칙적으로 스스로도 육체노동을 하지 않았던 신사들 사이에서는 한때 한가롭게 지내는 아내와 딸들을 두는 것이 계급과 위신의 표시였다. 그러나 〈아무것도 안 하는 것보다는 무언가 쓸모없지만 예쁜 일을 하는 것이 더 숙녀답다고 여겨졌다〉. 그래서 〈18세기와 19세기에 영국은 물론이고 유럽 전역에서 젊은 상류층 여성들의 한가로운 시간은 주로 순수 예술과 피상적으로 관련된 각종 사소한 소일거리로 채워졌다. 그리고 그런 활동은《교양》*이라고 불렸다〉.

예술과 여성은 둘 다 〈쓸모없지만 예쁘〉고 〈사소한〉 것으로 치부되었다. 그런데 이 대목에서 내가 마음에 걸리는 단어는 〈교양〉이다. 나는 그것과 무관하게 살고 싶다고 생각한다. 그런데도 나는 그것을 추구한다. 다만 피아노는 예외로서, 내가 피아노에서 무언가를 성취한다는 것은 턱없는 소리다. 나는 남에게 연주를 들려줄 수가 없다. 낮은음자리표를 익히는 데 실패했고, 메트로놈 소리

---

* 여기서 〈교양〉이라고 옮긴 단어는 〈accomplishment〉로, 오늘날은 주로 〈성취〉 혹은 〈업적〉이라는 뜻으로 쓰인다. 하지만 이 맥락에서는 〈(상류 사회의) 사교를 위해 갖추어야 할 재예〉라는 뜻이었다.

를 들으면 마비된다. 악보를 읽는 것만으로도 안간힘을 써야 하며,「동물 흉내Frère Jacques」여덟 마디를 치고 나면 무너진다. 하지만 바로 그때, 그 무너짐 속에 음악과 내가 교감하는 순간이 있다. 이것은 연습이다. 그리고 내가 예술에서 원하는 것은 오직 연습뿐이다.

21
예술

오늘 아침 카페에서 존은 옆에 앉은 남자에게 눈길이 갔다. 남자의 행동거지가 어딘가 친숙하게 느껴졌다. 존이 그렇게 생각하고 있는데, 옆의 남자가 존에게로 몸을 돌리더니 무료 피자 쿠폰을 몇 장 주겠다고 말했다. 「혹시 사우스사이드 출신이십니까?」 존이 물었다. 남자는 정말로 사우스사이드 출신이었다. 심지어 존이 자란 동네로부터 겨우 몇 블록 떨어진 곳에서 자랐다고 했다.

이런 일은 전에도 있었다. 아이 학교에 새로 온 꼬마의 어머니가 놀이터 건너편에 서 있는 것을 보고서 존이 저 사람은 틀림없이 사우스사이드 출신이라고 단언했는데, 실제로 그랬다. 그리고 존이 〈자랑스러운 노조원의 집〉이라는 표시판을 현관에 걸어 둔 집의 남자에게 인사를 건네었더니, 그 남자가 존도 사우스사이드 출신이라는 것을 알아보고 맥주 한잔하자며 초대한 적도 있었다. 「이런 면에서 계층은 인종 같아. 몸에 쓰여 있거든.」 존이 말한다. 하지만 내게는 그것이 안 보이니, 나는 그것을 읽을 줄 모르는 셈이다.

카페의 남자는 바로 옆 피자 가게를 위해서 일을 좀 해주었다가 쿠폰을 받았다고 말했다. 그는 사설 조사원이다. 그가 존에게 명함을 건네었다. 거기에는 어쩌면 그 본인일 수도 있는 잘생긴 남자가 쌍안경을 들여다보는 사진이 실려 있었고, 〈제임스 조이스, 사설 조사원〉이라고 적혀 있었다. 「내 일의 60퍼센트는 부부간 문제예요.」 그는 말했다. 하지만 그 밖에도 아무 일이나 다 하고, 지난주에는 여자로 위장하고 염탐했다고 했다.

「수완가랄까. 우리 사우스사이드 출신들은 모두 수완가야.」 존이 말한다. 존의 이 말에는 자긍심이 담겨 있고, 또 다른 것도 담겨 있는데 그것은 아마도 분함인 듯하다. 내가 존을 처음 만났을 때 혹시 사기꾼인가 하고 의심했던 것이 떠오른다. 그 쿠폰의 유효 기한은 오늘까지다.

「모든 예술가는 수완가야.」 어머니는 이렇게 말하곤 했다. 우리는 그래야만 한다. 이 사실은 내가 예술가로서 받은 교육의 핵심이었다. 제임스 조이스의 「죽은 사람들 The Dead」과 마찬가지로.

22
일

서점에서 코니를 만나서 서로 그동안 한 일이 너무 없다는 이야기를 나눈다. 「난 그동안 백지를 빤히 쳐다보기만 하다가 가끔 호수에서 수영한 게 다야.」 나는 코니에게 말한다. 현 단계에서 내 일은 주로 생각하고 다시 생각하는 것이다. 나는 쓴 것을 거의 다 지운다. 일할 때면 매일 혼란, 좌절, 절망이라는 예측 가능한 주기를 밟은 뒤에 결국 적은 것이 하나도 없는 상태로 완전히 망했다고 느끼면서 하루의 끝을 맞는다. 나는 자못 놀라워하면서 이 상황을 알리는데, 왜냐하면 내가 알고 코니도 알듯이 이런 아무것도 없음으로부터 결국 무언가가 나올 터이기 때문이다. 계산원이 우리의 대화를 듣고 있다. 그녀는 우리가 쓴 책들을 판다. 우리가 아무것도 하지 않는 나날에 대해서 이야기하는 동안, 그녀가 그 책들을 몇 권 가져와서 서명을 부탁한다.

〈그건 일이 아냐, 당신이 하는 그 짓은.〉나는 이 가사를 떠올린다. 내가 꼬맹이였고 MTV가 최신 문물이었던 1980년대에는 이 가사가 어리둥절하게 느껴졌다. 그때 나는 마크 노플러가 역할극처럼 노래하고 있다는 것을 몰랐고, 그가 이 노래를 가전제품 가게에서 썼다는 것도 몰랐다. 그는 죄다 MTV가 틀어져 있는 텔레비전들의 벽 앞에 서 있다가, 워크 부츠를 신은 어느 제품 배달원과 대화를 나누게 되었다. 노플러는 그 남자가 한 말을 받아 적었고, 그의 설명에 따르면 〈노래를 부르는 것은 그 남자〉다.

노플러의 마음에서는 배달원이 노래를 불렀다지만, 무대에 서는 것은 노플러였으며 한 게이 신문 편집자로부터 편지를 받은 것도 노플러였다. 그 곡을 발표한 지 1년이 지나지 않아 그는 〈저 호모 새끼〉라는 가사를 〈저 계집애 같은 놈〉이라고 바꾸어 부르게 되었다. 그는 잡지 『롤링 스톤 *Rolling Stone*』과의 인터뷰에서 이렇게 말했다. 「〈거저먹는 돈 Money for Nothing〉의 화자는 진짜 무식하고 생각이 고루한 사람입니다. 모든 걸 돈으로 판단하는 사람이죠. 무슨 말인가 하면, 이 남자는 록 스타들을 마지못해 존중해요. 이런 식으로 보죠. 저건 일이 아냐, 하지만 저 사람은 부자지, 그러니 그게 사기가 아니고 뭐야.」

음악가는 일하지 않고 놂으로써 일의 규칙을 깬다. 경계를 넘는다는 점에서 이것은 퀴어한 일이다. 어쩌면 노플러는 배달원이 되어 노래하면서 록 스타를 호모 새끼라고 불렀을 때 이 말을 하고 싶었던 것인지도 모른다. 아니면 그는 그저 자신의 편견을 노동 계급 아바타에게 떠넘겼을 뿐인지도 모른다. 어쩌면 배달원이 결국 그 자신이었는지도 모른다.

「거저먹는 돈」을 발표하기 한참 전에 노플러는「갤러리에서In the Gallery」라는 곡의 데모를 녹음했다. 그는 이 곡을 런던의 한 갤러리를 구경한 뒤에 차에서 썼다. 당시 그는 아직 록 스타가 아니었다. 교사로 일하면서 남동생 집 바닥에서 자던 시절이었다. 갤러리에는 예술 작품이랍시고 벽돌 더미와 쓰레기들을 팔고 있었다. 노플러는 「갤러리에서」를 자기 자신으로서 연주하면서 이렇게 노래했다. ⟨그런데 웬 예술가란 놈은 그림을 아예 안 그리고 싶다고 말해. / 그는 빈 캔버스를 가져와서 벽에다 걸지.⟩ 거저먹는 돈이다.

MTV 뮤직비디오의 논리에 따르면, 문제의 호모 새끼는 곧 노플러다. 노래하는 사람인 배달원은 노플러가 공연하는 모습을 지켜본다. 가전제품 가게에 진열된 텔레비전들의 화면에 실제 노플러가 연주하는 실사 영상이 나오고 있는 것이다. 그동안 배달원은 진짜 일을 하지만 그 인물은 진짜가 아니라 컴퓨터 애니메이션이다.

「만약 노플러가 진정한 예술가이자 위대한 기타리스트가 아니었다면 이 상황은 조금도 흥미롭지 않았을 거야.」존이 지적한다. 노플러는「거저먹는 돈」의 뮤직비디오를 찍기 싫어했지만, 노래가 히트한 이유는 뮤직비디오 때문이었다. 감독은 이렇게 말했다. 「문제는 마크 노플러가 열렬한 뮤직비디오 반대주의자였다는 거죠. 그는 그냥 공연만 하고 싶어 했고, 뮤직비디오는 작곡가와 연주자의 순수성을 파괴한다고 여겼어요.」왜냐하면 MTV는 배달원과 마찬가지로 상품을 나르기 때문이었다.

이 곡의 첫 소절인 〈내 MTV를 원해〉*라는 가사는 스팅이 불렀다. 마케팅을 조롱하는 예술에 마케팅 슬로건을 가져와서 사용한 대목을 백만장자 가수가 노래한 것이었다. 스팅은 다이어 스트레이츠가 카리브해의 한 녹음실에서 「거저먹는 돈」을 녹음하고 있을 때 그곳에 들렀다가 그 소절을 불렀다. 스팅은 근처에서 윈드서핑을 하던 중이었다.

내가 아는 음악가들 중 부자가 아닌 사람은, 거의 대

* 〈내 MTV를 원해 I want my MTV〉는 MTV의 첫 슬로건이었다.

부분 그렇지만, 노동 계급의 삶을 사는 듯 보인다. 노상 여행을 다닌다는 점을 제외하고는 그렇다. 하지만 나는 노동 계급의 삶이 무엇으로 정의되는지 모르겠다. 그 기준은 생활 양식일까, 아니면 버는 돈의 액수일까, 아니면 하는 일의 속성일까? 존은 이 용어를 좋아하지 않는다. 잘 쓰지도 않는다. 존이 자신의 배경을 지칭할 때 쓰는 단어는 〈쓰레기〉다. 한번은 존이 내게 이렇게 물었다. 「논의를 제안할 의도로서 말이야, 〈계급〉이라는 단어는 아무 뜻도 없다고 주장한 사람이 한 명이라도 있었어?」

23
아무것

내가 『계급 이해하기*Understanding Class*』라는 책을 읽은 뒤 이해한 것은 계급이란 이해하기 어렵다는 것이다. 누구도 계급의 정의에 합의하지 못한다. 계급을 연구하는 사람들조차 그렇다. 계급은 존재하지 않는다거나 계급은 죽었다고 말하는 사람도 있다. 세상에는 수백 가지 계급이 있으며 모든 직업이 각자의 계급을 구성한다고 말하는 사람도 있다. 하지만 에릭 올린 라이트는 서로 다른 직종의 노동자들도 공통의 관심사를 갖고 있다고 주장한다. 2011년 위스콘신에서는 교사, 간호사, 잡역부, 경찰관, 소방관, 사무원이 뭉쳐서 자신들이 더는 노조를 결성하지 못하게 만들 법안에 함께 항의했다. 그리고 1990년대 경제 번영기에 계급의 사망을 선언했던 보고서들은 과장이 컸다. 라이트는 〈계급의 경계, 특히 재산의 경계는 여전히 사람들의 삶에서 진짜 장벽으로 기능한다〉고 주장한다.

계급을 사고하는 한 가지 방식에 따르면, 사람들이 중산층에 진입하지 못하도록 막는 장벽이 곧 중산층을 정의하는 특징이다. 중산층 구성원인 우리는 스스로는 가령 교육과 기술을 취득하면서도 남들은 교육과 기술을 취득하지 못하도록 배제한다. 〈기회 사재기〉라고 불리는 이 현상은 입학 과정, 시험, 수업료, 면허증, 순위 매기기, 갖가지 자격 인정 제도로 드러난다. 우리는 편리하게도 보통 이런 장벽을 자신의 계급 지위를 보호하는 수단으로 여기지 않고, 그 대신 지능이나 능력이나 열의나 우수성이나 근면성을 측정하는 데 필요한 잣대로 여긴다.

그런가 하면 계급에 대한 마르크스주의적 접근법에서는 경제적 지위가 일부 사람에게 남들의 삶을 통제할 힘을 쥐여 준다는 점에 집중한다. 이 접근법에서 중산층은 통제하는 자본가와 통제받는 노동자 사이에 낀 집단이다. 스스로 자본가인 동시에 노동자인 소규모 사업자, 자신이 일하는 기업과 경제적 이해관계가 얽혀 있는 관리직 봉급생활자, 투자할 만한 자본을 모은 전문직 종사자가 이런 중산층에 포함된다. 이들은 자본가가 되고 싶어 하는 중산층이다. 그리고 바로 이 점 때문에 마르크스는 중산층 계급이 위험하다고 여겼다. 이 계급은 서로 상충하는 의무들과 내적 모순들을 지니고 있다.

라이트가 관찰한 바, 사람들은 대부분 계급을 통제나 배제의 수단으로 여기기보다 재산이나 교육처럼 우리가 획득할 수 있는 속성들의 집합으로 여기기를 선호한다. 이 접근법에서 어떤 사람의 계급은 그가 경제 자본, 문화 자본, 사회 자본이라는 세 종류의 자본을 각각 얼마나 가졌느냐에 따라 결정된다. 달리 표현하자면 그가 무엇을 소유하는가, 무엇을 아는가, 누구를 아는가다.

2013년 BBC가 실시했던 영국 사회 계급 조사는 시민 10만여 명에게 소득과 재산 현황, 여가를 보내는 방법, 친구들의 직업을 물었다. 그 결과 서로 구분되는 일곱 가지 계급이 확인되었다. 맨 위에는 세 종류 자본을 모두 가장 많이 가진 엘리트가 있었고, 맨 밑에는 셋 모두를 가장 적게 가진 프레카리아트가 있었다. 그리고 그 사이에 세 종류의 중산층과 두 종류의 노동 계층이 있었다.

〈모든 편이《가짜 억양 찾아내기》놀이를 했다.〉마이클 골드파브는 1970년대에 옥스퍼드에서 보냈던 시간에 대해 이렇게 적었다. 〈그래서 보통 사람인 척하는 상류층 아이를 조롱하는 그래머 스쿨 출신 아이도 있었고, 상류층 억양을 쓰려고 한다는 이유로 비웃음을 사는

1세대 중산층 아이도 있었다.〉 골드파브에 따르면, 당시에는 소득보다 집안 배경이 계층을 결정했다. 그러나 상황은 바뀌었다. 그리고 오늘날 영국은 미국보다 경제적 이동성이 더 크다. 미국에서는 이동이 대부분 중산층 내에서 벌어지고, 그 속에서는 사람들이 조금씩 오르내리지만, 대체로 가난한 사람은 계속 가난하고 부자는 계속 부자다.

나는 BBC 웹사이트의 영국 사회 계급 계산기에 내 소득과 주택 가격을 입력하고, 내가 인디 록이나 힙합을 듣고 미술관을 방문하며 친구들의 직업은 예술가나 교수나 과학자라고 질문지에 체크하여 답변한다. 계산기는 내가 엘리트 계급에 속한다고 알려 준다. 하지만 이것은 내가 소득을 달러에서 파운드로 환산하기 전이었고, 환산해서 다시 입력해 보니 안정된 중산층이라고 나온다. 나는 딱 환율만큼의 차이로 엘리트가 아닌 셈이다. 이 조사에 따르면, 나는 성인기에 프레카리아트를 포함하여 여러 계급을 거친 셈이다. 하지만 정말로 그런 것 같지는 않다. 나는 늘 대체로 내가 태어난 계급에 머물러 있었다.

「마음속에서 난 여전히 쓰레기야.」 존이 내게 말한다. 그의 출신이 그랬고 현재도 그렇다는 것이다. 하지만 그는 자신이 쓰레기처럼 살지는 않는다는 것도 안다. 그는 사우스사이드의 유년기에서 노스사이드의 성인기로 옮겨 왔다. 그의 아버지는 공장에서 일했고, 대학을 나오지 않았다. 우리 가족처럼 그의 가족도 집을 소유했다. 그리고 우리의 어머니들은 둘 다 우리의 아버지들을 떠나기 전에는 자신만의 소득이 없었다. 우리의 어머니들은 정확히 같은 계급은 아니었지만 처지만은 같았다.

내 또래 미국인 한 세대 전체의 경제적 삶을 추적해 온 연구자들이 얼마 전에 결과를 발표했고, 나는 그 내용을 『뉴욕 타임스』에서 읽는 중이다. 한 애니메이션 차트는 다양한 소득 수준 출신의 백인 소녀 소년 5만 명의 운명을 보여 준다. 평행하게 나열된 다섯 가닥의 물줄기는 다섯 가지 소득 수준을 뜻하고, 아이들은 각자 부모의 소득에 해당하는 물줄기에 떠 있는 작은 사각형 점으로 표시된다. 그렇게 흘러간 물줄기들은 성인기가 되면 서로 교차하며 뒤죽박죽 엉키는데, 그 후 어떤 아이는 이전보다 더 높은 소득을 향해 흘러가고 어떤 아이는 더 낮은 곳으로 흘러간다. 이때 남자아이는 위로 향하는 경우가 많고 여자아이는 아래로 향하는 경우가 많아서, 그들은 중간 지점에서 서로를 지나친다. 이제 이 차트는 물길이라기보다 기계처럼 보인다. 이것은 아이들을 싣고 나란히 출발하여 아이들을 분류한 뒤에 위나 아래로 나르는 컨

베이어 벨트들이다. 그리고 이것은 여자아이들을 추락시키도록 설계된 것처럼 보인다.

또 다른 차트는 가난하게 자란 백인과 흑인 남자아이 5만 명의 운명을 보여 준다. 인종에 따라 서로 다른 색의 사각형으로 표시된 소년들은 북적거리는 하나의 관을 통과해서 빠져나가는데, 그 뒤에도 대다수는 계속 바닥에 깔린 채 흘러가서 가난한 어른이 되지만 백인 소년 중 다수는 기적처럼 위로 날아올라서 더 높은 소득 수준으로 상승한다. 그다음 차트는 부유하게 자란 소년 5만 명의 인생을 추적한다. 소년들은 처음에 한 물줄기였지만 그로부터 네 개의 지류가 갈라져 나온다. 중상층과 중류층과 중하층과 빈곤층이다. 내가 지켜보니, 백인 소년들은 계속 부유층 물줄기로 흘러가는 경우가 많지만 흑인 소년들은 폭포처럼 곤두박질쳐서 더 낮은 지류로 흘러가는 경우가 많다.

기사에는 또 다른 차트, 파이프라인, 눈이 핑핑 돌아가는 기계가 더 많이 나온다. 흑인 아이들과 아메리카 원주민 아이들은 추락한다. 히스패닉 아이들도 추락하지만 정도는 덜하다. 아시아계 아이들과 백인 아이들은 상승할 가능성이 높다. 이 차트들은 소득만 추적할 뿐 계급의 다른 측면들은 추적하지 않는다. 그리고 아이들이 상승하거나 추락할 때 무엇을 지니고 가는지도 보여 주지 않는데, 그런 것은 데이터로 알 수 없기 때문이다. 출신 배경이 아이들에게 어떤 표시를 남기는가, 이를테면 그들이 말하는 방식에, 가치관에, 돈과 위험과 안전에 관한 생각에 어떤 표시를 남기는가는 측정되지 않는다. 그들이 새 소득 수준에 도달한 뒤에 자신을 어떤 존재로 여기는가를 알려 주는 단서도 없다.

나는 『계급 이해하기』로 돌아간다. 내가 펼쳐 둔 페이지에 1970년대 포스터 그림이 실려 있다. 그 속에서 웬 여자가 걸레를 들고 울타리에 기대어 선 채로 생각에 잠겨 있다. 그 위에는 이런 문장이 적혀 있다. 〈계급 의식이란 당신이 울타리의 어느 편에 있는지 아는 것이다.〉

24
패싱[*]

나는 존이 방금 씻은 수저를 집어넣고 있다. 은이 아니라 스틸로 된 수저이고, 사실은 우리 것이 아니다. 내가 대학원에 다닐 때 친구가 주었는데 나중에 친구가 돌려받으려고 했으므로 나는 여태 이것을 친구 것으로 여긴다. 우리가 처음 만났을 때 그 친구는 막 결혼한 신부였고, 이 수저 세트는 친구가 결혼 선물 희망 목록에 올려서 받은 물건이었다. 그 시절에 나는 중고품 가게에서 산 숟가락 두 개와 나이프 하나를 갖고 있었다. 포크는 유리컵 두 개

* passing. 어떤 사람이 스스로 원하는 정체성으로 사회에서 받아들여지는 것을 뜻한다. 젠더의 맥락에서는 어떤 사람이 자신이 원하는 성별로 받아들여지는 것을 뜻하고, 인종의 맥락에서 가령 〈백인 패싱〉이라고 하면 비백인이 백인으로 행세하거나 통한다는 뜻이다. 요즘은 어떤 사람이 특정 집단에서 그 일원으로 받아들여지는 것, 혹은 받아들여지기 위해서 행세하는 것을 뜻하는 말로 더 폭넓게 쓰인다.

를 사기 위해서 포기했고, 결혼 선물 희망 목록이라는 말은 들어 본 적도 없었다. 친구는 내게 수저 세트를 식기세척기에 넣었더니 녹이 슬었다면서 새로 사야 할 것 같다고 말했다. 환불이 안 되는 물건이라 친구가 그것을 내게 주었는데, 왜냐하면 내게는 수저 세트도 식기세척기도 없었기 때문이다. 나중에 친구는 그 수저를 복구하려면 그냥 내가 한 대로 하면 된다는 것, 즉 천으로 닦아 주면 된다는 말을 백화점에서 들었다. 친구는 내가 마음이 흔들려서 수저를 돌려주길 바라는 마음에 그 이야기를 꺼냈지만, 나는 마음이 흔들리지 않았다. 친구는 커튼과 토스터와 짝을 맞춘 식기 세트가 갖추어진 집을 갖고 있었다. 모두 내가 사치품이라고 여긴 물건이었다.

그때 친구가 빚에 허덕였다는 것, 대학원 학자금 대출로 생활하면서 대학 학자금 대출 변제는 미루고 집 담보 대출을 갚고 있었다는 것을 이제는 나도 안다. 친구의 수저 세트를 가짐으로써, 나는 그녀의 빚으로 먹고 산 셈이었다. 내가 숟가락 두 개만 소유했던 것은 내 대출금이 친구보다 훨씬 적었기 때문이다. 나는 대학원에서 최대한 적게 빌렸고, 거의 아무것도 사지 않았다. 도덕적인 이유로 신용 대출을 꺼린 것은 아니었다. 단지 미래에 내가 한 푼이라도 갚을 수 있으리라는 전망이 보이지 않아서였다. 내가 예술가로 살면서는 돈을 벌 수 있을 것 같지가 않았다. 유발 노아 하라리는 신용이란 낙관주의의 한 형태라고 말한다. 신용은 미래가 현재보다 더 풍요로울 것이라는 믿음에 의존한다.

내가 친구의 수저 세트를 돌려주지 않았던 것은 신용과 부의 차이를 몰랐기 때문이다. 만약 내가 계급을 보는 눈이 더 좋았다면, 내 주변 사람들이 겉보기에는 중산층이지만 실은 신용으로 연명하며 위태롭게 살아가고 있다는 사실을 알아볼 수 있었을 것이다. 신용으로는 모두가 같은 것을 사들일 수 있다는 점에서 신용은 평등의 환상을 빚어내지만, 모두가 그 빚을 갚을 수 있는 것은 아니다.

「10만 달러 학자금 대출의 벗어날 수 없는 무게」는 작가 M. H. 밀러가 자신의 대출 이야기를 들려준 기사의 제목이다. 밀러가 뉴욕 대학교에서 대학원까지 진학하는 동안, 포드에 납품하는 자동차 부품업체에서 일하던 그의 아버지가 직장을 잃었다. 그가 자란 집을 담보로 받은 대출은 채무 불이행 상태가 되었다. 그가 영문학 학사 학위와 석사 학위와 버지니아 울프에 관한 메모가 가뜩 적힌 공책을 안고 졸업할 무렵에는 집이 은행으로 넘어갔고, 그의 어머니는 암 진단을 받았다. 부모는 파산을 선언했다. 대금을 다 치르지 못한 차도 회수당했다. 밀러는 뉴욕에서 일하기 시작하고 나서도 첫 몇 년 동안에는 빚이 도무지 갚을 수 없는 수준이라고 느꼈기 때문에 죽음을 꿈꾸었다. 지금 그는 『뉴욕 타임스』에서 편집자로 일하는데, 빚을 갚을 만큼 벌지는 못하고 다달이 월급으로 간신히 살아간다.

마르크스도 빚에 시달렸다. 그는 의사에게 빚졌고, 정육점에 빚졌고, 집세가 밀렸다. 신용 카드도 없었으면서 소득을 초과하여 살았다. 그는 아내의 리넨과 식기, 그리고 자기 코트를 전당포에 잡혔다. 코트를 갖추어 입어야 들어갈 수 있었던 대영 도서관에 갈 일이 있으면 전당포에 가서 찾아왔다가 돈이 필요해지면 다시 맡겼다. 엥겔스가 정기적으로 그에게 돈을 보냈지만, 그는 엥겔스에게 더 보내라고 요구했다. 엥겔스는 결국 자신이 갖고 있던 부친의 공장 지분을 팔아서 자신과 마르크스의 생계를 책임졌다. 한번은 마르크스가 유산을 받았는데, 그는 그 돈을 더 큰 집으로 이사하는 데 썼다. 그러고는 그 직후에 엥겔스에게 편지를 써서, 오늘날의 꽤 넉넉한 연봉에 해당하는 금액인 5백 파운드를 빚을 갚고 집을 꾸미는 데 썼기 때문에 이제 집세 낼 돈이 필요하다고 말했다.

마르크스는 〈임금 노예〉로 일하지 않을 터였고, 이

사실이 자신의 딸들에게 어떤 의미인지 알고 있었다. 이것은 딸들이 좋은 혼처를 찾거나 아니면 하인으로 일해야 한다는 뜻이었다. 그래서 마르크스는 부르주아의 삶을 가장했다. 그의 딸들은 미술과 승마와 음악 수업을 받았고, 새집에서 무도회를 열었다. 마르크스는 엥겔스에게 보낸 편지에 이 모든 것은 〈딸들의 미래를 보장하기 위한〉 일이라고 썼다. 그리고 〈만약 이 아이들이 남자아이들이었다면〉 자신이야 프롤레타리아의 삶을 살더라도 만족했을 것이라고 주장했다.

〈패싱〉이라고 하니까 말인데, 하면서 로빈이 내게 이야기를 하나 해준다. 그녀가 다닌 대학은 당시 여자 대학이었고, 그곳에는 학자금을 지원받는 학생들을 위한 특별 기금이 있었다. 개인 기부자가 설립한 그 기금은 돈 없는 학생이 돈 있는 친구들과 어울릴 때 필요한 것을 마련하도록 돕는 용도였다. 구닥다리가 된 지 오래인 기금 설명문에 따르면, 예를 들어 학생이 오페라에 초대받았는데 제대로 된 장갑이 없는 경우에 기금을 신청할 수 있었다. 로빈은 그 기금으로 박물관에 다녔지만, 제대로 된 장갑도 그 못지않게 좋았을 것이라고 말한다.

25

멤버십

「아테나다!」J가 동상에 다가가면서 외친다. 정말로 아테나의 흉상이다. J는 투구를 보고 아테나인 줄 알았다고 한다. 「넌 정말 많이 가졌구나. 넌 내가 네 나이 때 몰랐던 걸 정말 많이 알아. 아테나가 누구인지도 알고.」존이 거의 속삭이듯이 작게 말한다. J는 고대로 더 깊이 빠져들었기 때문에 존의 말을 듣지 않지만, 나는 듣는다.

존은 중고차를 팔았고, 공사판에서 일했고, 그러다가 파리행 편도 비행기표를 샀다. 그리고 그곳에서 박물관들을 거닐다가 아테나에 대해 배웠다. J는 자기 전에 우리가 읽어 주는 책으로 고전을 배운다. 나도 그랬다. 그래도 나는 존의 기분을 조금은 알 것 같다.

「20세기에는 여자가 한 명도 없었어?」존은 이제 이렇게 묻는다. 우리는 미술관의 현대관을 돌아다니고 있는데, 지금까지 본 그림은 전부 남자가 그린 것이었다. 위층에서 나는 「서랍 달린 밀로의 비너스Venus de Milo with Drawers」를 보고 크게 웃음을 터뜨린다. 시카고 미술관에서 이 층은 와본 적이 없어서, 처음 본 작품이다. 이 비너스는 이마 한복판에 서랍이 달려 있고, 거기에 복슬복슬한 털 손잡이가 달려 있다. 그녀는 가구가 되어 버렸다. 물론 이전에도 그렇기는 했지만 말이다.

　　미술관 카페에서 존은 맥주를 마시고, 나는 코발트블루색 병에 든 탄산수를 마신다. 사실 나는 물보다 병을 더 원했다. 존은 상념에 잠겼다. 「난 여기만 오면 돈 생각이 나. 이곳에서의 경험은 온통 돈으로 포화된 것처럼 느껴져.」 존이 말한다. 그는 유럽의 박물관들에서는 이런 느낌을 받지 않았다고 한다. 무엇이 다른지는 그도 잘 모르겠다고 한다. 「사람들일까.」 그가 이렇게 말하면서 〈이것은 옷이 아니라 예술이에요〉 하고 선언하는 듯한 기하학적 재킷을 입은 커플을 손짓으로 가리킨다. 「누가 이 돈을 댔는지 우리에게 일깨우기 위해서 사방에 적힌 이름들도 그래.」 그가 또 말한다.

　　나오는 길에 나는 미술관 멤버십을 구입한다.

26
예술

데이비드가 저녁을 먹으러 와서, 우리는 함께 예술에 대해 이야기하는 중이다. 우리가 벽에 걸어 두는 종류의 예술 말이다. 우리는 이 집에서 산 지 1년이 되었지만 아직 벽에 아무것도 걸지 않았다. 아파트에서 살 때는 내가 그린 그림을 거실에 마스킹 테이프로 붙여 두었었다. 나는 그것이 2만 달러짜리 크레용화라고 농담하곤 했는데, 내가 대학에서 그림을 공부했던 학년의 학비가 그만큼 들었기 때문이다. 그러나 나는 그 학년의 학비를 직접 내지는 않았으며, 그다음 3년도 마찬가지였다.

대학 졸업 후에 생활비를 직접 벌 때, 내가 살던 집에 가구라고는 달랑 침대 하나뿐이었다. 하지만 벽에는 예술 작품이 걸려 있었다. 그것은 내가 손수 제본한 책과 맞바꾼 친구의 작품이었다. 예술가들은 원래 오래 보존되는 재료만을 써야 하므로 중성지로 작업하는 것이 관례였다. 그에 대한 반항으로, 그 친구는 커피를 적신 종이나 산성 용액에 담근 종이에 그림을 그렸다. 한 작품은 홍차에 물든 종이들이 손바느질한 실로 한데 동여매어져 대충 집 모양을 이루고 있었다. 나는 그 작품을 아직 갖고 있지만, 작품은 친구의 의도대로 색이 바래고 흐늘흐늘 분해되고 있다.

「우리도 이제 돈이 있으니까 예술을 사야 하지 않을까.」나는 말한다. 〈우리도 예술가들의 호주머니에 돈을 찔러 넣어 주어야지.〉나는 이 생각을 머릿속에서 굴리고 있지만, 전적으로 설득되지는 않았다. 예술 구입은 가구 구입보다 더 모르는 일이다. 내게 예술은 늘 행하는 것이었지 구입하는 것이 아니었다. 갤러리에서 팔리는 예술은 전혀 다른 세상 일처럼 느껴진다. 미술계라는 세상.

존은 우리가 돈이 있다고 말할 수 있는지 다소 의문이라고 말한다. 한편 얼마 전에 신용 카드 빚을 다 털었다는 데이비드는 우리의 논쟁을 흥미롭게 지켜본다. 나는 두 사람에게 이렇게 말한다. 「아직 월가 점령 운동이 뉴스에 나던 시기에 안 사실인데, 당시 시카고 거주 가정의 75퍼센트는 우리보다 소득이 적었어. 우리는 상위 25퍼센트에 들었고, 그것도 내 연봉이 7만 3천 달러로 인상되어 가계 소득이 12만 5천 달러가 되기 전의 일이었어.」

　「우리는 돈이 있었어.」존이 마지못해 인정한다.「하지만 그걸 이 집에 써버렸지. 이제 우리는 돈 안에서 살고 있는 거야.」

　「맞아, 그리고 예술 없이 살고 있지.」나는 동의한다.

27

가난

베이비시터가 내게 보고하기를, 지난주에 J가 그녀에게 가난하냐고 묻기에 그렇다고 대답했지만 이후 한 주 내내 자기가 대답을 잘못했다고 느꼈다고 한다. 「J가 가난의 모습이 이거라고 생각하게 만들기 싫어요.」그녀는 자신의 노스페이스 코트와 L.L.빈 백팩을 가리킨다. 이 베이비시터는 과거에 내 학생이었고, 여느 학생들과는 달리 대학에 다니는 동안 줄곧 일했다. 이번 주에 J는 다시 그녀에게 가난하냐고 물었고, 그녀는 아니라고 대답했다. 「그러면 부자네요.」J가 말했다. 「그게 말이야, 그건 상대적인 문제란다.」그녀는 말했다.

J는 데이비드가 우리에게 긴 초를 하나 주고 갔기 때문에, J가 평생 본 것 중에서 제일 긴 초를 주고 갔기 때문에 자신이 부자라고 느끼고 있었다. 그것은 우리 삶을 풍

요롭게 만들어 달라는 기원을 담은 봉헌용 초라고 했다. 우리가 풍요를 얼마나 더 흡수할 수 있을까? 나는 궁금했다. 나도 내가 부자라고 느끼고 있었다.

베이비시터가 〈상대적〉이라는 단어의 뜻을 설명해 주자, J는 이렇게 물었다. 「나한테 진짜 긴 초가 있거든요. 그런데 다른 사람이 나보다 더 긴 초를 갖고 있을지도 모르잖아요, 그러면 그 사람은 부자고 나는 아니에요?」

「이래서 아무도 자기가 부자라고 생각하지 않는 거야.」 나는 베이비시터에게 말한다.

28
부자

〈우리가 부자라는 증거를 수집하는 중이야.〉 나는 존에게 문자 메시지를 보낸다. 우리는 여태 이 논쟁을 이어 가고 있지만, 이것은 재미로 하는 싸움일 뿐이다. 나는 뉴욕에 와 있다. 이곳 친구들은 모두 내가 지난번에 왔을 때보다 도심에서 좀 더 먼 곳으로 이사해 있다. 집세가 계속 오르기 때문이다. 친구들의 집에 있으면, 생활비가 몸으로 느껴진다. 시카고에서는 더 적은 돈으로 더 많이 살 수 있고, 그래서 이곳에서 나는 내가 부자라고 느낀다. 그러나 이 경우에 부자라고 느끼는 대가는 뉴욕에서 살지 않는 것이다.

내가 만든 기준은 아니지만, 부자를 정의하는 한 기준은 〈당신의 가계 소득이 거주하는 지역의 중간 소득보다 두 배 이상 많은가〉 하는 것이다. 시카고에서는 13만

6,806달러 이상이면 그렇다. 뉴욕에서는 15만 736달러 이상이면 그렇다. 내가 볼 때 이 정도로는 뉴욕에서 부자라고 느끼며 살기에는 턱없이 부족할 것 같지만, 엘리자베스 친의 말마따나 〈자신이 부자도 엘리트도 아니라고 느낀다고 해서 실제로도 아니라는 뜻은 아니다〉.

몰리가 새 아파트 벽에 설치되어 있는 침대를 끌어내려서 보여 준다. 나는 오늘 밤에 이 침대에서 잘 것이고, 창밖에서 버스가 정차하면서 헉 하고 숨을 내뱉는 소리에 잠을 깰 것이다. 내일은 우리가 기차를 두 시간 탄 뒤에 파 로커웨이의 퀴어 해변까지 걸어가서 합판으로 가려진 목욕탕 건물 옆을 지나갈 것이다. 한때 영화를 누렸던 그 목욕탕을 가리켜서 『뉴욕 타임스』는 〈아르 데코 설계, 대형 공공 토목 사업, 포퓰리즘적 재미를 기리는 건축물〉이라고 묘사했는데, 지금 그 건물은 자금이 바닥난 이래 절반만 수선된 채로 방치되어 있다. 공원 감독관은 이렇게 설명했다. 「우리는 부를 넓게 퍼뜨려야 합니다. 아니면 부의 결핍이라도요.」

몰리의 아버지가 갑자기 돌아가셨을 때, 몰리는 매디슨가에 있는 아파트를 물려받았다. 그곳에서 우리는 한 해 여름을 함께 살았고, 그동안 몰리는 아버지의 재산을 어떻게 처리할지 궁리했다. 우리는 돌아가신 몰리 아버지의 침대에서 잤고, 그분의 부엌 찬장에 든 물건들을 보면서 놀라워했다. 케이퍼가 든 병이 많았는데, 우리는 둘 다 그것이 무엇인지 몰랐다. 우리는 시험 삼아 그것을 맛보고서는 못 먹는 것이라고 결론 내렸다. 이제 그 케이퍼들은 몰리의 것이었다. 유리 진열장도, 거창한 액자에 든 케테 콜비츠의 판화 「죽은 아이를 안은 여인Woman with Dead Child」 프린트도 마찬가지였다. 그중 어느 것도 몰리는 원하지 않았다.

몰리는 자신에게 주어진 유산을 원하지 않았다. 집도 돈도 원하지 않았다. 그녀는 돈으로 인해 달라질지도 모르는 자신의 모습을 원하지 않았으며, 자신이 절박한 상태에 머물기를 원했다. 내 생각에 그래서 몰리는 유산을 기부한 것 같다. 우리가 이 문제에 대해 이야기하지 않은 지 오래되기는 했으나, 그녀가 사는 모습을 보면 알 수 있다. 몰리는 나보다 더 좁은 곳에서 살고, 가진 것이 더 적고, 내가 수업에 쓰는 시간보다 더 많은 시간을 일에 들인다. 「응, 월급으로 살고 있어.」 그녀가 지금 내게 말한다. 하지만 유산은 아직 갖고 있다고 한다. 정확히 말하면 대부분 갖고 있다. 이미 상당액을 기부했기 때문이다. 그리고 그녀는 아직 20년 전과 마찬가지로 전액을 기부하겠다는 생각이다.

지금 몰리는 자신이 자란 동네로 돌아와 있다. 매디슨가의 아파트가 아니라 보데가*들과 작은 철물점들이 있는 도미니카계 주민들의 동네다. 그녀의 집에는 천장을 가로지르는 빨랫줄이 매여 있고, 창문에는 냄비와 팬이 걸려 있다. 새 이케아 책상이 있는 거실은 작업실과 식당도 겸한다. 그녀가 나와 함께 자기 방을 둘러본다.「그러니까 이제 우리는 이렇게 사는 걸까? 계속 돈을 벌고, 그 돈으로 계속 이 물건들을 더 좋은 물건들로 교체하면서?」몰리가 말한다.

몰리 아버지의 침대 옆 탁자에는 어여쁜 유리 체리들이 담긴 그릇이 놓여 있었다. 나는 남몰래 그것을 탐냈다. 몰리는 그것이 우스꽝스럽다고 말했고, 그것은 부의 상징이라고 말했다. 먹을 수 없는 과일이라는 점에서.

* 원래 스페인어로 〈창고〉라는 뜻이지만, 뉴욕에서 보데가는 주로 라틴계 이민자들이 동네에서 운영하며 식료품과 간단한 먹거리까지 파는 구멍가게를 뜻한다.

2부

일

1
여가

「〈스콜라스틱scholastic〉*의 어원을 한번 찾아봐.」 보이슬라브가 내게 제안한다. 나는 영문을 모르겠다. 우리는 일에 대해, 내가 대학에서 하는 일에 대해 이야기하는 중이다. 「이 단어는 그리스어에서 왔는데 그 뜻은 〈공부할 여가가 있다〉야.」 그가 말한다. 고대 그리스인은 우리처럼 일을 가치 있게 여기지는 않았지만 공부는 가치 있게 여겼다. 일은 노예와 여성의 몫이었다. 여기서 보이슬라브가 내 주의를 끌고자 하는 단어는 〈여가〉라는 것을 알겠다.

고대 그리스에서 여가란 오늘날과는 전혀 다른 뜻이었다. 그것은 바쁨의 반대였으나 그렇다고 해서 휴식이나 놀이는 아니었다. 그것은 사색과 경이를 즐기는 시간이었다. 여가가 있다는 것, 공부하고 명상하며 산다는 것

* 〈학자의〉 혹은 〈학업의〉라는 뜻이다.

은 진정한 자유를 즐기는 것이었다. 하지만 이 자유는 여성과 노예의 일에 의존했다. 그리고 아리스토텔레스가 말했듯이 〈노예에게는 여가가 없다〉.

요즘처럼 시간이 곧 돈일 때, 자유 시간은 결코 공짜가 아니다. 그것은 비싸다. 『유한계급론 *The Theory of the Leisure Class*』에서 소스타인 베블런은 여가란 과시적 소비의 한 형태라고 말한다. 이때 소비되는 것은 시간이다. 베블런은 봉건주의하에서 귀족이 육체노동으로부터 면제된 것과 마찬가지로 자본주의하에서 상류층은 일상적 고용으로부터 면제된다고 말한다. 여가란 일할 필요가 없는 계급이 자신의 지위를 과시하는 방법이다.

『풍요한 사회』에서 갤브레이스는 미국에는 더 이상 유한계급이 존재하지 않는다고 주장한다. 미국의 부자들은 일한다. 적어도 바쁘게 활동한다. 여가의 유행은 끝나고 새로운 계급이 등장했으니, 돈 때문에 일하는 것이 아닌 사람들의 계급이다. 그들도 급여를 받지만, 급여가 핵심은 아니다. 그들은 충족감을 느끼기 위해서 일하며, 일 자체를 보상으로 여긴다. 급여는 부수적인 문제인데, 하지만 갤브레이스가 지적하듯이 〈위신의 지표〉이기는 하다. 그리고 이 계급 사람들에게 위신은 존경과 더불어 만족감의 원천이다. 그들은 급여를 많이 받고 싶어 하지만,

돈이 동기냐는 말을 들으면 모욕감을 느낄 것이다. 갤브레이스에 따르면, 〈그런 것이 바로 새로운 계급의 노동이다. 귀족이 봉건적 특권을 상실할 때 느꼈을 슬픔도 이 계급 사람이 오직 급여만이 보상인 평범한 노동으로 전락할 때 느낄 슬픔에는 댈 수 없다〉.

나는 이 문장을 읽으면서 얼굴을 붉힌다. 들킨 기분이다. 그리고 이 챕터 전체를 다시 읽다가, 갤브레이스는 이 새로운 계급을 전도유망한 사건으로 본다는 점을 깨닫는다. 갤브레이스는 풍요한 사회라면 그저 일일 뿐인 일에 종사하는 사람의 수를 지속적으로 줄이는 것을 목표로 삼아야 한다고 주장한다. 표준 노동 시간도 줄여야 한다. 그리고 새로운 계급은 자신의 즐거운 노동 시간 중 일부를 모든 사람이 더 즐겁게 일할 방법을 찾는 데 써야 한다고 그는 주장했다.

나는 로빈에게 전화를 걸어, 새로운 계급에 대해서 들려준다. 이 통화는 내가 얼마 전에 그녀에게 보낸 편지의 부록 격으로, 그 편지도 계급에 관한 내용이었다. 로빈은 내 편지가 도착했는지 아닌지 아직 모른다. 왜냐하면 우편물은 정오에 배달되는데, 그녀는 자신이 정오에 현관을 나가서 우편함을 확인하는 모습을 이웃들이 목격하기를 바라지 않기 때문이다. 그녀의 이웃들은 프로테스탄트 노동 윤리를 갖고 있으며, 아침 9시에 출근하여 오후 5시에 퇴근하는 삶을 산다.「기다렸다가 5시에 우편함을 확인해 봐야 해.」로빈이 웃으면서 말한다. 로빈은 안식년을 보내면서 책을 쓰고 있다. 그러나 이웃들은 그 사실을 모른다. 로빈은 이웃들이 자신을 노는 사람으로 여기기를 바라지 않는다.

2
프로테스탄트 윤리

매기는 수영장이 딸린 새 집을 샀고, 나는 그곳에서 종일 헤엄쳤다. 지금은 매기의 부엌 조리대에 기대어 서서 초콜릿을 먹으면서 일에 대해 이야기하고 있다. 예전에 나는 매기에게 내가 프로테스탄트 노동 윤리를 갖고 있다고 말했었다. 내가 매기의 아들을 돌보는 일을 하던 때였다. 〈프로테스탄트 윤리〉는 매기가 이미 퇴근하여 직접 아들 옆에 누울 수 있는데도 평소처럼 내가 아이를 재우겠다고 우기면서 그 고집에 대해 스스로 붙인 이름이었다. 아이 재우는 의무를 포기하기를 거부하는 것, 이것은 친구에게 베푸는 호의치고는 이상한 것이었다. 당시에 우리는 이 점을 지적하면서 웃었지만, 나는 그저 일을 잘하고 싶었을 뿐이었다. 그것이 내 윤리였다. 다만 나중에 알게 된 바, 이것이 프로테스탄트 윤리는 아니었다.

막스 베버는 『프로테스탄트 윤리와 자본주의 정신 *Die protestantische Ethik und der 'Geist' des Kapitalismus*』을 1905년에 발표했다. 그가 신경 쇠약으로 일할 수 없게 되었다가 회복하던 시기였다. 그는 가르칠 수는 없어도 책을 쓸 수는 있을 만큼 회복했고, 그렇게 쓴 책에서 이런 질문을 던졌다. 만약 탐욕이 시간만큼 오래된 것이라면, 왜 현대 자본주의가 17세기 북유럽에서야 나타났을까? 엘리자베스 콜버트는 이 질문을 던진 사람이 베버가 최초는 아니었으며 최후도 아닐 것이라고 말한 뒤에 이렇게 덧붙인다. 〈그러나 베버가 떠올린 대답 — 사실상 도널드 트럼프가 마르틴 루터의 영적 후예라고 주장하는 내용이다 — 은 아직까지도 최고로 변태적인 대답이라고 할 수 있다.〉

베버의 주장에 따르면, 초기 프로테스탄트 교도들은 자신들이 신의 총애를 받는다는 증거로서 노동으로 부를 축적해야 한다고 믿었다. 이것은 가톨릭의 좋은 노동 개념, 즉 타인을 위해 봉사함으로써 구원을 얻는 것이 노동이라는 개념으로부터 달라진 것이었다. 베버는 사람들이 어떤 이유에서든 필요 이상으로 돈을 벌어야겠다고 결심하기 전에는 자본주의가 진정으로 확립될 수 없었다고 말했다. 요즘이라면 사람들을 그렇게 설득하기가 식은 죽 먹기이겠으나, 17세기 영국에서는 그렇지 않았다.

그 시절에 서민들은 여전히 간헐적으로만 돈을 벌었고, 주로 자급자족했으며, 자신이 충분히 갖고 있다고 느꼈다. 그래서 그들이 꾸준히 임금 노동을 하기를 바라는 지주들을 애태웠다. 〈사람은《천성적으로》돈을 계속 더 많이 벌기를 바라지는 않는다. 오히려 기존에 익숙한 방식대로 살면서 거기에 필요한 만큼만 벌고 싶어 한다.〉베버는 이렇게 주장했다.

〈프로테스탄트 윤리〉란 노동의 도덕화와 재산의 특권화를 말하는 것이었지, 내 생각처럼 노동은 그 자체로 좋은 것이라는 믿음이 아니었다. 그런데도 나는 그동안 일에 대한 내 신념을 묘사할 때 이 용어를 써왔다. 프로테스탄트도 가톨릭도 아닌 나는 일에 대한 관념을 주변 환경으로부터 흡수하여 구축했다. 그리고 거의 평생 일은 좋은 것이라고 믿어 왔다.

3

일

직장 동료와 한잔하고 있다. 우리가 칵테일을 두 잔째 마시고 나서, 동료가 내게 프로그램 보고서에서 내 발언이 삭제되었다고 알려 준다. 나는 마치 FBI 파일처럼 내 발언 부분에 검은 줄이 그어진 것이라면 좋겠다고 말한다. 「아니, 그런 식은 아니야.」 동료가 말한다. 내 발언은 아예 누락되었다. 내가 우리 프로그램은 직위가 낮은 교원들, 대부분 우리처럼 여성인 교원들의 관심사를 상사가 무시하기 좋은 구조라고 지적했던 부분은 아예 백지가 되었다. 현재 구조상 가능한 사소한 학대 — 일상적인 업신여김, 노동 착취, 이따금 발생하는 강요 — 를 상술했던 부분도 지워졌다. 「자기가 제기한 불평은 대응 가능한 내용이기 때문에 삭제돼야 했던 거지.」 동료가 설명한다. 그러니까 만약 그 대목이 지워지지 않았더라면 그에 대해 무언가 조치를 취해야 했을 것이라서 그렇다는 말인 듯하다.

　일, 나는 늘 일이 좋았다. 적어도 처음에는 그랬다. 최초로 출퇴근 카드를 찍었던 농장에서 콘크리트 바닥을 빗자루로 쓸었던 일, 채소 판매대에서 금전 등록기를 맡았던 일, 온실 뒤에서 양배추 상자를 조립했던 일, 여름 캠프에서 얼떨떨한 표정의 아이들에게『필경사 바틀비 *Bartleby, the Scrivener*』를 읽어 주었던 일. 그리고 교실을 메운 미술학도들 앞에서 발가벗고 서 있었던 일. 그것은 좋은 일이었다. 시간당 10달러라는 보수 때문만은 아니었다. 그때 나는 대학생이었고, 꼼짝 않고 서서 생각하는 것을 즐겼다. 그리고 나 또한 누드 그리기를 좋아했다. 나는 사람들이 그림으로 그릴 몸을 갖고 있다는 것이 얼마나 도움 되는 일인지 알고 있었으며, 도움 되는 봉사로 느껴지는 일을 선호했다.

　가끔 나와 함께 일하던 다른 모델이 있었다. 아흔이 다 되어 가는 남자였다. 여름이면 그는 아내와 캠핑카로 전국을 돌면서 미술관에서 대가들을 연구했다. 회화나 조각을 배우려는 것이 아니라 포즈를 배우려는 것이었다.「나는 목수의 망치라오, 혹은 못이라오.」그는 내게 말했다. 그는 자신이 터득한 포즈들을 찍은 폴라로이드 사진을 바인더에 한가득 모아 두었다. 거기에는 늙은 다비드가 된 그, 주름이 자글자글한 아우구스투스가 된 그, 반백의 생각하는 사람이 된 그가 있었다.

어느 날 나는 예술가의 모델이 되어 주면 시간당 20달러를 준다는 광고를 보았다. 그래서 차를 몰고 강가의 어느 창고 건물로 가서 화물용 엘리베이터로 꼭대기 층까지 올라갔다. 엘리베이터에서 나를 맞이한 남자는 잡지에 사진을 파는 사진가였다. 「난 묘지의 무덤에서 나체의 여성을 찍는 걸 좋아합니다.」 그가 내게 말했다. 나는 그때 뒤돌아 나왔어야 했다. 하지만 나는 이미 옷을 벗은 뒤였다. 그가 내게 바닥에 누워서 다리를 벌려 달라고 요구했다. 이런 일이 벌어지리라는 것을 왜 몰랐을까? 나는 내 몸이 시체 성애적 포르노에 봉사한다는 사실에 순수하게 놀랐다. 이제는 나도 일이란 이런 식임을 안다. 가끔은 우리가 일에 착수한 뒤에, 이미 옷을 벗은 뒤에 계약이 수정되곤 한다는 것을.

4
자본주의

업무상 참석한 저녁 식사 자리에서 식물학자와 경제학자 사이에 앉게 되었다. 우리는 칡에 대해 이야기하는 중이다. 이것은 일이 아니지만 여가도 아니다. 경제학자가 피구세를 언급한다. 피구세란 어떤 대상이 사회적 비용을 발생시키기 때문에 그 가격에 더하는 세금을 말한다. 가령 담배에 부과되는 세금이 그렇다. 「칡 같은 침입종 식물에게 매길 세금을 어떻게 계산할 수 있을까요? 자기 정원에 칡을 심겠다는 사람에게 세금을 얼마나 물리면 좋을까요?」 경제학자가 중얼거린다.

그의 말을 들으니, 만약 세상 모든 것의 가격에 사회적 비용이 반영된다면 많은 것이 지금보다 훨씬 더 비싸지리라는 생각이 든다. 생수도, 온라인 쇼핑도, 총알도 그럴 것이다. 한편 어떤 것은 그 저렴함 자체가 사회적 비용이다. 맥너겟이 저렴한 것은 거의 걷지도 못하는 상태로 사육된 닭들의 희생 덕분이고, 공장에서 분당 마흔 마리의 속도로 닭들의 내장을 제거하고 절단하는 노동자들의 희생 덕분이다. 우리는 결국 이 새들과 함께 묻힐 것이다. 〈수조 마리 새들의 화석은 그들을 만들어 낸 인간보다 더 오래 남아서, 이 땅에 한때 인간이 살았다는 사실을 알릴 것이다.〉『저렴한 것들의 세계사 *A History of the World in Seven Cheap Things*』에서 라즈 파텔과 제이슨 무어는 이렇게 말한다. 자본주의는 어떨까? 나는 궁금해진다. 우리가 자본주의 자체에도 세금을 매길 수 있을까?

　　나는 경제학자에게 자본주의가 무엇인지 설명해 줄 수 있느냐고 묻는다. 식물학자가 자리에서 일어나 술을 가지러 간다. 「자본은 생산 수단입니다.」 경제학자가 설명을 시작한다. 그 점은 나도 이미 안다. 그리고 자본주의는 사람들이 생산 수단을 소유함으로써 부를 축적하는 체제다. 「공장이나 소 같은 거 말이죠.」 그가 말한다.

　　「땅도요?」 내가 묻는다. 「네, 땅도요. 혹은 다른 인간도요.」 심지어 뾰족하게 깎은 작대기도 자본이다. 「자본주의는 아주 오래전부터 존재했죠. 거의 소유만큼 오래되었어요.」 그가 말한다.

　　나는 이 점에서 그가 틀렸다고 생각하지만, 이야기

가 벌써 화석 연료로 넘어간다. 「석유와 석탄도 자본이에요.」 그가 계속 말한다. 「그런데 우리는 그 자본을 땅속에 가만히 놔둘 필요가 있죠. 그걸 캐고, 팔고, 사고, 태워선 안 돼요. 하지만 사람들은 이미 그걸 소유하고 있죠. 최근에 어느 기자가 한 말인데요, 우리가 이처럼 대대적으로 자본 축적으로부터 등 돌린 사례가 또 있었나 생각해 보면 노예 해방 정도가 있었다는 거예요.」

5

해방 컬렉션

『그들은 그녀의 재산이었다 *They Were Her Property*』는 읽힐 날을 기다리면서 내 침대 옆에 놓여 있다. 나는 이 책을 표지만 넘겨 보았는데, 앞날개에 이렇게 적혀 있었다. 〈전통적으로 여성은 토지보다 노예를 더 많이 물려받았으므로, 여성의 부는 노예에서 나올 때가 많았다. …… 백인 여성들은 노예 시장에 적극 참여했고, 그로부터 이득을 취했고, 그럼으로써 경제적 힘과 사회적 힘을 획득했다.〉 나는 이 대목을 차마 넘어서지 못해서 첫 페이지까지도 못 가고 있다. 책을 덮고 표지를 보니, 잘 차려입은 백인 여성이 경매장에서 손을 들어서 가슴이 드러난 흑인 여성을 사기 위해 입찰하는 그림이 실려 있다.

노예는 백인 여성이 결혼 후에도 계속 소유하고 통제할 수 있는 재산이었다. 그런 기혼 여성들은 노예제 덕분에 자본주의에 온전히 참여할 수 있었다. 그들은 열성적으로 참여하여 노예를 손수 구입했고, 공격적으로 흥정했고, 다른 여자의 아이들을 팔았다. 스테퍼니 존스로저스는 이들을 〈노예 시장의 여주인들〉이라고 부른다. 그리고 이때 〈여주인mistress〉이라는 단어는 원래 의미로 쓰인 것이라고 강조한다. 이 의미에서 〈여주인〉은 〈주인master〉의 여성형으로, 〈무엇을 소유한 여자〉라는 뜻이다.

마르크스는 만약 상품들이 말할 수 있다면 각자 자신이 얼마나 가치 있는 사물인지 논할 것이라고 상상했다. 차를 가득 담은 찻잔은 자신의 가치를 찻주전자에 비교해 볼지도 모른다. 한편 프레드 모튼은 달리 상상해 보자고 제안한다. 만약 프레더릭 더글러스의 헤스터 이모가, 다른 사람에게 그녀의 몸을 허락했다는 이유로, 손목에 동여매어진 끈으로 부엌의 갈고리에 매달린 채 주인에게 채찍질당하면서 내질렀던 비명이 녹음되어 있다면 어떨까?* 그녀의 증언이 축음기에서 재생되고 또 재생되는 것을 상상해 보자. 〈사물은 저항하고, 상품은 부르짖고, 청중은 참여한다〉는 것을 기억하자.

나는 그 청중의 일원으로서, 밤사이에 사람들이 넘

---

* 미국의 노예 해방 운동가였던 더글러스는 어릴 때 헤스터 이모가 채찍질당하는 광경을 보았던 기억이 생생하다고 자서전에 기록해 두었다.

어뜨린 남부 연합 기념비들의 이야기를 신문에서 읽는다. 벤이 내게 전화를 걸어서 요즘 취재하는 이야기를 들려준다. 그는 막 도라 로빈슨이라는 여성을 인터뷰했다. 그 흑인 여성은 자기 집에 흑인 유모 컬렉션을 모으고 있었다.「이건 나의 해방 컬렉션이에요.」그녀는 말한다. 컬렉션의 중심을 이루는 것은 흰 앞치마를 두른 흑인 여자 모양의 묵직한 무쇠 도어 스토퍼, 이름하여 제미마 아줌마*다. 로빈슨은 제미마 아줌마를 어느 집 벼룩시장에서 발견했다. 원래 주인이었던 백인 여성은 1백 달러를 불렀고, 그것은 너무 과한 가격이었다. 로빈슨은 그냥 떠났으나, 결국 차를 돌려 돌아가서 제미마 아줌마를 사 왔다. 로빈슨은 제미마 아줌마를 해방시키기 위해서 그녀를 소유했다.

어릴 때 나는 여자 모양의 빈 시럽병을 모았다. 그것은 〈버터워스 아줌마의 시럽〉**이라는 상품이었는데, 요즘 이베이에서는 〈제미마 아줌마 병〉이라는 이름으로 팔린다. 버터워스 아줌마와 제미마 아줌마는 둘 다 아침 식

---

* 19세기 말부터 시판된 팬케이크 믹스 브랜드의 이름으로, 흑인 가정부 겸 유모의 이미지를 홍보에 활용했다.

** 1960년대부터 시판된 메이플시럽 브랜드의 이름으로, 서 있는 여자 모양으로 생긴 흑갈색 유리병 안에 시럽이 들어 있었다.

사를 내주고, 둘 다 앞치마를 두른다. 하지만 버터워스 아줌마는 성으로 불린다. 풍자 신문『피플스 뉴스*The Peoples News*』는 진작부터 내가 의심해 온 일이 사실로 드러났다는 기사를 보도한다. 버터워스 아줌마의 DNA를 검사했더니, 〈버터워스는 백인이지만 지난 45년 동안 흑인으로 행세해 왔다〉는 것이다. 〈그녀는 만약 자신이 백인으로 머물렀다면 이렇게 성공하지 못했을 것이라고 말했다〉라는 문장도 있다. 그녀가 종사하는 업계에서 성공은 사물로 여겨지는 사람이 가장 잘 수행할 수 있다.

　나는 끈적끈적한 병들을 책장에 보관했었다. 그들은 내가 쓰레기에서 구해 낸 아름다운 물건들이었다. 나는 그들을 소유하고 싶었고, 어쩌면 해방시키고도 싶었다. 아이였던 나는 병이 또한 여자일 수도 있다는 사실이 흥미롭게 느껴졌다. 그녀에게는, 이 여자에게는 시럽을 품고 있다는 직업이 있었다. 그러나 시럽이 다 부어지면, 그녀가 텅 비고 그녀의 일이 끝나면, 그녀는 이제 다른 존재가 되었다.

6
일

나 자신에게조차 인정하기 두렵지만, 나는 일이 하기 싫다. 하지만 나는 와인을 한 잔 마신 뒤에 보이슬라브에게 냉큼 고백하고 만다. 그는 으쓱하면서 말한다. 「당연히 그만두고 싶겠지. 나도 그만두고 싶은걸.」 나는 말한다. 「설령 직장을 그만두더라도 할 일은 여전히 많을 거야.」 글 쓰는 일, 자료 조사 하는 일, 집안일, 정원 일, 아이 돌보는 일을 해야 하리라. 사실은 일이 내 일을 방해하고 있고, 나는 일할 시간을 더 많이 얻기 위해서 일을 더 적게 하고 싶다. 내게는 단어가 하나 더 필요하다.

　루이스 하이드는 일과 노동을 구별한다. 일은 우리가 시간제로 하는 것이지만, 노동은 제 속도를 스스로 정한다. 일에는 운이 좋을 경우 돈이라는 보상이 따르지만, 노동의 보상은 변화다. 하이드는 이렇게 적었다. 〈시 쓰기, 아이 기르기, 새로운 계산법 개발하기, 신경증 해소하기, 온갖 형태의 발명. 이런 것이 노동이다.〉 이 목록을 보니 내 문제를 알겠다. 나는 일이 아니라 노동에 삶을 바치고 싶다.

혹은 거꾸로일 수도 있다. 안드레아 콤로시의 『일: 지난 1천 년의 역사Work: The Last 1,000 Years』에서는 〈노동labor〉과 〈일work〉의 의미가 역전되어 있다. 콤로시에 따르면, 두 단어 모두 기원은 라틴어이고, 그래서 모든 인도유럽 어족 언어에는 일을 뜻하는 단어가 두 개씩 있다. 라틴어 〈라보르labor〉는 고된 노역을 뜻했으며, 〈라보라레laborare〉라는 단어는 노예들이 무거운 짐을 지고 휘청거리는 모습에서 왔다. 한편 영어 단어 〈워크work〉를 낳은 라틴어 단어 〈오푸스opus〉는 창의적이고 생산적인 일을 뜻했다. 이것은 만족스러운 일, 즐거움과 성취감을 주는 일을 뜻했다.

요즘은 많은 언어에서 고된 노역을 뜻하는 단어와 만족스러운 일을 뜻하는 단어의 경계가 흐려지는 추세다. 영어에서 노동자는 곧 일꾼이고 노동은 곧 일이다. 〈노동labor〉이 출산을 뜻하는 말로 쓰일 때만 예외다. 현대 독일어에서 〈베르크werk〉는 더는 섹스의 완곡어법으로 쓰이지 않는다. 그래도 〈베르크〉가 고통을 뜻할 수는 있으므로, 〈sie hat ihre werke(그녀는 그녀의 일을 치르고 있다)〉라는 표현은 생리 중인 여성에게 쓸 수 있다. 콤로시는 일이 유급 고용으로 정의되기 시작한 19세기 이전에는 일을 뜻하는 단어들의 범위가 더 넓었다고 지적한다. 〈사람들이 갈수록 유급 고용에 집중함에 따라, 과거에 일로 간주되었던 활동 중에서 다수가 훗날에 일의 범주에서 제외되었다.〉

많은 직업이 하이드가 말한 의미에서의 일과 노동을 둘 다 필요로 한다. 사람을 변화시키는 힘이 있기에 내가 사랑하는 가르침의 노동에는 통상적인 서류 작업과 피고용인답게 행동하는 일이 수반된다. 후자가 실제 가르치는 일보다 더 힘들다. 관료제는 노동을 일로 둔갑시키는 재주가 있다. 그리고 내가 J의 유치원 학부모 설명회에서 선생님이 학습 커리큘럼을 제공해 주는 회사들의 목록을 열거할 때 보았듯이, 교사는 노동을 빼앗기고 대체로 일만 떠안을 수도 있다.

이것이 바로 마르크스가 말한 〈노동자가 노동으로부터 소외되는〉 상태일 것이다. 나는 20년 전에 『자본론』을 읽었을 때는 이 표현이 그다지 마음에 와닿지 않았지만, 이제는 와닿는다.

7
드래그*

「일터에서 제일 힘든 부분은 일이 아니라 패싱이야.」어머니가 내게 말한다. 여기서 패싱이란 사무원처럼 행세하는 것, 즉 직책에 맞게 옷을 입고, 사무실 생활의 의례를 수행하고, 컴퓨터 앞에서 열 시간 노동하는 것을 고맙게 여기는 듯이 행동하는 것을 뜻한다. 어머니는 평생 대체로 돈이 되지 않는 일들을 해온 끝에 지금은 사무직으로 일한다. 어머니의 상사는 작업을 더 빨리 하고 실수를 더 적게 하라고 끊임없이 주문한다. 지겨운 일이다.

「파리는 불타고 있다Paris Is Burning」** 속 드래그 볼에

* drag. 주로 오락용으로 과장된 여성성, 남성성을 표현하는 행위로, 보통 크로스 드레싱, 즉 어떤 사람이 자신과는 반대되는 성별의 전형적 복장을 하는 행위와 결합되어 있다. 이 책에서는 이 단어에 〈지겨운 것〉 혹은 〈힘겹게 끌어가다〉라는 뜻도 있다는 점에 착안하여 중의적 의미로도 쓴다.

** 1980년대 후반 뉴욕의 볼ball 문화를 기록한 1990년 다큐멘터리 영

서, 〈중역〉은 경쟁 부문 중 하나였다. 중역 드래그란 돈과 권력이 있는 사람처럼 차려입고 그런 사람처럼 무대를 걷는 것을 뜻했다. 패싱의 실용성에 드래그의 오락성을 결합한 셈이었다. 트로피는 〈사실성〉이 돋보인 참가자에게 주어졌다. 이것은 아이러니가 가미된 사실성이었으니, 1980년대 볼계의 흑인 드래그 퀸들은 중역이 될 기회로부터 남들보다 두 배 더 멀리 있었기 때문이다. 그들 중 일부는 살 곳이 없었고, 일부는 돈 때문에 아등바등하는 처지라서 생활비를 벌려고 성매매를 했다. 누군가는 이렇게 말했다. 「우리에게 볼이란 우리가 실제로 그런 명성과 부와 스타덤과 스포트라이트를 가질 수 있을 가능성 못지않게 비현실적이죠.」

　　파리가 불타던 시절에 루폴은 뉴욕에서 남의 집 소파를 전전하며 잠자리를 해결했고, 소지품은 피라미드 클럽 지하에 보관해 두었다. 나는 그의 첫 히트곡 뮤직비디오를 본다. 그 속에서 그는 가난하게 자란 슈퍼 모델을 연기한다. 자신의 실제 삶을 빼닮은 대성공에의 판타지를 연기하기 위해서 그는 파우더, 마스카라, 립스틱, 깃털 목도리, 새틴 장갑, 대담한 목걸이, 실크 스카프, 뾰족

화다. 볼 문화는 그 시기 뉴욕의 성 소수자 공동체가 탄생시킨 퍼포먼스 행사로, 무대에서 춤과 포즈를 경쟁했다.

구두를 걸치면서 전진하다가 두 눈을 부릅뜬 얼굴로 대미를 장식한다. 그리고 이렇게 노래한다. 〈자기는 일해야 해, 일하라고, 아가씨.〉 그리고 반복한다. 〈일해.〉 윙크한다. 〈일해.〉

그것은 루폴이 드래그 레이스를 선보이기 한참 전의 일이었다. 요즘에 그는 안감에 〈우리는 알몸으로 태어나고, 나머지는 모두 드래그다〉라는 문장이 은밀히 수놓인 분홍색 양복을 입는다. 그는 우리에게 사람은 누구나 연기하고 있다는 사실, 그러나 개중에는 남들보다 대본을 더 충실히 따르는 사람도 있고 더 쉬운 배역을 맡은 사람도 있다는 사실을 알리고 싶어 한다. 더 쉽고 벌이도 더 좋은 배역이 있는 것이다.

「드래그는 반역 행위예요.」그는 한 기자에게 말한다. 「드래그는 남성 지배 문화에게 엿 먹으라고 말하는 나만의 방식이에요.」다른 기자에게는 이렇게 말한다. 나는 궁금해진다. 그는 누구를 위해 그 일을 하는 것일까? 자신을 위해? 해방을 위해? 그는 여성의 옷이란 코스튬이며 그것을 입는 것은 일종의 일임을 세상에 알렸는데, 그렇다면 그런 옷을 입는 여성들을 위해?

이제 나는 리애나의 노래를 듣고 있다. 〈일, 일, 일, 일, 일, 일.〉 이 노래는 연달아 히트곡을 만들어 내야 하는 일의 고단함을 암시한다. 또한 그 일을 하는 동안에도, 하지 않는 동안에도 일상적으로 성적 매력을 연기해야 하는 일의 고단함을 암시한다. 뮤직비디오는 차분하고, 어둑하고, 뿌옇다. 노동 계급의 퇴근 후 풍경으로 보인다. 이것은 화려하게 꾸미지 않는다는 점에서 반영상적인 영상이다. 그리고 이 노래는 횡령과 아메리칸 드림에 관한 노래들이 들어 있는 「안티anti」라는 음반에 수록되어 있다.* 「일work」은 매혹적이고 반복적이다. 〈이 노래는 사실 어디로도 전혀 나아가지 않는다. 이것은 우리가 일할 때 받는 느낌과 흡사하다.〉 스펜서 콘하버는 이렇게 비평한다. 후렴구의 가사는 〈일work〉에서 〈더러운 일dirt〉로 바뀌었다가 다시 〈일〉로, 그리고 〈배우다learn〉로, 〈피곤하다tired〉로 이어진다.

「꼭 키부츠에서의 삶을 묘사한 것처럼 들리네.」로빈이 말한다. 「그러게, 내가 정원에서 보내는 하루를 묘사한 것 같기도 하고.」 나는 웃으면서 말한다. 그런데 이때 드레이크가 끼어들어서 이렇게 노래한다. 〈그래, 알

---

* 리애나가 직접 경험한 회계사의 횡령을 넌지시 언급한 노래(「Bitch Better Have My Money」)와 아메리칸 드림에 관한 노래(「American Oxygen」)는 「안티」 음반이 나오기 전해에 싱글 앨범으로만 발매되었다. 저자가 착각한 대목으로 보인다.

았어, 자기는 일을 마쳐야지, 마쳐야지, 마쳐야지, 마쳐야지.〉

나는 하루 일을 마치고, 직장 동료들과 함께 저녁을 먹으러 걸어간다. 머릿속에는 아직도「일」의 뮤직비디오가 맴돈다. 분홍색 방에서 찍은 두 번째 뮤직비디오 말이다. 만약 이 노래의 주제가 사랑의 일이라면, 즉 계속 일을 하면서도 사랑이 유지되도록 지속적으로 노력하는 것에 관한 노래라면, 이 뮤직비디오의 주제는 섹스라는 일이다. 몸을 비비는 춤의 고단함이 주제다. 부드러운 단조로움, 서서히 땀이 나는 몸. 리애나가 드레이크를 위해서 춤추고, 그다음에 드레이크가 리애나를 위해서 춤춘다. 이것은 유혹적이지만, 업무 같은 방식으로 그렇다.

「리애나는 일에 섹스를 끌어들이거나 아니면 섹스에 일을 투입하고 있는 거야.」나는 말한다.

「아니야, 리애나는〈넌 나를 위해 일해야 해〉하고 말하는 거야. 일종의 힘겨루기지.」미셸이 다른 의견을 낸다.

일, 짐이 노래한다. 루폴 풍으로.

만약 그것이 힘겨루기라면 리애나는 그 게임에 조금 질린 듯 보인다고, 나는 생각한다.

일, 짐이 노래한다.

8
마녀

「바바 야가.」J가 느닷없이 말한다.

나는 바바 야가에게서 벗어날 수 없다. 그녀는 내 유년기의 마녀들 중 한 명이었고, 내가 진심으로 무서워했던 유일한 마녀였다. 어머니가 내게 들려준 이야기에서, 바바 야가의 집은 닭발 위에 얹혀 있었고 문은 앙다문 이빨로 잠그게 되어 있었다. 집을 둘러싼 울타리는 해골로 만들어져 있었고, 해가 지면 그 해골들의 눈이 이글이글 타오른다고 했다.

바바 야가는 내가 독립할 때도 따라와서, 대학 첫 학기에 모습을 드러냈다. 나는 러시아 문학 수업을 듣고 있었는데, 교수가 우리에게 러시아 민담을 모르고서는 푸시킨을 이해할 수 없다고 강조했다. 바바 야가가 내 어머니가 지어낸 존재가 아니라 어엿한 문학 작품이라는 사실에 나는 깜짝 놀랐다. 알고 보니 바바 야가는 모순의 여성이었다. 그녀는 소녀들을 산 채 불태우려 했지만, 그 소녀들에게 힘도 안겨 주었다.

우리 학생들은 교수야말로 마녀라고 농담하곤 했다. 그녀는 나이가 많았고, 쑥 들어간 눈이 두 개의 컴컴한 구멍처럼 보였다. 그러나 그녀의 머리카락은 젊은 여성의 머리카락처럼 길고 풍성했다. 그녀는 『어머니 러시아: 러시아 문화의 여성적 신화*Mother Russia: The Feminine Myth in Russian Culture*』라는 책을 썼으며, 온갖 동화를 알고 있었다. 그녀가 마녀의 빗자루에 대해서 우리에게 해준 말은 정말로 웃겼으니, 내용인즉 그것이 음경을 상징한다는 것이었다. 「어떤 이야기에서는 마녀가 빗자루 대신 남자를 타죠.」그녀는 말했다. 사람들이 그런 이야기를 하던 시대에는 만약 남자가 아침에 일어났더니 몸이 쑤시거나 땀투성이가 되어 있다면 밤에 마녀가 자신을 타고 다녔다고 말하곤 했다.

「학생이 문학을 계속 공부하면 좋겠어요.」교수는 학기 말에 내게 말했다. 나에 대해 나 스스로는 아직 깨닫지 못한 무언가를 알고 있다는 듯이, 나를 옆으로 데려가서 그렇게 말했다. 그때 나는 내가 빗자루를 음경으로 보는 식의 작업에 소질이 있다고 교수가 생각했다는 것이

웃겼지만, 지금 나는 『캘리번과 마녀Caliban and the Witch』를 읽으면서 이런 문장에 밑줄을 긋고 있다. 〈늙은 마녀가 빗자루를 타고 난다는 미신은 …… 확대된 음경의 투사였고, 억제되지 않은 정욕의 상징이었다.〉

유럽의 마녀사냥이 절정에 달한 것은 노예선이 아메리카 대륙으로 항해하고, 봉건적 관계가 자본주의에 밀려나던 시기였다. 실비아 페데리치는 그 시기의 사람들이 여성을 화형시킨 것, 아프리카인을 노예화한 것, 토착민의 토지를 훔친 것은 모두 하나의 과정으로 볼 수 있다고 주장한다. 페데리치에 따르면, 자본주의는 늘 도둑질과 폭력에 의존한다.

〈마녀사냥은 모든 경계를 뛰어넘으면서 프랑스와 이탈리아로부터 독일, 스위스, 잉글랜드, 스코틀랜드, 스웨덴으로 퍼졌다.〉 페데리치는 말한다. 교회는 세속 권력자들에게 마녀 색출과 처벌을 촉구했고, 정부는 마법을 부리는 행위를 중죄로 규정했으며, 갓 발명된 인쇄기는 마녀재판 홍보에 쓰였다. 사람들은 여성 수천 명을 재판에 부쳤고, 그들의 옷을 벗기고 머리를 밀었으며, 바늘로 고문했고, 목을 매달았고, 불태워 죽였다. 마녀사냥은 미신이나 종교의 문제라기보다 여성의 반항을 억압하려는 일이었다고 페데리치는 주장한다.

봉건 유럽에서 여성 소작농은 영주의 권위 아래 살았다. 그들은 영주의 소유물이었다. 그러나 그들에게는 이후 수백 년 동안 여성이 다시 갖지 못할 종류의 경제적 힘이 있었다. 여성 소작농은 종종 남성과 공동으로 토지를 빌렸고, 재산을 물려받을 수 있었다. 여자들이 집과 텃밭에서 하는 노동은 진정한 가치를 지닌 진짜 일로 여겨졌다. 여자들은 직물과 비누와 약을 생산했다. 도시가 성장한 뒤에는 여자들이 대장장이로, 푸주한으로, 제빵사로, 맥주 양조가로, 소매업자로 수백 가지 직종에서 일했다. 하지만 이후 자본주의로의 이행기에 여성은 계약을 맺을 권리와 법정에서 자신을 대변할 권리를 잃었다. 이제 태아를 산달까지 품지 않는 것은 사형에 처해질 수 있는 죄였다. 그리고 기혼 여성이 돈을 벌면 그 임금은 그녀의 남편에게 지급되었다. 여성의 일은 더 많은 일꾼을 생산하는 것이었고, 그것은 무보수 의무 노동이었다.

마녀는 나이 들어 더는 아이를 낳지 못하는 여성, 산아 제한을 돕는 산파, 평생 출산하지 않은 무자녀 여성, 소유물이 되기를 거부하는 문란한 여성, 그리고 자신을 판매하는 창녀였다. 마녀들은 또 유난히 가난했다. 그녀들의 범죄라고 기록된 항목 중 하나는 음식 적선을 거부한 사람들에게 욕한 행위였다.

여자들은 17세기 프랑스와 스페인에서 거리로 쏟아져 나와서 식량 부족을 성토했다. 그리고 여자들은 쇠스랑과 낫을 들고 잉글랜드의 지주들에게 항의했다. 여자들은 밤중에 담을 허물었고, 산울타리를 파냈다. 공유지에 담을 둘러서 사유화하는 움직임에 항의하고자 들판에 불을 질렀다. 여자들은 계급 반란이라는 현실적인 반란에 참여한 것이었건만, 마녀사냥은 여자들이 악마와 결탁했다는 가상의 음모론을 땔감으로 삼아서 타올랐다. 〈마녀는 그 시절의 공산주의자요, 테러리스트였다.〉 페데리치는 말한다.

중세의 그림이나 이야기에 묘사된 여성은 억세고, 사납고, 정력적이다. 여성은 남성에게 올라타서 채찍을 휘둘렀다. 줄줄이 다섯 명의 남편을 두었고, 여섯 번째도 기꺼이 두려고 했다. 여성은 만족할 줄을 모르고 고압적이었다. 적어도 그 시절의 만화에서는 그렇게 묘사되었다. 그러나 마녀사냥 이후 역사의 이쪽 페이지로 넘어온 뒤, 여성은 이제 온순하고 나약한 존재로 그려졌다. 그리고 〈무성적이고, 순종적이고, 유순하고, 예속을 받아들이는〉 존재라는 새로운 여성상이 등장했다. 자본주의하에서 여성은 더 이상 위험한 존재로 여겨지지 않았다. 여성은 이제 무력한 존재였다.

9
산모 도우미

나는 이번 주에 여자들에게 지불할 돈을 세고 있다. 월요일에 아이를 보아주는 사람에게 40달러를 주어야 하고, 수요일에 아이를 보아주는 사람에게는 60달러를 주어야 한다. 내가 처음 고용인이 된 것은 엄마가 되었을 때였다. 출산 중 과잉 출혈로 여전히 몸이 약했던 때에 처음 사람을 고용했다. 피고용인은 갓 고등학교를 졸업한 젊은 여성으로, 일주일에 두 번 아침에 우리 집으로 왔다. 산모 도우미라고 불리는 이 일로 그녀는 시간당 8달러를 벌었다. 그녀는 내가 집안일을 할 때는 아기를 안고 있었고, 내가 아기를 안고 있을 때는 집안일을 했다. 아기는 안겨 있든 아니든 항상 울었다. 그리고 나는 항상 못 씻고 불안한 상태였다. 산모 도우미는 흰 빨랫감 한 무더기를 분홍색으로 바꿔 놓았고, 나는 친절하지 않았다. 그녀는 도움이 되지 않고 있었다. 하지만 어차피 나를 도울 수 있는 사람은 아무도 없는 듯했다. 아기는 내가 정성껏 돌보는데도 결코 만족하지 않았다. 나는 나대로 산모 도우미에게 결코 만족하지 않았다. 그녀가 일을 그만둘 때 나는 안도했다. 하지만 나는 아직 가르치는 일이나 글 쓰는 일로 돌아가지는 못한 상태였다.

〈가족 있는 여자가 어떻게 펜을 잡을 수 있는지 도무지 이해가 안 돼.〉 버지니아 울프는 1930년에 이렇게 썼다. 당시 울프의 요리사가 입원해 있었고, 그래서 울프는 2주 동안 글을 한 줄도 쓰지 못했다. 울프는 새 요리사를 면접하고 기름 묻은 접시를 씻느라 바빴다. 울프가 자란 집에서는 가족 열한 명이 하인 일곱 명과 함께 살았다. 하인들은 요리를 했고, 냄비를 씻었고, 식기를 닦았고, 아이를 보살폈고, 식료품을 구입했고, 배달품을 받았고, 옷을 빨았고, 바닥을 훔쳤고, 양탄자를 털었고, 불을 피웠고, 재를 긁어냈고, 요강을 비웠고, 여주인들의 목욕물을 데웠다.

〈수백 년간 여자들은 으레 하인이 되거나 하인을 두거나 둘 중 하나였다.〉 앨리슨 라이트는 자신의 책 『울프 부인과 하인들 *Mrs. Woolf and the Servants*』에서 이렇게 말한다. 그리고 〈지시하고 지시받는 것은 여자 간에 가장 흔한 관계였다〉. 영국에서 미혼 여성들이 하녀 대신 점원이나 교사 일을 찾아보던 1930년대에도 이 상황은 여전했다.

울프는 일기와 편지에 하인들에 관한 이야기를 끊임없이 적었는데, 이해심이 있는 글은 아니었다. 그녀는 하인들과의 말씨름과 눈물을, 협박과 화해를 기록했다. 그녀는 그들에게 〈다정하게〉 굴려고 애썼다. 하지만 그들이 일하는 소리가 너무 성가셨다. 〈하인들이 돌아다니는 소리가 끔찍하게 싫다〉고 했다. 그들은 너무 수다스럽고 멍청했다. 울프는 〈가난한 사람들은 유머 감각이 없다〉고 불평했다. 그들의 썩은 이, 두꺼운 팔, 땀을 역겨워했다. 그들에게 돈을 주는 것조차 〈낭비로 느껴진다〉고 했다. 하인들의 일은 노동으로 간주되지 않았으므로, 그들이 받는 돈은 임금이 아니라 생활비였다. 울프는 다른 여자들을 부양하는 셈이었는데, 이 사실이 그녀에게는 불편했다. 그들을 내보내고 싶어도 그녀는 요리를 할 줄 몰랐다. 그리고 그녀의 집안 살림은 풀타임으로 해야 하는 일이었다.

울프는 물려받은 부동산에서 나오는 소득과 약간의 투자 소득으로 생활하다가 나중에 자기 글로 돈을 벌기 시작했다. 〈나는 자본 소유로 인한 심리적 어려움에 구애받는 사람 중 하나다.〉 그녀는 일기에 이렇게 적었다. 친구들에게 자신들 모두가 가진 것을 죄다 포기해야 한다고 말하기도 했다. 사회주의자였던 울프의 남편은 이것을 헛소리라고 생각했다. 그는 자신들이 재산을 보유한 채 〈선행〉을 해야 한다고 주장했다.

울프는 중년이 되어 요리를 배웠고, 그래서 18년간 함께 살아온 요리사를 해고할 수 있게 되었다. 하지만 남편 소유의 오두막에서 사는 하녀 한 명과 정원사 한 명은 계속 두었다. 하인들은 여전히 그녀의 소유지에서 살았지만, 그래도 이제 같은 집에서 살지는 않았다. 〈최고의 하인은 없는 사람 같은 존재였다.〉 라이트는 이렇게 말한다.

울프는 〈손잡이만 돌리면 따뜻한 양고기구이가 툭 떨어지는 마법의 세계〉를 꿈꾸었다. 오늘날 나는 인스턴트식품과 편리한 기계가 가득한 그런 마법의 세계에서 산다. 온수기, 세탁기, 식기세척기, 수세식 변기, 전자레인지, 스스로 불이 붙는 데다가 내가 연료를 투입할 필요가 없는 레인지.

〈얼마나 많은 노예가 당신을 위해서 일할까요?〉 하고 묻는 웹사이트에서, 나는 내가 가진 전자 제품, 옷, 딱 하나 있는 금반지, 가죽 구두, 스테레오, 전화, 컴퓨터를 생산하는 데 든 강제 노동의 양을 계산해 볼 수 있다. 결과는 50명으로 나온다. 여기에는 내 옷에 쓰인 목화를 딴

우즈베키스탄 아이들과 내 전자 기기에 쓰인 탄탈럼을 채굴한 콩고 아이들도 포함된다.

하인들은 나를 위해 식당 주방에서 익명으로 요리하고, 웨이트리스들은 내 주문을 받는다. 그러나 그들은 내 소유지에서 함께 살지 않는다. 몇 달에 한 번, 아니면 내가 돈이 있을 때면 한 달에 한 번 우리 집에 와서 바닥 청소를 해주는 여자도 마찬가지다. 내가 그녀를 직접 보는 일은 거의 없고, 우리는 문자 메시지로만 대화한다. 그녀는 내가 출근한 뒤에 와서 내가 놓아둔 160달러를 가져간다. 내가 집에 오면, 그녀가 소파 뒤나 침대 밑에서 꺼낸 물건들이 나를 기다리고 있다. 구겨진 책, 와인 코르크, 모노폴리 게임에서 나온 작은 욕조. 그것들은 마치 박물관 전시물처럼 탁자 위에 진열되어 있다.

10
조앤 디디온

불가능한 일이지만, 나는 어느 미니밴의 운전석에 앉은 조앤 디디온을 본 것 같다. 그녀가 자전거를 탄 나를 앞질러서 그녀의 뒷모습이 얼핏 눈에 들어온다. 이런 일이 전에도 있었다. 그때는 그녀가 약국에서 줄을 서서 기다리는 모습을 보았다. 고개는 돌려져 있었고, 그러다가 이내 그녀는 사라졌다.

언젠가 나는 디디온에 대해 어머니와 심하게 말다툼했다. 어머니가 내 커피 테이블에 놓인 책을 집어서 조금 읽다가 툭 던져 놓으면서 말했다. 「미친년.」나는 나중에서야, 우리가 둘 다 울고불고한 뒤에서야, 어머니가 디디온에게서 미쳤다고 여긴 점은 그녀의 부유함이라는 데 생각이 미쳤다.

디디온, 그녀의 죄는 많다. 그녀는 말랐고, 쿨하고,

부자다. 자신의 특권을 따져 보지 않는다. 물론 이 점은 노먼 메일러, 존 맥피, 흰 양복의 톰 울프 같은 그 시절의 남자들도 마찬가지다. 그때 나는 어머니와의 말다툼에 넘어가기 쉬운 상태였고, 이미 화가 나 있었다. 왜냐하면 디디온이 일 때문에 딸을 방치했다고 암시하는 서평을 읽었기 때문이었다. 출산 후 막 일에 복귀한 참이었던 나는 그 미친년이 나라고 확신했다.

디디온, 그녀는 호놀룰루의 로열 하와이안 호텔 발코니에 있고, 그곳에서 〈비정상적으로 많은 시간을〉 보낸다. 이 표현은 그녀가 자신의 돈과 그 사용법을 인정하면서 보내는 윙크다. 그녀는 에세이와 기사와 각본을 쓰는 일로 돈을 벌지만, 또한 돈 있는 남자와 결혼했으며 경제적으로 안정된 집안에서 태어났다. 이 배경에서 나온 것이 『베들레헴을 향해 웅크리다 *Slouching Toward Bethlehem*』의 디디온, 즉 히피를 이해하지 못했으며 그냥 다 버리고 떠나고 싶다는 막연한 충동에 공감하지 못했던 디디온이었다. 그녀는 히피들이 분명 게임의 규칙을 충분히 알지 못한다고 여겼다. 왜냐하면 이 게임에서 빠진다는 것은 아예 불가능하기 때문이다.

역시 그 에세이에 등장하는 〈디거스〉는 히피보다는 좀 더 원칙이 있는 경제적 체제 거부자들이었다. 디디온은 그들과 대화해 보고 싶었지만, 그들은 그녀와 대화하기를 원하지 않았다. 그들은 자신들이 쓴 글을 직접 출판했고, 히피를 비판하는 전단지를 펴냈다. 디거스는 반문화의 반문화였다. 그들은 이후 헤이트애슈버리에서 무료 보건 서비스를 제공했고, 무료 빵집을 운영했으며, 버려졌으나 아직 쓸 만한 물건들을 갖춘 무료 상점을 운영했다. 디디온은 그들이 1649년의 디거스, 즉 평등 사회 건설을 지향했던 또 다른 소규모 경제적 체제 거부자 집단에서 이름을 땄다는 사실을 언급하지 않았는데, 어쩌면 몰랐을 수도 있다. 그녀는 그들이 좀 우스꽝스럽다고 생각했다.

그러나 그것은 『살바도르Salvador』를 쓰기 전의, 『마이애미Miami』를 쓰기 전의, 『정치적 픽션들Political Fictions』을 쓰기 전의 디디온이었다. 대부분의 작품을 쓰기 전의 디디온이었다. 또한 「뉴욕: 감상적 여정New York: Sentimental Journeys」을 쓰기 전의 디디온이었으니, 이 기사에서 그녀는 어느 백인 투자 은행 직원이 센트럴 파크에서 강간당했던 사건이 1989년 뉴욕에서 신고되었던 다른 3,254건의 강간 사건들보다 더 큰 관심을 모았던 것은 이 도시가 말하고 싶은 이야기가 바로 그런 것이기 때문이라고 결론짓는다. 그 이야기란 〈하층 계급이 이 도시를 체계적으로 망치고, 유린하고, 강간하고 있다는 내용〉으로서, 한마디로 상류층의 환상이었다. 그녀가 보기에 이것은 현실을 역전시킨 이야기였다. 도시의 부자들은 가난한 사람들 때문에 자신들이 위험해진다고 믿고 싶어 했는데, 현실은 그 반대였다.

〈우리는 살기 위해서 스스로에게 이야기를 들려준다.〉* 예전에 참석했던 글쓰기 관련 학회에서, 이 문장이 현수막에 당당하게 인쇄되어 있는 것을 보았다. 나는 그들이 그 문단의 뒷부분까지 다 읽었을지가 궁금했다. 왜냐하면 이때 디디온이 하려고 한 말은 이야기가 삶을 구성한다는 것이 아니라 우리가 스스로에게 거짓말을 한다는 것이기 때문이다. 자기기만은 그녀의 오랜 주제였다. 그녀가 미니밴으로 나를 뒤쫓는 것도 이 때문이다.

* 디디온의 1979년 에세이집 『화이트 앨범 *The White Album*』 첫 글의 첫 문장이다.

11

차

로빈과 나는 매디슨가를 따라서 50블록을 걷는다. 예전 같으면 이럴 때 내가 몹시 심란해졌을 테지만 지금은 그 정도는 아니다. 이제 나는 이 도시에서 살아가려고 애쓰는 처지가 아니기 때문이다. 우리는 대좌 위에 작은 핸드백이 하나 달랑 얹혀 있고 그 양옆에 웃는 얼굴이 그려진 대형 풍선이 두 개 놓여 있는 진열창을 지나친다. 「이런 수준의 소비는 우스울 수밖에 없다는 걸 가게들도 아는 것 같네.」 로빈이 말한다.

　로빈이 요전에 예술 및 디자인 박물관에서 본 전시 이야기를 해준다. 이파리가 2천 장이 달린 금빛 칡덩굴이 전시장 전체를 휘감고 있었다고 한다. 유대인 박물관에서는 어느 풀밭에서 개미들이 식량이나 죽은 동료를 나르면서 바삐 제 할 일을 하는 모습을 촬영한 영상 작품을 보았는데, 나중에 알고 보니 그 풀밭은 마르크스의 무덤이었다고 한다.

우리는 모건 도서관에서 발길을 멈추고, 호화로운 차를 주문한다. 앙증맞은 샌드위치와 앙증맞은 스콘과 앙증맞은 빵과 거기에 곁들여진 앙증맞은 클로티드크림 병이 층층으로 쌓인 은쟁반에 담겨 나온다. 이 건물, 그리고 이 안의 모든 예술품과 사물은 한때 J. P. 모건의 소유였다. 1907년에 그는 동료 은행가들을 자신의 수집품과 함께 이곳에 가둔 뒤에 그들이 경제 구제 계획에 동의할 때까지 풀어 주지 않았다. 그것은 연방 준비 제도가 설립되기 전의 일이었고, 모건이 여러 광산과 제철소와 철도의 집합인 세계 최대 기업 US 스틸을 인수한 뒤의 일이었다. 모건은 타이태닉호의 출자자였지만 그 배와 함께 가라앉지는 않았다. 출항 직전에 예약을 취소했기 때문이다. 요즘 그의 이름은 내가 찻값을 치르는 데 쓴 신용카드에 출자한 은행 이름에 들어 있다.

은쟁반은 한때 영국에서 차가 사치품이었음을 상기시키는 물건이다. 차가 맥주보다 더 흔해지기 전에는 그랬다. 여왕과 궁정 사람들은 17세기부터 차를 마셨으나, 18세기에 들어 차는 임금 노동자의 양식이 되었다. 노동자들은 차로 잠을 깬 뒤에 일하러 갔고, 더는 챙겨 먹을 시간이 없어 밥 대신 차를 마셨다. 차를 끓이는 것이 빵을 굽거나 수프를 만드는 것보다 시간이 적게 걸렸거니와 연하게 끓이면 끼니로 마셔도 될 만큼 돈도 적게 들었다. 공장에서 일하는 여성 노동자들의 가족은 아침으로 귀리 죽 대신 차를 마셨다. 19세기 후반이 되면 가난한 사람들의 식사가 주로 흰 빵, 차, 설탕으로 구성되었는데, 모두 한때는 부자의 사치품이었던 음식이다. 사람들은 영국 소유의 인도 농장에서 재배된 차에 카리브해 농장에서 노예들이 생산한 설탕을 타서 마셨다. 차는 식사 대용으로는 부실했으나 그래도 따뜻하고 달콤했다. 그것은 위안이자 낙이었고, 노동자가 다른 노동자들이 겪는 박탈 덕분에 누리게 된 일상의 사치였다. 오늘날 우리가 마시는 것도 여전히 식민주의의 유산이다.

우리는 여기에 차를 마시러 온 것이 아니라 에밀리 디킨슨의 편지와 원고 전시회를 보러 왔다. 나는 디킨슨이 1년간 다녔던 마운트 홀리오크 여학교의 학생들이 도넛을 만드는 장면을 찍은 사진을 들여다본다. 하지만 그녀는 중퇴했기 때문에 사진에는 나오지 않는다. 나는 그녀가 자기 정원의 식물을 그림으로 그려서 친구에게 보냈던 것과 봉투 덮개에 시를 적었던 것도 구경한다. 박물관 가이드에 따르면, 그녀는 자투리 종이에 자주 글을 적었다. 종이는 비싼 물건이었다. 그녀가 봉투 뒷면에 썼던 시들만 모아서 너끈히 한 권으로 엮어 낸 책도 있다. 나는 그녀가 생전에 발표했던 시 열 편 중 한 편을 살펴보는데, 모두 익명 발표였다. 그녀의 이름은 한 번도 인쇄되지 않았다. 가이드는 디킨슨이 작품 발표에 그다지 욕심 내지 않았다고 설명한다. 그녀의 아버지가 여성의 글쓰기를 못마땅히 여긴 탓도 있었지만 아마 다른 이유들도 있었을 것이다. 나는 디킨슨이 자신의 시 「난 아무도 아냐! 넌 누구니?I'm Nobody! Who are you?」에서 수정했던 대목을 떠올린다. 그녀는 〈아무 말 마! 그들이 우리를 추방할 거야 – 너도 알잖아!〉를 〈아무 말 마! 그들이 알려 버릴 거야 – 너도 알잖아!〉로 바꾸었다.

그녀는 알려지기를 바라지 않았다. 그녀가 바란 것은 그저 자기 일을 하는 것, 즉 글을 쓰는 것이었다. 그녀의 다른 일은 아픈 어머니를 돌보는 것, 그리고 그녀가 손수 만든 빵이 아니면 먹지 않는 아버지를 위하여 빵을 굽는 것이었다. 그녀가 짧게나마 다른 일을 맡은 적도 있었는데, 그것은 학생 때였고 그 일은 칼을 씻는 것이었다.

12
내 것

나는 에밀리 디킨슨의 시를 한 편 외우려고 애쓰는 중이다. 첫 연은 이미 외웠다고 생각했지만, 암송해 보니 첫 두 행만 떠오른다. 〈나는 육체를 가진 것이 두렵다 – / 나는 영혼을 가진 것이 두렵다 –〉

「일단 외우더라도 그걸 선보이기는 힘들 거야.」조시가 내게 말한다. 그것을 원하는 사람이 아무도 없다는 것이다. 조시는「우리는 세속에 너무 물들었네The World Is Too Much With Us」,「콩 먹는 사람들The Bean Eaters」,「아이스크림 황제The Emperor of Ice Cream」등등 수백 편의 시를 외우고 있다.「내가 이걸 들려줄 수 있는 사람은 아내뿐이지.」그가 말한다. 그는 자신이 외우는 모든 시의 제목이 적힌 종이를 코팅하여 3등분으로 접어서 가슴 주머니에 갖고 다닌다. 그리고 지하철 승강장이나 식료품점 줄에 서 있을 때 그 목록을 꺼내어 한 편을 머릿속으로 암송한다. 연습하지 않으면 잊어버린다고 한다.

나는 그토록 위태롭고 지속적으로 유지 관리 해야 하지만 아무 쓸모가 없는 그의 컬렉션에 흥미가 생긴다. 그것은 가치를 인정받을 일은 없고, 오직 연습만을 요구한다.

나는 이제 첫 연을 익혔지만 두 번째 연은 아직인데, 재산에 관련된 법률 용어를 가져와서 말장난한 구절인 〈멋대로 상속된〉을 자꾸 잊기 때문이다. 디킨슨의 아버지는 자신과 타인의 재산에 관련된 업무를 보았던 변호사였다. 그녀가 스물다섯 살이었을 때, 그녀의 아버지는 자신의 아버지가 담보로 잡혔다가 빚 때문에 잃었던 집안의 저택을 도로 사들였다. 그것은 1855년의 일로, 마침 매사추세츠주가 기혼 여성 재산법을 통과시킴으로써 여성에게 재산을 소유하고 팔 수 있는 권리를 허락한 해였다. 그 이전의 관습법에서는 기혼 여성이 재산을 소유할 수 없었으니, 여성 자신이 재산이자 법적으로 남편과 한 몸이기 때문이었다.

〈소유〉는 디킨슨이 집착한 주제 중 하나였다. 한 시에서 그녀는 〈내 것〉이라는 단어를 아홉 행에 여섯 번이나 쓰면서 정체를 밝히지 않은 무언가를 자기 것으로 주장한다.

〈내 것 – 백색 선거의 권리에 따라! / 내 것 – 왕실 인장에 따라! / 내 것 – 주홍 감옥의 서명에 따라! / 창살도 – 숨길 수 없는! // 내 것 – 이곳에서 – 비전 속에서 – 그리고 거부권에서도! / 내 것 – 무덤의 폐지에 따라! / 자격을 부여받은 – 승인을 받은 – / 미칠 듯이 기쁜 계약! / 내 것 – 세월이 아무리 흘러가도!〉

학자들은 궁금해한다. 그녀가 선거로, 거부권으로, 폐지로, 계약으로, 법을 완전히 떠나서 자신의 소유라고 주장하는 것이 과연 무엇일까? 엘리자베스 필립스는 디킨슨이 『주홍 글씨 *The Scarlet Letter*』의 헤스터 프린으로서 이 시를 썼으며, 호손이 헤스터에게 부여하지 않았던 최후의 발언을 허락함으로써 헤스터의 독립을 주장했다고 해석한다. 나는 어쩌면 그녀가 곧 헤스터이고 또한 그녀 자신인지도 모른다고 생각한다. 어쩌면 그녀가 이토록 들떠서 자기 것이라고 주장하는 대상은 자신의 불복종인지도 모른다. 그녀는 구원받기를, 결혼하기를, 방을 나가서 손님을 만나기를 거부했다. 어쩌면 그녀가 자기 것이라고 주장하는 대상은 자신의 시, 즉 자신의 일인지도 모른다. 아니면 사실 그녀는 아무것도 자기 것이라고 주장하지 않는지도 모른다. 어쩌면 그녀는 무언가를 가진다는

166

감각, 소유의 사고방식, 불법적 자격 부여의 짜릿함을 의상처럼 걸치고서 드래그를 하는 중인지도 모른다.

디킨슨은 평생 어떤 재산도 소유하지 않았다. 그녀는 아버지가 소유한 집에서 죽었고, 그 집을 아버지는 그녀의 오빠에게 유증했다. 그리고 그녀의 정원은 아버지가 그녀를 위해서 고용해 준 일꾼이 관리했다. 그 정원에 대해서 그녀는 이렇게 썼다. 〈나는 내 것이라고 부르는 것을 조금 갖고 있었네 ‒ / 그리고 하나님, 그도 그것을 자기 것이라고 불렀지.〉 정원은 그녀의 것이었으나 가을 서리가 식물들을 죽이기 전까지만 그랬고, 그때에 그녀의 소유지는 원래 주인이 되찾아 갔다. 제임스 거스리는 이 시의 교훈을 이렇게 말한다. 〈모든 종류의 소유권은 잘해 보아야 위태로운 사업이고, 최악의 경우에는 일종의 자기기만이다.〉

13

일

「레이는 식당을 팔까 생각하는 중이야.」존이 말한다. 레이가 처음 직장을 그만두고 요리를 시작했을 때, 존은 테이블 상판들을 재손질하는 일을 거들어 주었다. 곧 레이의 식당 앞에 사람들이 줄을 서게 되었다. 우리가 레이와 함께 이나스에서 아침을 먹었을 때는 시카고 아침 식사의 여왕으로 불리는 주인이 몸소 주방에서 나와서 레이에게 자신의 프렌치토스트가 입에 맞느냐고 물었다. 「레이가 가는 데마다 그래. 요리사들이 나와서 그와 악수하지.」존이 말한다. 이제 레이는 새 집에서 살고 새 차를 몬다. 그러나 여태 주당 70시간씩 일하는 데다가 그 일로는 의료 보험을 제공받지 못한다.

레이는 식당을 열기 전에 우리에게도 조금 투자하라고 권했었다. 하지만 우리는 집을 살 돈을 모으던 중이었다. 전통적으로 가난한 사람들의 음식이었던 바비큐는 이익률이 높지 않다. 커다란 고깃덩이를 내리 열다섯 시간 동안 훈연해야 한다. 「재료비와 인건비가 둘 다 높아.」 존이 지적한다. 나는 하품을 하고, 존은 이것이 지루한 이야기 같으냐고 묻는다. 나는 타인의 일에서 이익을 짜내는 계산이 피곤하게 느껴질 뿐이라고 대답한다.

이제 존은 내게 짜증이 났다. 그는 내가 현실의 삶을 이야기하는 데 마르크스의 언어를 쓴다고 말한다. 나는 내가 아는 유일한 언어를 쓸 뿐이고, 사실은 〈인건비〉 같은 용어 이면에도 현실의 삶이 있다. 「레이는 그냥 우리처럼 살고 싶은 거라고.」 존이 말한다. 이제야 나는 존이 왜 화났는지 알겠다. 존은 내가 우리에게는 레이보다 더 많은 여유와 더 나은 혜택을 누릴 자격이 있다고 생각하는 줄 안다. 하지만 나는 사람이 자기 일에서 얻는 것과 그 사람의 자격 사이에 무슨 관계가 있다는 증거를 별로 본 적이 없다.

「당신과 나도 사실상 대학을 위해서 바비큐를 만드는 셈이야.」 존이 말한다. 우리의 일이 레이의 일과 조금도 다르지 않다는 것이다. 「하지만 다른걸.」 나는 말한다. 우리 일에서는 풀드 포크 샌드위치가 만들어지지 않는다. 즉, 우리는 상품을 만들지 않는다. 그리고 우리는 사업가가 아니다. 그저 거대한 관료제의 지하실에서 책상 두 개를 차지하고 있을 뿐이다. 우리는 다른 사람에게 급여를 지불하지 않고, 다른 사람에게 업무 시간을 더 늘려 줄 수는 없다고 말하지도 않는다. 레이처럼 피고용인이 집세를 못 낼 때는 돈을 빌려주어야 한다는 의무감을 느끼지도 않는다. 우리는 우리가 시간당 돈을 더 받기 위해서 남들이 덜 받을 필요는 없는 것처럼 여길 수 있다. 그리고 교실에서는 우리가 자기 자신의 상사라고 상상할 수 있다. 피고용인은 없는 상사라고.

14

예술

나는 야간 수업을 하나 가르치는데, 이 수업의 학생들은 대부분 낮에 일한다. 그들은 공립 학교 교사, 기업 컨설턴트, 부모 들이고 밤에는 글을 쓴다. 그중 한 명은 작곡을 한다. 빈 교실에 앉아서 학생들을 기다리는 동안, 나는 작곡가가 오늘 수업에 제출한 에세이를 읽는다.

에세이는 그가 보온병에 담은 커피를 들고 연습실에 도착하여 피아노 앞에 앉는 장면으로 시작한다. 그는 우선 스스로에게 묻는다. 나는 어떤 느낌을 전달하고 싶은가, 그리고 이 음악은 과거의 위대한 음악들과 어떤 관계를 맺어야 하는가? 과거에 관한 질문은 바닥이 보이지 않는 것이어서 그는 후퇴한다. 그는 이 음악이 어떤 느낌이어야 할까 하는 문제로 돌아간다. 〈낙원 같은 느낌이 좋겠어.〉 그는 이렇게 결정하지만 낙원이 어떤 느낌인지는 모른다. 이 느낌에는 어제 쓴 열 마디와는 다른 새 멜로디가 필요할까? 그는 그렇다고 결정한다. 하지만 이 멜로디가 몇 악절이어야 할까? 이 대목에서 그는 화장실에 가고 싶다. 화장실에 다녀온 그는 자신이 떠나기 전에 끼적여 두었던 음표들이 자신이 없는 동안에 더 진전되지 않았다는 사실에 짜증이 난다. 〈음악이 알아서 더 나아지지 않았다니.〉 그는 이 멜로디가 앞에 써둔 멜로디와 어떻게 이어져야 할까 하는 질문에 답해야 한다. 그는 음표를 몇 개 그리고, 그중 하나를 바꾸고, 리듬을 바꾸었다가 원래대로 되돌린다. 써둔 부분 중 한 조각을 가져다가 살짝 변형시키면서 반복한다. 이제 좀 진전이 있다! 하지만 이것이 어디로 가고 있지? 그리고 이것의 의미가 대체 무엇이지? 그는 패배감을 느끼고, 그래서 종일 머물렀던 연습실을 떠난다. 단 두 마디, 겨우 몇 초간의 음악을 쓴 뒤에.

수업은 아직 시작되지 않았지만 학생들이 몇 명 와 있다. 나는 옷이 축축하다. 이 오래된 호숫가 저택으로 자전거를 타고 오다가 비를 맞았기 때문이다. 과잉 냉방된 방을 덥히고자 창문을 열어서 호수로부터 불어오는 습한 바람을 들이면서, 나는 작곡가와 그의 에세이에 대하여 이야기를 나눈다. 나는 그에게 내가 글을 쓰는 과정에서 겪는 것들을 그의 글이 정확히 포착했다고 말해 준다. 끝이 없는 문답, 헛발질, 굼뜬 속도, 좌절감. 그와 나는 이제 우리 일의 괴로움에 대하여 이야기하는데, 그 대화를 다른 학생이 듣고 있다.

「정말로 그런 기분이 든다면 그런 일을 왜 하나요?」 그 학생이 묻는다. 〈예술을 꼭 해야겠다면 다른 방법은 없기 때문이에요.〉 나는 이렇게 대답하고 싶다. 하지만 내 생각에 그녀의 질문은 이 일의 즐거움이 어디 있느냐는 뜻인 듯하다. 즐거움은 만드는 과정에 있다는 것, 이것은 내가 알지만 그렇다고 해서 그 과정 자체가 즐겁기만 하다고는 말할 수 없다. 그 과정은 작곡가가 잘 기록했듯이 까다로운 질문의 연속이다. 그런 질문들에 응답하는 데는 일과 노동이 둘 다 든다.

어쩌면 나는 새로운 단어가 필요한지도 모른다. 이 것저것 고민한 끝에 나는 〈서비스〉라는 단어를 떠올린다. 「우리는 예술을 섬기는 거예요. 우리는 예술에게 굽히는 거죠.」 나는 학생에게 말한다. 즐거움은 바로 이 자세에, 일로써 우리가 더 나아지는 자세에 있다. 이것은 지배하는 즐거움이 아니라 지배당하는 즐거움이다.

지배당하다

서비스service는 정확히 내가 생각했던 그 뜻은 아니다. 사전 세 개를 넘겨 가며 이 단어의 여러 뜻을 살펴보는데, 명사도 있고 동사도 있다. 루이스 하이드는 예술에 숙달하려고 노력하는 예술가의 서비스를 가리켜서 〈자발적 예속〉이라고 설명했지만, 내가 보는 정의들에는 〈예술〉이라는 말이 나오지 않는다. 서비스는 빚에 이자를 지불하는 행위, 상품을 생산하지 않는 노동, 종교적 예배 의식을 뜻한다. 이것들은 내가 생각했던 의미와 얼추 비슷하다.

데이비드 그레이버에 따르면, 중세 북부 유럽에서 서비스는 삶의 방식이었다. 거의 모든 사람이 인생 초년의 일부를, 보통 7년에서 15년 동안 하인으로 살아야 했다.*

---

* 〈서비스service〉와 〈하인servant〉은 〈섬기다serve〉와 어원이 같고, 이들의 어원인 라틴어 단어 〈servus〉는 노예라는 뜻도 있었다.

부모는 자식이 조금 자라거나 10대가 되면 아들딸 가리지 않고 다른 집에 하인으로 보냈다. 심지어 엘리트도 마찬가지여서, 이들은 시종이나 시녀로 남을 섬긴 뒤에야 스스로 기사나 귀부인이 되었다. 청소년기의 연장에 해당하는 이런 서비스 기간은 성인기에 대비한 훈련이었다. 서비스를 통해서 어떤 생활 방식이나 기예나 일을 배우는 것이었다. 그것은 교육이었다. 이상적인 경우, 하인은 서비스를 거치면서 성숙하고 단련되어 제 가정을 꾸릴 준비를 갖추었다. 그러면 이제 그가 자신의 하인들에게 주인이 될 차례였다.

그로부터 수백 년 뒤에 버지니아 울프의 어머니는 빅토리아 시대의 서비스 관습을 옹호하면서 서비스란 〈우리의 존재 조건〉이라고 적었다. 그녀는 우리가 서비스를 선택하는 것이 아니라 그 운명을 타고난다고 주장했다. 〈서비스는 단순히 산업화 이전 과거로의 회귀만은 아니었다.〉 앨리슨 라이트는 이렇게 말한다. 그것은 이타적 베풂이라는 기독교의 이상에 영향받은 윤리였다. 〈여러 세대의 남성들은 자신들이 나라 안팎에서 조국을 섬기고 있다는 생각에 자긍심을 느꼈다. 신설 행정 조직이나 식민지부에서 《공복》이 됨으로써, 은행의 《사무원》이나 정부의 《공무원》으로서, 혹은 병역에 《복무》함으로써

말이다.〉

　　그것은 소명이요, 의무였다. 서비스는 사회에의 기여였고 심지어 영웅적인 일이었다. 그러나 가정에서 서비스는 돌봄과 관리였다. 병자 간호였다. 아기 돌봄이었다. 서비스에는 배설물과 밥과 구정물이 따랐다. 최선의 경우에 그것은 굉장히 친밀한 일이었다. 〈서비스는 사람을 잔인하게 만들고 멀어지게 만들 수 있었다. 한편 그것은 다정하고 헌신적일 수도 있었다. 그런데 양측이 아무리 불평등하더라도 서비스는 결코 순수한 경제적 계약만은 아니었으며 늘 그 이상 혹은 이하였다.〉 라이트는 말한다.

　　빅토리아 시대의 서비스는 상호 의무 관계였다. 그것은 불평등할지언정 상호적이었다. 울프의 어머니는 이것을 우정에, 혹은 엄마와 자식의 관계에 비유했다. 버지니아는 그렇게 생각하지 않았다. 그녀는 하인들에게 친구나 어머니인 척할 마음이 없었다. 서비스에 관한 옛 사고방식은 그녀의 시대에 사라져 가고 있었다. 〈빈말과 공치사와 좋은 의도를 벗겨 내면, 남는 것은 노골적인 계급적 감정, 거죽 밑의 동물성뿐이었다.〉 라이트는 이렇게 말한다. 서비스 관계, 버지니아는 그것을 싫어했다. 그리고 그녀는 타인에 대한 모든 의무로부터 자유로워지기를 갈망했다. 하지만 그런 자유는 우즈강 밑바닥에서만 찾을 수 있는 것이다.*

버지니아가 수면제 과용에서 회복하던 시기에 따른 치료법 중 하나는 거실 청소였다. 그보다 더 나중에, 물에 빠져 죽는 날로부터 얼마 전에, 그녀는 무릎을 꿇고 기어 다니면서 자기 집 바닥을 청소하기 시작했다. 그것은 계속해서 살아 있으려는 절박한 시도였다. 주치의는 그녀에게 바쁘게 지내라고 조언했고, 〈몸을 괴롭히는 일〉이 그녀에게 도움이 되리라는 메모를 사적으로 남기기도 했다. 그녀는 몇 시간씩 카펫을 두드려서 먼지를 떨었고, 그 먼지가 조금 전에 먼지를 떤 책들 위에 내려앉는 것을 보았다. 죽던 날, 그녀는 오전 내내 하녀와 함께 일했다. 그러고는 먼지떨이를 내려놓고 강으로 걸어 들어갔다.

* 울프는 59세였던 1941년에 집 앞을 흐르는 우즈강으로 걸어 들어가서 죽었다.

16

일

퇴근해서 집에 온 존이 내게 하루를 잘 보냈느냐고 묻는
다. 나는 괜찮았지만 집안일을 하느라 바빠서 내 일은 전
혀 못 했다고 대답한다. 「그 집안일은 누구 일이지?」 존
이 능청스럽게 묻는다. 만약 그것이 내 일이 아니라면, 그
것은 그의 일인지도 모른다.

　나는 막 『뉴욕 타임스』에서 어느 백인 작곡가가 흑
인 여성과 지배 및 복종 관계를 맺기 시작한 뒤로 생산성
이 새로운 경지에 도달했다는 이야기를 읽었다. 기사에
따르면 그는 지배하는 파트너인데, 그렇지만 그의 지배
가 주로 성적인 문제만은 아니다. 복종하는 데서 만족을
느끼는 그의 아내는 그가 하루 열네 시간씩 작곡하는 동
안 그의 온갖 수발을 든다.

　처음에 나는 남자가 여자에게 집안일을 다 맡겼더니

생산성이 높아지더라는 이야기가 왜 새로운 소식인지 이해하지 못한다. 하지만 곧 이것이 발전일 수도 있다는 생각이 든다. 어쩌면 우리가 예전에는 이것을 그냥 결혼이라고 불렀으나 지금은 지배라고 부른다는 점이 뉴스인지도 모르겠다.

예니 마르크스는 카를 마르크스와 결혼하기 전부터 그의 시가 꽁초를 줍고 그의 지출 내역을 기록했다. 나중에는 그가 『자본론』을 쓰는 동안 그의 비서 역할을 했고, 빚쟁이들을 물리쳤고, 아이를 줄줄이 낳았다. 예니는 그의 필체를 알아볼 수 있는 몇 안 되는 사람 중 하나였으므로, 출판사를 위해서 원고를 정서하는 일도 맡았다. 그녀는 『공산당 선언 *Manifest der Kommunistischen Partei* 』을 필사했고, 그 뒤 한 편지에서 자신이 집안일에 파묻혀 있다고 말했다. 그로부터 1백 년 뒤, 예술가 미얼 래더먼 유켈리스는 이렇게 묻는다. 〈혁명 후에는 누가 월요일 아침에 쓰레기를 치울까?〉

존은 우리 집 변기를 청소한 적이 한 번도 없다. 이것은 내가 거의 확신하는 사실이다. 반면에 나는 쓰레기 내놓는 일을 전혀 하지 않는다. 설거지는 우리 둘 다 한다. 바닥은 임자 없는 땅, 중간 지대다. 우리 둘 다 내리 몇 달씩 바닥 청소를 하지 않는다. 그 대신 한 폴란드 여자에게 돈을 주고 빗자루질과 걸레질을 맡긴다. 몰리는 이것이 좋은 해법이라고 생각하지 않는다. 「딴 여자에게 돈을 주고 맡기는 건 억압의 아웃소싱일 뿐이야.」 몰리가 내게 말한다. 몰리는 집안일을 처리함에 있어서 유일하게 윤리적인 방법은 모두가 자신이 어지른 것을 각자 직접 치우는 것뿐이라는 말을 하고 싶은 듯하다. 아니면 자신이 어지른 것을 참고 살든가.

「만약 보수를 충분히 주고 팁도 많이 준다면, 남에게 맡기는 게 뭐가 나빠? 집 청소도 여느 일과 같은 일이잖아?」 대릴은 이렇게 주장한다. 그런데 그렇지 않아 보인다. 〈변기 청소〉라는 말은 모욕적인 노동의 대명사로 쓰인다. 대릴과 내가 왜 이 이야기를 하는가 하면, 이민법 변호사로서 하루에 열네 시간씩 일하는 우리 친구 하나가 청소부를 고용하고 싶어 하지만 국선 변호사인 그녀의 남편이 원칙상 반대하기 때문이다.

「그러면 뭐, 남편이 집 청소를 해야겠지. 하지만 만약 여자가 집 청소를 할 거라면, 무보수로 하는 것보다는 돈 받고 하는 편이 낫지 않을까?」 나는 이렇게 말하자마자 이 말의 논리를 재고해 본다. 이 논리에 따르자면, 많은 여자가 무보수로 하는 일을 돈 받고 한다는 점에서 매춘이 일상적인 섹스보다 더 낫다고 말할 수도 있을 것이다. 섹스란 좋을 때는 집안일보다 더 즐겁지만, 그것을 돈 받고 한다고 해서 반드시 더 나은 것은 아니다. 그저 그것이 일이 될 뿐이다.

마르크스는 거의 틀림없이 하녀 헬레네 데무트를 임신시켰을 것이다. 헬레네는 열한 살 때부터 예니의 어머니를 위해서 일했고, 칼과 예니가 결혼한 직후였던 스물다섯 살 때부터는 그들과 함께 살았다. 그녀는 마르크스 부부가 죽을 때까지 그들을 위해서 일했고, 죽어서도 그들과 함께 묻혔다. 그녀에게 자기만의 가족은 없었다. 그녀가 낳은 아기는 다른 집에 입양되었고, 임신은 엥겔스 탓으로 치부되었다.

「난 그녀를 위해서 청소하는 게 지겨워.」 존이 농담한다. 우리는 바닥 청소부가 오는 것에 대비하여 바닥에 쌓인 책과 빨랫감 더미를 치우고 있다. 영어를 유창하게 하지 못하는 이 청소부는 자식을 대학에 보내려고 애쓰고 있다. 그녀에 대해서 내가 아는 바는 이것뿐이다. 나는 그녀가 청소일을 좋아서 하는 것인지 아닌지 모르고, 그녀가 자신에게 다른 선택의 여지가 있다고 느끼는지 아닌지도 모른다.

작곡가의 아내에게는 선택의 여지가 있다.『뉴욕 타임스』인터뷰에서 그녀는 자신의 상황이 페미니즘적인 것이라고 말했는데, 왜냐하면 자신이 자기 자신의 즐거움을 위해서 자유롭게 선택한 것이기 때문에 그렇다고 했다.

나는 그녀가 자신의 활동을 일로 여기는지 궁금하다. 그녀는 그것을 서비스라고 일컫는다.

17

서비스

「나는 이런 방식으로 서비스할 수 있다는 데 강렬한 만족감을 느껴요.」작곡가의 아내는 말한다. 그녀도 물론 이 상황이 어떻게 보이는지 안다. 노예제 시절 노예가 백인 남성을 섬기던 일의 직계 후손처럼 보일 것이다. 하지만 그녀의 서비스는 전적으로 동의에 의한 것이지, 강요된 것이 아니다. 그리고 그녀는 자신이 흑인이기 때문에 개인적인 사이코드라마를 연기할 수 없다는 말은 받아들이지 않겠다고 말한다.

그녀의 이름은 몰레나 윌리엄스하스다. 그녀가 오스트리아인 남편을 부르는 애칭은 헤어 마이스터다. 미스터 마스터.* 나는 이것이 재미있다고 생각하는데, 그럼

---

* 독일어 〈Herr Meister〉를 영어로 옮기면 〈Mister Master〉이고, 〈주인님〉이라는 뜻이다.

에도 불구하고 그녀가 한 섹슈얼리티 학회에서 이야기하는 모습을 담은 유튜브 영상을 보다가 그녀가 남편을 〈주인〉이라고 부르고 자신을 〈노예〉라고 부르는 대목에서 잠시 멈칫한다.

영상에서 그녀는 소심해 보이는 남편과 함께 등장한다. 처음에는 그녀가 혼자 말을 다 하고, 이윽고 그녀의 남편이 입을 열려고 하자 그녀는 남편이 마이크를 잡은 방식을 고쳐 준다. 그녀는 그의 말을 끊는다. 그의 완벽하지 않은 영어를 바로잡고, 그의 말뜻을 부연 설명하며, 그를 웃음거리로 만드는 농담을 한다.

마치 내 생각을 읽은 듯이, 그녀는 남들로부터 〈노예답지〉 않다는 지적을 거듭 들었던 일을 이야기하기 시작한다. 자기 자신의 욕망을 받아들여서 노예가 된 그녀에게 이 지적은 뼈아팠다. 사람들은 그녀에게 정말로 노예가 되고 싶다면 조용히 해야 하고 눈에 띄지 않아야 한다고 말했다. 그녀가 주목받아서는 안 되고 튀어서도 안 된다는 것이다. 이런 지적에 그녀는 〈그렇다면 난 노예가 아닌가 보다〉 하고 생각했는데, 그 후에 만난 한 여자가 그녀에게 이렇게 말해 주었다. 「만약 당신이 노예됨과 섬김에 끌린다면, 마음 가는 대로 하세요. 노예됨의 의미를 남들이 대신 정하게 놔두지 마세요.」

「어쩌면 그녀의 진정한 페티시는 아이러니인지도 몰라.」리사가 말한다. 우리는 리사의 집 포치에서 와인을 마시면서 윌리엄하스가 자신의 노예성을 스스로 소유하는 일에 대해 사람들에게 영감을 주려고 했던 이 영상을 이야기하며 웃고 있다. 그런데 사실 나는 진지하게 영감을 받았다.「그녀가 원하는 건 그저 스스로 정한 조건에 따라 노예가 되는 거야.」나는 말한다. 그것은 일종의 해방이다.「신체 결박을 좋아하는 사람들 중에는 자기를 묶을 상대에게 자기가 묶이고 싶은 방식을 매듭 하나하나 자세히 가르쳐 주는 사람이 있죠.」윌리엄스하스는 이렇게 말한다. 그리고 바로 그것이 내가 내 일에서 원하는 모든 것이다. 나는 내가 묶이고 싶은 방식으로 묶이고 싶다.

리사는 예술가다. 그리고 낮에 하는 일은, 물론 밤에도 하지만, 은행가인 아내가 일하는 동안 세 아이를 돌보는 일이다. 리사의 서비스 조건은 어떤 계약에도 명기되어 있지 않다. 윌리엄스하스는 결혼 전에도 남편과 계약을 맺었고, 그 계약서에 따라 의료 보험을 비롯한 여러 혜택을 보장받았다. 게다가 그녀의 계약은 표준 혼인 계약서에 BDSM*에서 가져온 다음 지침을 포함시킴으로써

* 〈속박, 규율, 사디즘, 마조히즘〉의 약어로, 역할극에 가까운 이런 성적 활동과 그것을 즐기는 사람들의 커뮤니티를 말한다.

더 개선한 것이었다. 〈노예의 제일가는 의무는 항상 주인의 재산을 보호하는 것이다. 심지어 주인 자신으로부터도 보호하는 수준으로 보호하는 것이다.〉

윌리엄스하스는 가끔 〈노예〉와 〈주인〉 대신에 〈재산〉과 〈소유자〉라는 단어를 쓴다. 그녀의 권력 놀이가 온전히 인종 놀이만은 아니지만, 그렇게 보일 수 있다는 것을 그녀도 안다. 다른 사람들의 머릿속에서 그녀는 늘 그녀의 인종을 연기하는 입장이다. 〈인종 차별과 편견과 그것들이 낳는 고통은 현실이다. 하지만 우리가 자기 자신의 고통에 동의하고 그것을 통제할 수 있는 아이러니한 기회가 얼마나 자주 오던가? 나는 소량의 고통과 학대와 괴로움에 동의하는 것은 혐오의 팬데믹에 맞서서 내 영혼을 예방 접종시키는 셈이라는 것을 발견했다.〉 그녀는 이렇게 적었다.

내가 구글에서 〈인종 놀이〉라고 검색하니, 거주하는 도시의 한 병원이 성 노동자에게 무료로 의료를 제공한다는 이유 때문에 성 노동에 발을 들였다는 어느 라틴계 남성을 소개한 기사가 뜬다. 그는 젊은 예술가였고, 의료 보험이 없었다. 성 노동을 하면서, 그는 어떤 남자들은 그의 몸을 사용해서 인종 차별적 환상을 연기하고 싶어 한다는 것을 깨달았다. 그는 성 노동자가 되기 전에는 연인이 관계 중에 인종 차별적인 욕설을 뱉으면 상처를 받았다. 하지만 일할 때는, 즉 〈상품화된 대화〉 속에서는 그런 언어를 받아들이기가 더 쉬웠다. 그는 이것을 가리켜 일종의 드래그라고 말하는데, 왜냐하면 〈스스로 입었다 벗었다 할 수 있는 것이기〉 때문이다. 그는 이 일을 다른 남자들이 그에게 인종 차별적 충동을 발산함으로써 떨쳐 내도록 하는 서비스로 여긴다.

윌리엄스하스의 노예성은 놀이인지도 모르겠지만, 그녀가 행하는 서비스는 진짜다. 그리고 그녀는 서비스란 설령 섹스와 무관할지라도 에로틱할 수 있다고 주장한다. 〈내가 하이 티*를 격식에 맞게 대접하는 방법을 익히는 데서 맛본 감각은 흥분과 아주 비슷하게 느껴졌다.〉 그녀는 이렇게 적었다. 이 대목에서 나는 내가 서비스로 느껴지는 일을 선호한다는 점, 그리고 무보수 노동에 끌린다는 점 자체가 일종의 변태적 취향이 아닌지를 의심하기 시작한다. 아니면 이것은 권력 놀이일 수도 있다. 나 역시 서비스에서 보람을 느낀다. 그리고 윌리엄스

* 〈하이 티high tea〉는 영국에서 이른 저녁 식사를 뜻한다. 하지만 간혹 점심과 저녁 사이에 드는 〈애프터눈 티afternoon tea〉를 가리킬 때도 있다. 차와 간식을 격식 있게 곁들이는 부유층의 습관은 후자를 말하는 것이므로, 여기서는 후자의 뜻으로 보인다.

하스가 지적하듯이, 보람이란 좀처럼 얻기 어려운 것일 수 있다.

18
보람

『앨리스 B. 토클러스 요리책 *The Alice B. Toklas Cook Book* 』을 다 읽어 갈 즈음에 나는 크림에 흠뻑 젖고, 와인에 재워지고, 코냑이 끼얹어지고, 버터가 속속들이 발라진다. 나는 오믈렛 오로르에 매료되면서도 경악하는데, 그것은 설탕에 절인 과일과 퀴라소 리큐어에 몇 시간 재운 밤을 달걀 여덟 개로 감싼 것에 프랑지판 크림을 끼얹었고 그 위에 깍둑 썰기한 안젤리카와 빻아서 가루로 만든 마카롱 여섯 개와 녹인 버터 세 큰술을 뿌리는 요리다. 이 레시피들은 내가 한 번도 맛본 적 없는 리큐어들, 무엇인지도 모르는 허브들, 구할 수 없는 고기들, 도저히 낼 수 없는 시간을 필요로 한다. 토끼 고기를 식초와 통후추에 하루 절였다가 겉을 노릇노릇 구운 다음에 최대 네 시간에 걸쳐서 서서히 익혀야 하고, 무화과 스물네 개를 질 좋고 달지 않은 포트와인에 서른여섯 시간 재웠다가 그 술을 15분마다 한 번씩 끼얹으면서 한 시간 동안 오리고기를 구워야 하며, 잘게 썬 송아지 도가니살과 우족 1파운드를 양파와 당근과 함께 네 시간 동안 뭉근하게 끓였다가 그 육즙을 체에 걸러서 걸쭉한 소스로 만들어야 하고, 닭을 노릇노릇 굽는 동안 내장은 두 시간 넘게 고아서 육수를 내야 한다. 나는 〈소스를 먹어 보면 들인 시간이 아깝지 않을 것〉이라는 토클러스의 말을 믿지만, 내가 그 시간을 낼 수 있을 것 같지는 않다. 하지만 마지막 챕터에 가서는 생각이 좀 바뀌는데, 그녀가 텃밭 가꾸기에 대해 말하는 대목 때문이다.

〈직접 기른 채소를 수확하는 것에 견줄 만큼 보람차거나 신나는 일은 또 없다.〉 토클러스는 이렇게 적었다. 그녀가 거트루드 스타인과 함께 사용했던 여름 별장에서 텃밭을 일구는 일은 남의 도움을 받더라도 시간이 많이 드는 일이었다. 동네의 소년 하나가 힘쓰는 일을 하는 동안, 그녀는 물을 주고 잡초를 뽑고 손수 감자잎벌레를 잡았다. 그녀는 거트루드가 아침에 먹을 작은 딸기를 따는 데 한 시간씩 쓰곤 했다. 그리고 여덟에서 열 명이 먹을 풋콩을 따는 데 오랜 시간을 들였다. 가을마다 앨리스는 당근, 호박, 스쿼시 호박, 가지로 바구니를 여러 개 채

웠다. 그리고 그 전부를 8백 킬로미터 떨어진 파리의 집까지 돈을 내고 실어 보냈다. 〈그 수확을 경제적 관점에서 보면 재앙이었지만, 일과 미의식이 주는 보람의 시각에서 보면 숭고한 것이었다.〉

〈그녀는 예술가였다.〉 앨리스의 식탁에 오를 닭을 조각한 뒤에 자랑스럽고 기쁜 마음으로 자신의 작품을 검토하던 한 요리사에 대해서 그녀는 이렇게 적었다. 밑동을 뗀 신선한 아스파라거스를 다발로 묶어서 소금물에 데친 뒤에 녹인 버터를 끼얹고 휘핑크림을 곁들여 낸 음식은 〈아름다움 그 자체〉라고 했다. 그녀가 시렁으로 받쳐 주고 가지치기하여 기른 나무에 송이송이 붉게 매달린 라즈베리도 마찬가지였다. 그것들이 요구하는 보살핌은 노동이라기보다 즐거움이라고 그녀는 적었다.

한번은 거트루드가 앨리스에게 눈을 감으면 무엇이 보이느냐고 물었고, 앨리스는 〈잡초〉라고 대답했다. 잡초는 끝없는 고민거리였다. 그리고 전쟁이 터져서 물자 배급과 육류 부족을 겪게 된 시절에는 자기 먹거리를 직접 죽여야 하는 불쾌한 작업이 있었다. 그녀는 뜻밖에 받았던 선물에 대하여 다소 한숨짓듯이 이렇게 적었다. 〈흰 비둘기 여섯 마리를 질식시켜 죽이고, 털을 뽑고, 씻어야 했다. 그것도 거트루드 스타인이 돌아오기 전에 다 마쳐

야 했다. 그녀는 이런 일을 보는 것을 좋아하지 않았기 때문이다.〉

거트루드는 일을 하는 것도 좋아하지 않았다. 그리고 대체로 할 필요가 없었다. 가족이 소유한 부동산에서 나오는 돈과 그 돈으로 그녀가 사들인 그림들을 판 돈 덕분에, 그녀는 글쓰기에만 전념하는 사치를 누릴 수 있었다. 전하기로 그녀는 돈을 주는 경우든 안 주는 경우든 남들이 그녀를 위해서 일하도록 만드는 재주가 있었다고 한다. 식량이 귀했던 점령기에 거트루드는 가끔 산책을 나갔다가 달걀이나 버터를 들고 돌아오곤 했다. 〈암시장에서는 돈으로 사는 것이 아니라 성품으로 사는 것이다.〉 앨리스는 이렇게 적었다.

한번은 거트루드가 어느 사진가와 재미난 일을 벌였다. 그는 그녀가 여행 가방을 싸거나 전화 통화를 하는 등 일상적인 일을 하는 모습을 찍고 싶어 했다. 「난 그런 일을 할 줄 몰라요. 왜냐하면 토클러스 양이 가방을 싸주고 토클러스 양이 통화도 맡아 주니까요.」 그녀는 사진가에게 말했다. 토클러스는 거트루드의 원고도 타이핑한다고 했다. 사진가는 급기야 그녀에게 무엇을 할 줄 아느냐고 물었고, 그녀는 자기가 쓴 모자를 벗을 줄 알고 잔에 물을 따라 마실 줄 안다고 대답했다.

〈천재가 되는 데는 시간이 많이 든다. 아주 오랫동안 빈둥빈둥 앉아서 아무것도 안 해야 한다. 정말로 아무것도 안 해야 한다.〉 거트루드는 이렇게 적었다.

하인들은 도움이 되었다. 총애받았던 프레데리히, 그는 여자와 함께 야반도주했다. 셀레스틴, 그녀는 끔찍한 요리사였다. 엘렌, 모든 면에서 대단히 유능했다. 진, 깐깐하리만치 깔끔하고 세심했다. 레오니, 청소보다 요리를 더 많이 했다. 또 다른 진, 이 진은 비밀스러웠고 어느 날 갑자기 사라졌다. 이름이 밝혀지지 않은 한 오스트리아 여자는 이 미국인들이 〈프랑스인처럼 사는 것〉에 실망하여 사흘 만에 떠났다. 마고, 그녀는 크레이프를 공중에 던져 올렸고 디저트에 불을 붙여서 식탁으로 내왔다. 짝, 그는 늘 침착하지 못했고 자기 식당을 갖고 싶어 했다. 응우옌, 술 문제가 있었다. 마르기트, 우수에 젖어 있었고 독서를 좋아했다. 그리고 없어서는 안 될 과부 루, 그녀는 빨래를 했고 다림질을 했고 텃밭에 대해 조언했다. 그들 모두와 더불어 앨리스도 요리를 했다.

앨리스는 자신이 하인이 아니라는 사실을 분명히 했다. 그녀가 손님에게 문을 열어 주었는데 손님이 거트루드에게 줄 꽃을 마치 하인에게 건네듯이 그녀에게 건네면, 그녀는 이렇게 소리쳤다. 「자기야, 도널드가 나한테 뭘 줬는지 좀 봐!」 그녀는 매니저였고, 비서였고, 요리사였고, 벗이었고, 연인이었다. 그 시대와 계급의 전형적인 아내였다. 그리고 그녀는 그 일을 즐겼다. 친구들과 가자미 요리로 점심을 들고, 거트루드와 부야베스를 먹으러 마르세유로 차를 몰고 가고, 피카소를 위해서 농어를 요리하고, 원양 여객선으로 미국에 가고, 샌프란시스코 피셔맨스 워프에서 거대한 게를 두 마리 먹고, 난생처음으로 백향과를 맛보는 일을 즐겼다.

그 일이 끝났을 때, 거트루드가 죽었을 때, 앨리스에게는 20년의 여생과 거트루드의 미술품 컬렉션이 남겨졌다. 컬렉션에는 피카소의 작품이 많았다. 피카소가 아직 유명하지 않았을 때 거트루드가 신탁금으로 구입했던 그 작품들은 점령 중에 나치에게 빼앗길 뻔했으나 살아남아서 이제 수백만 달러를 호가했다.

미술품은 앨리스의 것이었다. 그러나 온전히 그렇지는 않았다. 거트루드는 유언장에서 그것을 앨리스에게 남기면서 〈생활에 쓰라고〉 했고, 그다음에는 그것들이 거트루드의 친척에게 넘어갈 터였다. 이 조건은 앨리스가 법적으로 인정받지 못하는 아내였던 점과 더불어 그녀를 곤란하게 만들었다. 그녀가 요리책을 쓴 이유 중 하나도 돈이 필요해서였다. 거트루드의 친척들은 앨리스의 벽에서 미술품을 떼어 내어 그녀가 죽을 때까지 은행 금고에 보관했다. 그림이 걸려 있던 벽에는 텅 빈 윤곽만이 남았다. 〈난 빈 벽이 아니라 여전히 그림을 봐.〉 그녀는 친구에게 보낸 편지에서 이렇게 말했다. 그녀는 죽기 3년 전에 살던 집에서 쫓겨났다. 결국 그녀의 이름은 거트루드의 묘비 뒷면에 새겨졌다. 평생 굿 와이프풍 풋콩을 곁들인 뵈프 부르기뇽의 삶을 산 끝에 말이다.

19

노역

「이게 더 쉽기도 하고 더 어렵기도 해.」몰리가 말한다. 그녀는 우리 일, 즉 글 쓰는 일을 다른 일과 비교해서 말한 것이다. 우리는 시내 호숫가를 따라 걷는 중이다. 한쪽에서는 유리로 된 사무용 건물들이 하늘을 반사하고 있고, 다른 쪽에서는 흰 파도가 밀려온다. 하늘이 사방에 있고 바람에 물기가 있다. 「우리 일에서 더 어려운 점은 하루 일을 마치고 싹 잊어버릴 수 없다는 거야.」그녀가 말한다. 일은 늘 우리와 함께한다. 우리는 퇴근해도 끝이 아니다.

뉴욕에 살던 시절에, 내가 공원부에서 하루 일을 마치고 퇴근하면 그것으로 완전히 끝이었다. 그리고 나는 일찍 출근했기 때문에 일찍 퇴근했다. 오전에 서둘러서 서류 작업을 해치우곤 했는데, 그것은 일의 또 다른 부분, 도시를 여기저기 걸어 다니며 공동 텃밭을 점검하고 내가 픽업트럭 짐칸에서 삽으로 퍼낸 흙을 배달하는 일로 넘어가기 위해서였다. 그때 사무실을 함께 쓴 자메이카 출신 남자가 있었다. 어느 날 마침내 그가 내게 부드럽게 말했다. 「있잖아요, 그렇게 빨리 일할 필요 없어요.」그에게 사무 작업은 우리가 현장 일이라고 부르는 일을 잠시 미룰 기회였다. 뉴욕시 내 총 다섯 개 자치구에 있는 정원 5백 곳이 우리의 현장이었다. 현장 일은 결코 끝나는 법이 없었다. 그 일은 끝이 없었다. 그는 속도를 조절해서 일했다. 그런데 나는 냉방되는 사무실을 한시바삐 떠나서 내가 있고 싶은 곳인 바깥 더위 속에서 걷고 싶은 마음에 일찍 출근하여 보고서를 제출함으로써 그를 나빠 보이게 만들었다. 그는 내가 오래 머물지 않으리라는 것, 내가 사무직을 찾아 나가리라는 것을 알았다. 반면에 그는 계속 머물면서 현장 일을 할 터였다. 그는 대학 학위가 없었고, 다른 일을 찾지 못할 것이었다. 그는 내게 이것은 그의 삶이라고 설명했다.

〈노역toil〉은 갤브레이스가 고단하고 지루하고 별 즐거움을 주지 못하는 일을 가리키는 데 쓴 단어다. 일이 육체노동이 아니기를 선호했던 다른 많은 사람처럼, 그는 노역이란 거개가 육체노동이라고 가정했다. 1958년에 초판을 냈던 책의 1998년판에서 그는〈컴퓨터가 직업 품

질의 지속적 혁명을 가능케 한다〉고 낙관적으로 말했지만, 컴퓨터가 만들어 내는 노역에 관해서는 언급하지 않았다. 작은 칸을 끝없이 채워 넣는 일, 난해한 소프트웨어 시스템, 반복의 스트레스, 하루 종일 화면을 들여다보며 앉아 있는 데 따르는 육체적 대가 말이다. 또한 그는 이메일로 인한 독특한 고역, 즉 노동 시간 너머까지 흘러넘치는 전자적 업무 요청을 예견하지 못했다. 프랑스에서는 이제 큰 회사들이 직원들에게 업무 시간이 아닐 때 이메일을 보내거나 답장하기를 기대해서는 안 된다는 것이 법으로 정해져 있다. 〈접속하지 않을 권리〉라고 불리는 이 권리는 옛 노동자들이 시위로 어렵사리 따낸 주당 노동 시간 제한을 되찾으려는 시도다.

몰리는 사정이 어려운 대학에서 나보다 더 오래 일하고 더 많이 강의한다. 그녀는 역사학자로, 학생을 가르치지 않을 때는 지금 쓰고 있는 책을 위해서 자료를 조사한다. 그녀는 직장을 언제까지 더 다닐 수 있을지 알지 못한다. 대학이 문 닫을 수도 있기 때문이다. 지금도 이미 역사학부는 없어졌다.

「직장을 잡다니 행운이라고 생각해.」 대학원 지도 교수는 내가 막 강사직을 제안받고서 그에게 협상을 어떻게 하면 되느냐고 물었을 때 이렇게 대답했다. 그 강사직이 내가 현재까지 유지하고 있는 이 자리다. 내가 졸업한 직후, 그는 술 취한 상태로 내게 자신이 나를 좀 사랑하는 것 같다고 말했다. 몇 년간 불편하게 변죽만 울리다가 처음 직접적으로 내게 끌린다고 밝힌 것이었다. 학위를 받으려면 그의 서명이 필요했던 나는 달리 어떻게 해야 할지 모르고 그냥 그의 신중한 추파를 무시했다. 나는 여자가 남자만큼 협상을 성공적으로 해내지 못한다는 글을 읽은 뒤였고, 그래서 이 문제에 관해 남자의 조언을 듣고 싶었다. 그의 조언은, 그가 좀 사랑한다는 여자에게 주는 조언은 아무것도 요구하지 말라는 것이었다.

저 바깥 현장에서, 텍사스 남부의 농장에서, 한 멕시코 여성은 장갑도 안 낀 손으로 고수를 따는 일로 상자당 3달러를 받는다. 이 일을 오전 5시부터 오후 6시까지 종일 하면 하루에 39달러를 벌 수 있다. 나는 침대에 누운 채 신문에서 그녀의 이야기를 읽는다. 여성의 어머니는 멕시코에서 응급 구조사로 일했지만 지금은 역시 작물 수확자로 일한다. 그녀는 기자에게 감독관들이 젊은 여자들을 밭의 으슥한 구석으로 데려가는 것을 종종 본다고 말한다. 그녀는 노동자로서 자신의 권리를 알지만, 만약 자신이 불평을 제기했다가는 본국으로 추방되리라는 것도 안다.

20

일

「사람들이 왜 멕시코인을 미워하는지 알겠어. 그들이 우리보다 더 열심히 일하기 때문이야.」존이 선언한다. 존은 밖에서 우리 집 굴뚝을 다시 짓고 있는 남자들과 이야기를 나누고 온 참이다. 지난달에 내 최신작의 인세가 들어왔는데 그것은 우리가 기대하지 않은 돈이었고, 그래서 우리는 지금 그 돈을 집에 쓰고 있다. 벽난로에 불을 피우는 사치를 위해서 쓰는 것이다. 우리는 정말로 돈을 태우고 있다.

존도 나도 이 작업이 진행되는 동안에는 글이 잘 안 써진다. 물론 시끄럽지만 그것이 문제는 아니다. 내가 다락방 책상에 앉아 있으면, 한 일꾼이 벽돌이 가득 실린 손수레를 밀고 경사로를 오르는 모습이 보인다. 그가 천천히 짐을 끌어 올려서 트럭 짐칸에 부리는 모습을 나는 컴퓨터 화면 뒤에서 지켜본다.

갤브레이스는 이렇게 말한다. 〈사람들은 자신이 더 쾌적하고, 편하고, 보수 좋은 삶을 사는 데 대한 은근한 죄책감을 《나도 노동자야》하는 관찰로, 혹은 그보다 더 뻔뻔하게 《정신노동이 육체노동보다 훨씬 더 고생스러워》하는 선언으로 달래곤 한다.〉 갤브레이스에 따르면, 정신노동과 육체노동이 최소한 동등하다는 확신은 냉전기에 자본주의자와 공산주의자가 공통으로 품은 생각이었다. 기업체 사장도 조립 라인에서 일하는 그의 피고용인도 공산당 관료도 집단 농장에서 일하는 그의 동지도 모두 자신의 활동을 같은 이름으로 불렀다. 그것은 모두 일이었다.

「우리가 굴뚝 개축에 지불하는 돈 1만 3천 달러 중 얼마가 작업자들에게 돌아갈까?」 나는 존에게 묻는다. 「절반쯤일 거야.」 존이 추측한다. 존은 시간당 7달러를 받고 건설 현장에서 일한 적이 있다. 그가 고려할 요소들을 꼽아 본다. 「작업자는 총 다섯 명이고, 그중 일부는 고숙련자이고, 염천에 여드레간 비계를 오르내려야 하고. 그래, 절반쯤이겠네.」 존이 결정한다. 굴뚝 보수 회사 사장은 이 석공들이 18년간 자신과 함께 일해 왔다고 말했다. 몇 명은 심지어 의료 보험을 갖고 있을지도 모른다.

우리 학교에서 전미 서비스 노조가 비종신직 교원들을 조직하기 시작했을 때, 한 동료는 그것이 우리에게 맞지 않는 노조라고 불평했다. 나는 그가 우리 일이 서비스라는 생각에 반대하는 것인지 궁금했다. 「우리는 간호사와 잡역부와 같은 노조가 아니야.」그는 이렇게 주장했다. 그러나 내 생각에는 만약 노조의 힘이 머릿수에 있다면 간호사와 잡역부에게 교사가 합류해도 그들에게 나쁘지 않을 것 같았다.

노조 결성 투표 — 간발의 표차로 가결되었다가, 대학 측 이의 제기에 직면했다가, 법정에서 결국 부결로 뒤집힌 그 투표 — 는 아마도 그나 나의 봉급을 높여 주지는 못했을 것이다. 우리는 이미 너무 많이 받는다. 그 결정으로 가장 크게 도움을 받았을 사람은 강의별로 지급받는 비상근 교원들이다. 동료와 나는 최하급 교원이 달성할 수 있는 직위 중 최고 등급에 해당하므로, 바닥 중 꼭대기인 셈이다. 혹은 꼭대기 중 바닥이라고도 할 수 있다. 사무직원, 컴퓨터 기사, 급식 노동자, 그리고 밤중에 우리 사무실에 와서 러그를 진공청소기로 밀어 주고 쓰레기통을 비워 주기 때문에 우리 눈에는 보이지 않는 청소부까지 포함해서 생각한다면 그렇다. 우리는 대학의 중상층이다. 그러니 마음속에서 자신을 꼭대기의 종신직 교수들 및 학장들과 나란히 놓을 수도 있겠다. 하지만 내 생각에 그것은 다른 누구보다 그런 사람들에게 좋은 일이다.

노조는 나쁜 일자리를 가진 사람에게나 필요하고 좋은 일자리를 가진 사람은 노동 조건을 협상할 필요가 없다는 생각은 좋은 일자리란 본질적으로 좋은 것이니 나빠질 수 없다는, 혹은 더 천해질 수 없다는 믿음에 근거한다. 이것은 화이트칼라의 환상이다. 〈블루칼라의 블루스가 화이트칼라의 투덜거림보다 더 비통하지는 않다.〉 스터즈 터클은 『일 *Working*』에서 이렇게 말한다. 〈나는 기계야, 용접공은 말한다. 나는 우리에 갇혔어, 은행 창구 직원은 말한다. 호텔 사무원도 똑같이 말한다. 나는 노새야, 철강 노동자는 말한다. 내가 하는 일은 원숭이도 할 수 있어, 접수원은 말한다. 나는 농기구보다 못한 존재야, 이주 노동자는 말한다. 나는 물체야, 하이패션 모델은 말한다. 블루칼라와 화이트칼라는 둘 다 똑같이 말한다, 나는 로봇이야.〉

데이비드 그레이버는 세상의 모든 일자리 중 3분의 1 가량은 그가 〈불쉿 직업〉이라고 명명한 일이라고 추정한다.* 불쉿 직업은 너무나 무의미하여, 그 일을 하는 사

---

* 〈불쉿bullshit〉은 보통 〈헛소리〉라는 뜻이고, 〈쉿shit〉은 〈개똥 같은〉, 즉 〈몹시 나쁜〉이라는 뜻이다. 그레이버는 두 가지가 다르다고 말하는 것이다.

람조차 일의 존재 의미를 찾지 못한다. 불쉿 직업은 〈쉿 직업〉과는 다르다. 쉿 직업은 수행할 필요가 있는 긴요한 일이라는 점에서 차이가 있다. 쉿 직업이 나쁜 일자리가 되는 것은 그 일을 하는 사람들이 푸대접을 받고, 경시되고, 박봉을 받기 때문이다. 〈쉿 직업은 대체로 블루칼라이고 시급으로 받지만, 불쉿 직업은 대체로 화이트칼라이고 연봉으로 받는다.〉 그레이버는 말한다. 불쉿 직업은 보통 위험하지 않고 육체적으로도 힘들지 않다. 그리고 보수가 좋다. 하지만 서비스에 으레 따르는 보상이나 무언가 가치 있는 일을 했다는 보람을 주지 않는다. 정말로 아무것도 안 하는 일인 경우도 많다. 쉿 직업이 종종 노동자의 육체를 위험에 노출시킨다면, 불쉿 직업은 노동자에게 정신적 피해를 가한다.

사람들이 일에서 바라는 것은 〈일용할 양식뿐 아니라 일용할 의미〉라고, 〈월요일에서 금요일까지 죽어 가는 것이 아니라 살아가는 것이라고〉 터클은 말한다. 터클이 인터뷰한 농부와 비행기 승무원과 매춘부와 주식 중개인 등등 중에는 자기 일을 무척 즐기는 사람도 있었다. 석공, 피아노 조율사, 제본업자, 그리고 목수 겸 시인인 사람이 그랬다. 잡역부는 자신이 잡역부인 것을 개의치 않았다. 그는 자신이 건물 엔지니어라고 불리기를 바라지 않았다. 〈날 그냥 잡역부라고 부르면 됩니다. 잡역부인 게 무슨 문제인가요.〉 하지만 그는 눈삽이나 자루걸레를 사용할 때 허리가 아픈 점에는 신경을 썼다.

병원 잡역부들을 대상으로 직업 만족도를 조사한 결과, 최고 수준의 만족도를 보고한 사람은 자신의 일이 병자를 돌보는 것이라고 생각하는 이들이었다. 실제 그들의 직무 내역에 규정된 업무는 〈더러운 수건과 침구를 수거하고 처분한다〉, 〈화장실 비품을 보충한다〉 같은 것들이었는데도 말이다. 이 잡역부들은 자신의 일을 〈문병객이 가장 적은 환자에게 들르는 것, 환자에게 농담을 건네어 기운을 돋우는 것, 퇴원하여 집에서 외로워할지도 모르는 환자에게 편지를 써서 보내는 것, 감염에 취약한 환자의 병실을 각별히 세심하게 청소하는 것〉 등으로 설명했다. 이 잡역부들은 사람들을 돌봄으로써 직업을 바꾸거나 노조에 가입하지 않고도 자신의 직업 생활을 향상시켰다. 이들은 어떤 직업을 좋은 직업으로 만드는 한 가지 요소는 자신이 하는 일이 중요하다는 감각이라는 사실을 알고 있었다.

수석 석공이 문 앞에 와서 작업을 마쳤다고 알려 준다. 나는 그에게 벌써 밖에 나가서 완성된 굴뚝을 보고 왔다고 말하고, 언젠가 먼 미래에 우리가 다 죽고 이 집이 무너져도 굴뚝만은 끄떡없이 서 있는 모습이 눈에 선하더라고 말한다. 이 말을 하면서 나는 어릴 때 살았던 동네의 거친 숲속에 굴뚝 하나가 덩그러니 서 있었던 것을 떠올리는 중이다. 그것을 만든 사람보다 훨씬 더 오래 살아남은 굴뚝이었다. 석공이 웃으면서 고개를 젓고는 우리 집 벽돌 벽에 애정 어린 손길을 얹는다.「이 집은 안 무너질 겁니다. 지은 사람들이 일을 잘했어요.」그가 말한다.

21
놀이

「그건 네 일이 아니야.」놀이터에서 내 옆에 앉은 엄마가 자기 아들에게 말한다. 아이는 방금 다른 아이에게서 장난감을 빼앗았다. 「몬테소리 학교에서는 놀이를 일이라고 불러요.」그녀가 내게 말해 준다. 전에도 들었던 말인데, 신경이 쓰인다.

놀이는 놀이로 두지, 나는 생각한다. 놀이는 일이 아니다. 하지만 놀이가 어떤 면에서 일과 다른지 궁금해진다. 놀이는 예술과 마찬가지로 보수가 없고 비실용적인점이 다를까? 〈놀이play〉는 스포츠이고 연극이며, 움직임이고, 접촉이다. 그래서 〈전희foreplay〉, 〈칼 장난swordplay〉, 〈말장난wordplay〉이라는 말이 있다. 놀이의 정의는 수십 가지다. 그중 다수에 〈자유〉라는 표현이 나온다. 하지만 그것은 일도 마찬가지다. 프레드 로저스가 한 말이 있지

않은가. 〈어린이에게 놀이는 진지한 학습이다. 놀이는 유년기의 실질적인 일이다.〉

시는 이 놀이터를 허물고 싶어 한다. 이 놀이터는 25년 전에 동네 사람들이 공터에서 쓰레기를 치우고 널빤지를 못으로 이어 붙여서 손수 만들었다. 우리 시 의원은 이곳을 새 플라스틱 놀이터로 교체하겠다고 선언했다.「업그레이드할 때가 됐죠. 이 놀이터는 구식 휴대 전화예요.」그는 말한다.

다음번 시 의회 모임 때, 이 거리에서 자전거 가게를 하면서 길에 버려진 낡은 자전거를 구조하는 알렉스가 놀이터가 휴대 전화와는 다른 이유를 줄줄이 나열한다. 그러나 이제 시 의원은 새로운 논점을 제기한다. 놀이터가 낡았다는 점이 아니라 안전하지 않다는 점이 문제라는 것이다.

안전, 혹은 엄밀하게 말해서 소송은 내 유년기의 놀이터들을 초토화한 주범이다. 하지만 통계에 따르면 요즘도 아이들은 우리 때만큼 놀이터에서 많이 다친다. 안전한 놀이터가 실제로 더 안전하지는 않다. 존은 어릴 때 골목에서 감독하는 사람도 없이 불을 내고 놀았다고 한다.「그게 백인 쓰레기들의 놀이 철학이지.」존이 말한다. 또한 이것은 불이 높은 곳, 날카로운 도구, 싸움, 고독과 더불어 생산적 놀이에서 없어서는 안 될 요소라고 주장하는 어느 노르웨이 유아 교육 전문가의 철학이다. 이런 놀이가 아이들에게 왜 필요한지 알아본 논문들이 있으며, 안전으로부터 놀이를 지켜 내라고 경고하는 심리학자들이 있다.

시가 고용한 놀이터 검사원은 공식 보고서에서 이 놀이터는 수리할 필요가 있지만 허물기를 권하지는 않는다고 판정한다. 「이 놀이터는 1965년산 머스탱 같은 겁니다. 만약 당신에게 고장 난 클래식 카가 있다면, 당신은 엔진을 수리해서 차를 원상태로 복구하겠지, 새 차로 바꾸진 않겠죠. 어떤 신차도 1965년산 머스탱과는 같지 않아요.」 그는 말한다. 그리고 놀이도 이제 예전의 놀이가 아니지, 나는 생각한다.

22
예술

「실망을 하기 위해서는 먼저 약속을 받아야 해.」* 로빈이
말한다. 「맞는 말이야.」 나는 웃음을 터뜨린다. 로빈의 말
장난은 계시와도 같다. 이 놀이는 실질적인 일을 해낸다.

이제 나는 로빈의 집 뒷문 포치에 혼자 앉아서 마당
에 길게 자란 풀을 바라보고 있다. 로빈은 정원 가꾸기를
하지 않는다. 그녀의 표현을 빌리자면, 그녀는 정원 안 가
꾸기를 한다. 8월의 무더위 속에서 나는 행복감이 솟아
오르는 것을 느낀다. 이것이 가령 발작이나 편두통의 전
조처럼 글쓰기라는 일에 선행하는 전조임을 나는 안다.
어떤 생각이 유령처럼, 또한 전기처럼 내 앞에서 얼쩡거

* 여기서 〈실망〉은 〈disappointed〉이고, 〈약속을 받다〉는 흔히 〈임명
된〉 혹은 〈지정된〉이라는 뜻으로 쓰이는 〈appointed〉다. 먼저 〈appointed〉가
되어야 〈dis‐appointed〉를 할 수 있다는 말장난이다.

리고 있다. 생각은 내가 붙잡을 수 있는 거리보다 살짝 더 멀리 있고, 나는 책상 앞에서 몇 시간을 보낸 뒤에야 그것을 붙잡아서 종이 위에서 작업할 수 있을 것이다. 하지만 지금 그것은 여기 잡초들 사이에 존재한다. 안 가꾸어진 채로 존재한다.

로빈이 준 조던과 완다 콜먼과 로버트 프로스트의 시집을 쌓아서 들고 온다. 그녀는 내가 〈일〉과 〈놀이〉를 말하는 것을 듣고 자기 책꽂이로 가서 일과 놀이를 찾아왔다. 그녀가 『로버트 프로스트 시 전집 The Collected Works of Robert Frost』을 펼치고 「진흙탕 철의 두 뜨내기 Two Tramps in Mud Time」를 낭송한다.

프로스트가 자기 집 마당에서 장작을 팰 때, 숲에서 두 남자가 걸어 나왔다. 일거리를 찾는 벌목꾼들이었다. 「세게 치쇼!」 한 남자가 외쳤고, 프로스트는 남자의 말뜻을 알아차렸다. 남자는 프로스트가 그 장작 패는 일에 자신을 고용하기를 바랐다. 하지만 초봄이었고, 얼음이 녹는 시기였고, 프로스트는 그 일을 직접 하고 싶었다. 그는 그 일이 좋았다. 손에 들린 도끼의 무게가, 발로 땅을 단단히 디딘 느낌이 좋았다. 〈봄의 열기 속에서 부드럽게 / 그리고 매끄럽고 촉촉하게 움직이는 근육의 활력〉이 좋았다.

나는 장작을 패는 즐거움이 알맞은 문장을 떠올리는 즐거움과 다르지 않다는 것을 안다. 그때 문장은 짝 갈라지면서 방금 전까지만 해도 나무 속에 갇혀 있던 의미를 드러낸다. 10대 때 나는 어머니를 위해서 어머니의 집을 데울 화목 난로용 장작을 팼다. 지금 이토록 자신감 있게 시어들의 중량감을 다루는 로빈의 목소리를 들으면서, 나는 떨어지는 도끼의 가속도를 느낀다. 내 손에 들린 도끼는 장작에 흠조차 내지 못한 채 튕겨 나가기 일쑤였다. 운이 좋으면, 장작이 조금 갈라져서 거기에 보라를 끼울 수 있었다. 그다음에 나는 도끼머리의 뭉툭한 뿔을 휘둘러서 보라를 때렸다. 대개는 내가 빗맞혀서 장작이 굴러떨어졌다. 그러나 가끔 정통으로 강력하게 맞혀서 장작이 깨끗이 둘로 쪼개지고 수액의 향이 피어오를 때가 있었다. 그러면 나는 깜짝 놀라서 우두커니 서 있곤 했다. 철과 철이 부딪혀서 울리는 소리에 귀가 먹먹했고, 나무의 붉은 심재가 내 앞에서 모락모락 김을 피웠다. 그것은 계시였다.

프로스트는 다른 사람이 돈벌이로 하는 일을 놀이로 할 권리가 자신에게는 없다고 생각했다. 그래도 굳이 그 일을 하겠다면, 그때 그의 권리는 사랑이었다. 그들의 권리는 필요였다. 〈그들의 권리가 더 낫다 ― 인정한다.〉

하지만 그는 양자를 분리하지 않으려고 한다. 〈사랑과 필요가 하나가 될 때에만, / 일이 생사를 건 놀이일 때에만, / 그 행위는 진정 천국을 위하여 / 그리고 미래를 위하여 수행된다.〉

맞아, 나는 생각한다. 나의 일은 놀이다. 생사를 건 놀이다.

23
게임

내가 막 식기세척기에 그릇을 넣으려는데 존이 말한다.
「식기세척기 돌려.」나는 그를 무시하고 스펀지를 집어
서 조리대를 닦는다.「그 조리대도 닦아야 되겠네.」그가
말한다. 나는 돌아본다. 그는 쓰레받기와 빗자루를 들고
있다.「거기 좀 쓸어 보지.」나는 말한다. 그가 히죽거리
며 몸을 숙여서 쓰레기통 주변에 흩어진 커피 가루를 쓸
어 담는다. 나는 이제 조리대에 몸을 기대고 깔깔 웃는다.
그가 말한다.「기댈 힘이 있으면 청소할 힘도 있을 텐데.」
　이 게임의 이름은 〈부관리자〉다. 그리고 이 게임의
재미는 미치고 팔짝 뛸 것 같다는 데 있다. 처음에 나는
이 게임을 할 수가 없었다. 왜냐하면 이래라저래라 지시
받는 데 대한 짜증이 진짜 화로 번졌고, 그러면 존이 내가
화내는 것을 보고 웃어서 화가 더 커졌기 때문이다. 존은

고등학생 때부터 이 게임을 했는데, 그때 식료품점에서 일하다가 배웠다고 한다.

우리가 왜 웃는지 J가 궁금해하고, 그래서 나는 아이에게 게임을 알려 준다. 「만약 네가 피고용인이라면, 그렇지 않은 편이 좋겠지만, 네 목표는 부관리자가 네게 이래라저래라 할 때 평정을 유지하는 거야. 가능하다면 네가 부관리자를 관리할 방법을 찾아야 해. 부관리자가 너 대신 일하게 만드는 거야. 만약 네가 부관리자라면, 부관리자가 항상 이 게임을 시작하기 마련인데, 네 목표는 네가 책임자인 척 행동하면서 남들에게 그들이 안 그래도 하려고 했던 일을 시키는 거야. 그게 마치 네 생각인 것처럼. 그래서 그들이 네 명령에 따르고 있다고 느끼게 만드는 거지.」

「엄마, 엄마가 나한테 늘 그러잖아. 엄마는 장난도 아니잖아.」아이가 말한다. 나는 말을 멈춘다. 맞다, 사실이다. 비록 내가 그러고 싶지는 않지만 말이다. 그리고 그것은 게임이 아니다. 그것은 일의 연습이다.

3부

투자

1

일

오늘 내 일은 내가 〈조끼 씨〉라고 부르는 남자의 말을 듣는 것이다. 그는 35분째, 즉 이 회의가 시작된 이래 계속 말하는 중이고 탁자에 둘러앉은 여자 여섯 명은 그의 말을 듣는 중이다. 그는 찬찬히, 신중하게, 조용조용히, 어떤 이야기를 전개시키려는 사람의 리듬으로 말한다. 그는 풍성한 서론과 끝없는 여담을 맘껏 구사하지만, 그 말에 내용은 전혀 없다. 그의 말을 듣고 있는 것은 꼭 차로 중서부를 달리는 것 같다. 길고 단조로운 시간 내내 줄곧 차의 추진력을 느끼면서도 그저 계속해서 또 다른 옥수수밭을 통과할 뿐 어디로도 가지 못하고 있는 듯한 느낌.

그가 말하는 동안, 나는 매너에 대해서 생각한다. 베블런은 매너를 가리켜서 〈한쪽에서는 지배를 연기하고 반대쪽에서는 복종을 연기하는 상징적 팬터마임〉이라고 표현했다. 《매너manners》라는 단어에 들어 있는 《맨man》은 손을 뜻해.〉 로빈은 매너에 관해서 내게 쓴 편지들 중 한 통에서 이렇게 말했다. 〈예전에 젠틀맨gentleman은 손을 써서 일하지 않는 남자를 뜻했지.〉 나는 답장했다. 찰스만은 너무나 많은 영국 출신의 식민지 정착민들이 바다에 물고기가 천지였던 체서피크만에서 굶주렸다는 사실에 기막혔다. 그는 정착민 중에서 지나치게 많은 비율이 자신을 젠틀맨으로 규정했던 것, 따라서 낚시를 할 수 없었던 것이 문제였다고 말한다.

우리는 이 회의에서 논의해야 할 문제가 있는데 조끼 씨는 그 문제를 회피하고 싶어 한다. 나는 주재자가 앉아 있는 상석을 바라본다. 그녀는 답답해서 얼굴이 빨갛게 상기되었지만 그래도 아무 말 하지 않으려고 한다. 그녀는 흠잡을 데 없이 정중하고, 여기 모인 다른 사람들도 마찬가지다. 나는 그녀에게 전보를 보내고 싶다. 〈그는 우리의 매너를 이용해서 자기 말을 못 끊게 하고 있어요.〉 그녀가 눈길을 돌린다.

나중에, 내가 이 자리에서 곧 저지를 일을 말려 주기에는 너무 늦은 시점에, 나는 로빈이 보낸 얇은 편지봉투가 우리 부서 우편함에 있는 것을 발견한다. 봉투에는 로빈이 전단지에서 오린 조끼 사진이 들어 있다. 조끼는 낚

시용이라서 망사 천, 지퍼 달린 주머니, 줄줄이 달린 고리 등 갖가지 기능이 갖추어져 있다. 로빈은 종이에 이렇게 적어 두었다. 〈잊지 마. 넌 여기 담겨 있지 않다는 걸.〉*

　　조끼 씨가 말이 엉켜서 잠시 추진력을 잃자, 이 자리에서 재직 기간이 나보다 긴 유일한 여자가 입을 연다. 그녀는 회의를 본론으로 돌리려고 시도한다. 「저기요, 제가 말을 마저 해도 될까요?」 조끼 씨가 퉁명스럽게 말한다. 그러고는 그가 계속 말한다. 길게 말한다. 나는 시계를 본다. 공책을 덮는다. 기침을 한다. 다른 사람들은 아무도 나를 보지 않고 조끼 씨만이 나를 본다. 나는 소리 내지 않고 입만 벙긋거려서 그에게 말한다. 〈당신 죽이고 싶어.〉 나는 스스로에게 경악하지만, 그가 어리둥절하여 말을 멈춘 틈을 타서 끼어든다. 나는 길게 말하지 않는다. 왜냐하면 그가 회의는 끝났다고 결정해 버리기 때문이다.

* 여기서 〈담겨 있지 않다〉는 〈not invested〉다. 〈invest〉가 보통 〈투자하다〉라는 뜻으로 쓰이기 때문에 이것은 〈어딘가에 투자하지 않다〉, 즉 〈어딘가에 이해관계가 얽혀 있지 않다〉는 뜻이지만, 여기서 로빈은 〈vest〉가 〈조끼〉라는 데 착안하여 중의적 말장난을 하는 것이다. 조끼라고 해석하면 〈invested〉는 〈조끼를 입은〉이 된다.

2
바틀비

매년 재무 상담사들이 학교로 와서 교직원들을 만나지만, 나는 상담사를 만나는 것이 이번이 처음이다. 그가 내 퇴직 연금 계좌를 걱정스레 살펴본다. 그리고 내게 묻는다. 「지난 10년 동안 이 돈을 주식 시장에 한 푼도 투자하지 않으신 이유가 있을까요?」

허먼 멜빌의 소설 『필경사 바틀비』의 부제는 〈월 스트리트 이야기〉다. 바틀비는 수동적 저항자다. 노동자인 그는 처음에 특정한 일을 하지 않겠다고 거부하고, 그다음에는 아무 일도 하지 않겠다고 거부하고, 급기야는 해고되기조차 거부하는데, 매번 〈저는 그렇게 안 하고 싶습니다〉라고 공손하게 말함으로써 거부한다. 그의 저항에는 목적이 없으며, 그가 저항 외에 딱히 무엇을 성취하려는 생각도 없는 듯하다. 나는 바틀비가 감옥에서 아사한다는 사실을 스스로에게 상기시킨다. 왜냐하면 그의 이야기가 왠지 내게는 여전히 승리처럼 읽히기 때문이다. 제인 데마레는 〈바틀비의 자유는 인생과 양립할 수 없는 종류〉라고 말했다.

바틀비처럼, 나는 그렇게 안 하고 싶다. 이래라저래라 지시를 안 듣고 싶고, 주식 시장에 투자를 안 하고 싶다. 타인의 노동으로부터 이윤을 짜내는 체제에 돈을 안 넣고 싶다. 이것은 내가 그 계좌를 열 때 〈저위험〉 옵션을 고른 이유 중 하나였다. 하지만 나는 상담사에게 이런 말을 하지는 않는다. 그냥 이렇게 말한다. 「제가 보수적이어서요.」 그는 안 믿는 눈치다. 「돈 문제에서는 그렇다고요.」 나는 부연한다.

「그렇다면 뭐, 만약 이 돈을 투자하셨다면 지금까지 얼마나 벌었을까 하는 이야기는 건너뛰죠. 그냥 계좌를 정돈합시다. 언제 은퇴하고 싶으신가요?」 그가 서류를 이리저리 옮기면서 말한다. 「최대한 빨리요.」 나는 말한다. 「제가 상담하는 교수들은 대부분 통상 정년을 한참 넘긴 나이까지 일하실 계획인데요.」 그가 내게 말해 준다. 물론 나도 그런 교수들을 안다. 나는 그들과 함께, 혹은 그들을 위해서 일한다. 나는 상담사에게 내 일과 그들의 일이 어떻게 다른지 ─ 나는 강의를 더 많이 하고, 봉급이 더 적고, 사무실이 지하에 있고, 유리 천장을 이고 있다는 것 — 를 설명하지 않는다. 그냥 이렇게 말한다. 「저는 그분들과 달라요.」

「그렇다면 공격적으로 투자하셔야 합니다.」그가 말한다. 위험이 클수록 수익이 크기 때문이다. 그가 내게 주식과 채권으로 구성된 원형 그래프를 보여 준다. 이제 다양한 투자 방식에 대해서, 인덱스 펀드와 헤지 펀드와 옵션과 선물에 대해서 말해 준다. 「선물이 뭔가요?」 나는 심드렁히 묻는다. 그의 설명을 들어 보아도 별로 이해되지 않지만, 애초에 이해하리라 기대하지 않았다. 그도 이 사업의 복잡다단한 세부를 빈틈없이 이해하고 있는 것 같지는 않다. 혹시 내가 정말로 타인의 미래를 살 수도 있을까?* 나는 속으로 궁금해한다.

이 재무 상담사는 내가 그동안 TIAA라는 두문자어로만 알고 있던 미국 교직원 퇴직 연금 기금을 위해서 일한다. 내 퇴직금이 거기로 들어가는 것이다. 이 기금은 앤드루 카네기, 즉 자신의 철강 회사를 J. P. 모건에게 팔아서 미국 최대의 부자가 되었던 사람이 1백 년 전에 설립했다. TIAA는 세계 최대의 농업 부문 투자자이고, 세계

---

* 파생 상품의 한 종류인 선물을 영어로는 〈future〉라고 부르기 때문에 이렇게 말하는 것이다. 이 단어에는 〈미래〉라는 뜻도 있다.

세 번째 규모의 상업용 부동산 관리자이며,『포춘*Fortune*』 선정 5백 대 기업에서 80위를 차지한 기업이다.

　　이제 내 돈은 거기에 진출했다. 공격적으로. 나는 자꾸 그 돈을 떠올리고, 그것이 무엇을 하고 있을지 궁금해한다. 재무 상담사에게 전화해서 나는 공격적인 것을 안 하고 싶다고 말할지를 고민해 본다. 그래야겠다고 결정하고, 그러고는 전화하지 않는다.

3
투자

은행 규제 기관에서 일하는 길 건너편 집 남자는 우리 집과 대각선으로 마주 보고 있는 집을 〈폐쇄〉하고 싶어 한다. 지난주에 골목에서 총격이 있었고, 총을 쏜 사람들 중에서 10대 남자아이 두 명이 그 집으로 도망쳐 들어갔다. 아무도 다치지 않았지만 경찰이 출동해서 한바탕 난리가 났다. 존과 J가 공원에서 농구를 하고 돌아왔을 때, 우리 블록은 테이프로 통제되었고 총을 든 경찰관들이 우리 집 잔디밭에서 확성기로 건넛집 남자아이들에게 말을 걸고 있었다.

　「이 동네는 안전한 줄 알았는데요.」놀이터에서 한 엄마가 내게 불평한다. 그녀와 나는 시카고의 같은 동네에서 이곳으로 이사 왔는데, 그 동네는 안전하지 않다고 여겨지는 곳이었고 여기서 아주 멀지 않다. 나는 우리가 이제 집을 소유한다고 해서 다른 사람들이 모두 겪고 사는 일을 겪지 않고 살 수 있는 것은 아니라고 생각한다. 우리가 총격 사건을 겪지 않는 삶을 돈으로 살 수는 없다. 나는 이 대화가, 그리고 안전에 대한 그녀의 환상이 짜증스럽다. 이번 사건은 올해 우리 동네에서 벌어진 유일한 총격 사건도 아니었고 다만 가장 가까이에서 벌어진 사건일 뿐이었다.

은행 규제 기관에서 일하는 남자는 여기서 거의 살지 않는다. 그는 다른 두 도시에서도 일하기 때문에, 필지 두 개에 지어진 그의 큰 집에는 보통 아무도 없다. 「이 블록에서 유탄에 맞을 가능성이 제일 낮은 사람이 그 남자일걸.」 나는 말한다. 「그는 자기 안전을 염려하는 게 아냐. 자기 부동산을 염려하는 거지.」 존이 말한다. 그의 집은 투자이고, 이 일로 가치가 최소 5천 달러는 낮아졌다.

은행 규제 기관에서 일하는 남자는 이웃들에게 문자 메시지를 보내어 내가 일을 하고 있을 시간에 회의를 잡는다. 경찰서장도 회의에 참석해서, 거주자를 억지로 퇴거시키는 것은 불법이라고 말해 준다. 한 세대를 대뜸 폐쇄해 버릴 수는 없다는 데 모두가 동의한 듯하다고, 한 이웃이 내게 말해 준다. 그런데도 한 달 후에 나는 그 집에 사는 사람들이 세간을 꺼내어 이삿짐 트럭에 싣는 모습을 목격한다. 나는 나쁜 날씨를 지켜보는 것처럼 그 광경을 지켜본다. 마치 그것이 나와는 아무 상관이 없는 일인 것처럼.

지금 나는 컴컴한 다락방에 있다. 그리고 은행 규제 기관에서 일하는 남자의 잔디밭에 설치된 보안등들이 한밤의 안개 속으로 그의 그림자를 드리우는 광경을 보고 있다. 그의 그림자는 나무들을 통과하여, 기다란 손가락들을 길 위에 늘어뜨린다. 나는 이런 장면을 본 적이 있다. 흑백 드라큘라 영화에서 보았다. 등장인물 중에서 타자수로 일하는 직업여성, 드라큘라의 런던 집 이웃이었던 여성이 떠오른다. 드라큘라는 그녀에게 억지로 자기 피를 먹였고, 그래서 그녀는 그의 마음을 읽을 줄 알게 되었다. 그녀는 마치 그의 눈으로 세상을 보는 것처럼 그가 보는 것을 똑같이 볼 수 있게 되었고, 그래서 이제 그의 모든 움직임을 쫓을 수 있었다. 그녀는 자신의 영혼을 구하려면 그를 죽여야 한다는 것을 알았다. 왜냐하면 자신도 뱀파이어가 되어 가는 것을 느끼기 때문이었다.

4
웰컴 투 더 정글

나는 출근길에 매일 그리스풍 기둥이 있는 여성 클럽 건물을 지나치지만, 안에 들어가 보는 것은 이번이 처음이다. 세라는 여성 클럽의 연례 레뷰에 함께 참석해 보면 재미있거나 혹은 웃길 것이라고 생각했다. 우리는 〈레뷰revue〉가 무엇인지 모른다. 하지만 클럽이 시카고의 10대 임신부 독서 모임들을 지원하기 위해서 모금 행사로 마련한 자리라는 것은 안다.

알고 보니 레뷰란 여성 클럽 회원들이 무대에서 춤추고 노래하는 행사다. 오프닝넘버 중 한 곡에서 케이크 조각처럼 차려입은 여자들이 식욕을 참는 것에 대해 노래하는데, 여자들의 몸통을 감싼 케이크 밑으로 검정 팬티스타킹을 신은 날씬한 허벅지가 뻗어 있다. 여자들은 이상하게도 이 가사를 메건 트레이너의 노래 「노No」에 맞추어서 부른다. 「조경 참사Landscape Disaster」라는 노래도 있다. 이 노래는 누구네 산울타리가 제일 깔끔하게 깎여 있는지 겨루는 이웃들의 이야기인 척하지만 진짜 주제는 거울 다듬기다.

나중에 존이 내게 이 여자들은 엘리트 대학의 여학생 사교 클럽과 동아리에서 성인이 된 사람들이고 그곳에서는 진짜 괴상한 짓이 벌어지곤 한다는 사실을 일깨워 준다. 내가 다닌 대학에는 여학생 사교 클럽이 없었고, 무도회라고는 드래그 볼뿐이었다. 그런데 내가 괴상하게 느끼는 점은 이 쇼가 지난 시대의 부유한 여자들의 삶을 우리 시대의 팝 음악에 맞추어서 풍자하는 듯 보인다는 것이다. 과거가 현재와 함께 춤추면서 살짝 틀린 음정으로 노래하고 있다. 어떤 노래는 바느질 모임에 소속되는 것에 관한 내용이다. 또 어떤 노래는 지루함을 물리치려고 참석한 그림 교실에서 지루해지는 것에 관한 내용이다. 나는 시간을 거슬러서 코르셋과 여성 참정권과 금주의 시대로 끌려가는 기분이다.

우리 동네의 맥주 양조장 이름은 〈템퍼런스(금주)〉이고, 금주 운동의 전사였던 프랜시스 윌러드의 집이 여성 클럽 건물과 같은 블록에 있다. 나는 속으로 그 집을 〈선한 의도들의 박물관〉이라고 부른다. 윌러드는 하루 여덟 시간 노동과 여성 참정권을 위해서 싸우는 동시에 알코올 금지를 위해서도 싸웠다. 〈모든 것을 다 하라〉가 그녀의 슬로건이었다. 윌러드는 내가 현재 가르치는 대학의 첫 여성 학장이었다. 당시 대학 총장이었던 남자와 약혼했지만 결혼은 하지 않았다. 평생 미혼이었고, 나중에 여성 기독교 금주 연맹의 회장이 되었다. 윌러드는 다른 여자들과 〈레즈비언 같은〉 애착 관계를 유지했던 비관습적 여성이었다. 그러나 아이다 B. 웰스와는 공공연히 불화했는데, 윌러드가 술의 한 가지 위험은 흑인 남성이 백인 여성을 강간하는 것이라고 말하자 웰스는 윌러드가 린치를 선동한다고 비난했다. 웰스는 백인 군중이 여성을 보호하고자 흑인 남성을 린치한다는 통념은 린치의 진짜 목적을 은폐하기 위한 〈낡고 빤한 거짓말〉이라고 설명했다. 그 진짜 목적이란 흑인을 폭력으로써 통제하는 것이었다.

여자들은 이제 「나는 당신의 소유물이 아니야You Don't Own Me」를 개사한 곡을 공연하는 중이다. 마치 지워진 텍스트의 자취가 여전히 남아 있는 양피지처럼, 여기서도 원곡이 패러디곡에 살아남아 있다고 나는 생각한다. 과거가 현재에 살아 있기라도 한 듯이, 부유한 여자들의 태평한 인종 차별은 우리 시대의 페미니즘에서 아직 완전히 지워지지 않았다.

가끔은 밑에 깔린 텍스트가 그 위에 덧쓰인 텍스트보다 더 잘 읽힐 때도 있다. 지금 여자들은 내 사춘기 시절의 노래인「웰컴 투 더 정글Welcome to the Jungle」의 후렴구를 〈웰컴 투 더 건 쇼Welcome to the gun show〉*라고 개사하여 부르고 있다. 레오타드를 입은 여자들이 마분지로 만든 바벨을 들고 있는 모습을 보니, 이것이 전미 총기 협회에 관한 노래가 아니라는 것을 알겠다. 어쩌면 이것은 공격성에 관한 노래일지도 모른다. 아니면 지금 나는 내 머릿속에서 완전히 지워지지 않은 액슬 로즈의 원곡 가사를 듣고 있는지도 모른다. 〈음 난, 난 네가 피 흘리는 걸 보고 싶어.〉 그리고 이 가사도. 〈넌 죽을 거야.〉

이 노래가 말하는 정글이 무엇일까? 나는 쇼 이튿날에도 계속 궁금해한다. 만약 이 노래 가사에 내러티브라고 할 만한 것이 있다면, 그것은 웬 여자가 마약 중독을 통해 거리의 폭력에 입문하게 된다는 이야기다. 정글은 거리다. 우리가 헬스클럽의 러닝머신에서 안전하게 내려다보는 거리다. 나는 이런 생각을 하면서 헬스클럽 탈의실에서 수영복으로 갈아입다가, 로커 건너편에서 웬 여

* 〈건 쇼gun show〉는 〈총기 전시회〉라는 뜻이지만 〈울퉁불퉁한 팔 근육 자랑〉을 뜻하는 속어로도 쓰인다.

자들이 간밤에 모금 행사에서 공연한 것 때문에 피곤하다고 말하는 소리를 듣는다. 이 여자들과 내가 같은 클럽 소속이라는 것을 나는 깨닫는다.

5
유지 관리

나는 집 앞 산울타리를 전지가위로 다듬는 중이다. 집에 딸려 왔던 전지용 전동 톱은 집에서 벼룩시장을 열었을 때 팔아 치웠는데, 지금 나는 그것을 후회한다. 전동 톱을 팔았을 때 우리는 막 프랑스에 다녀온 참이었고, 그곳에서 나는 노트르담 대성당을 방문했다가 남자 세 명이 산울타리를 다듬고 있는 것을 보았다. 그들은 나무에 덮어씌워서 삐져나온 가지를 자를 때 쓰는 목제 틀과 수동 가위로 작업했다. 그들의 작업은 느리고, 묵묵하고, 아름다웠다. 나는 노트르담 대성당 안에 들어가지 않고 그냥 밖에 서서 그들이 손으로 산울타리를 다듬는 모습을 구경했다.

나중에 카타콤을 보러 갔더니 줄이 너무 길었다. 그래서 나는 그곳도 들어가지 않았다. 대신에 지하철역 앞에 서서, 남자 세 명이 인도에 포석을 까는 모습을 구경했다. 한 사람은 포석들 사이에 모래를 쓸어 넣었고, 다른 사람은 그 모래에 물을 부었고, 마지막 사람이 철봉으로 그것을 다졌다. 그날 아침에 나는 길에 테이블을 내놓은 카페에 앉아서 크루아상을 먹으며, 길 건너편 건물의 컴컴한 실내로부터 뻗어 나온 웬 여자의 팔이 3층의 모든 창문을 닦는 모습을 구경하는 일로 하루를 시작했었다.

미얼 래더먼 유켈리스가 워즈워스 아테네움 미술관의 정면 계단에 엎드려서 계단을 박박 닦았을 때, 그녀의 행위는 일이 아니라 예술이었다. 혹은 둘 다였고, 바로 이 점이 핵심이었다. 그녀는 일과 예술의 거리를 좁히기를 바랐다.「이건 확실히 초기 페미니즘이에요. 당시에 나는 문자 그대로 둘로 쪼개져 있었어요. 일주일 중 절반은 엄마였고, 나머지 절반은 예술가였죠. 하지만 이런 생각이 들었어요. 〈이건 말도 안 돼, 나는 하나야.〉」그녀는 훗날 이렇게 말했다.

〈내 노동은 작품이 될 것이다.〉그녀는 〈1969년 유지 관리 예술 선언문〉에서 제안했다. 그리고 이렇게 썼다. 〈책상을 정리하라, 설거지하라, 바닥을 청소하라, 옷을 빨아라, 발가락을 씻어라, 아기 기저귀를 갈아라, 보고서를 마쳐라, 교정을 보라, 울타리를 고쳐라.…… 일하러

가라, 이 예술은 먼지투성이다, 식탁을 치워라, 그에게 다시 전화하라, 변기 물을 내려라, 젊음을 유지하라.〉

「중년은 유지 관리가 전부야.」 한번은 어머니가 이렇게 말했다. 어머니가 이 말을 했을 때 나는 10대였고, 어머니 집 벽의 벗겨진 페인트를 긁어내는 일을 돕고 있었다. 그 집은 나중에 불타서 사라졌다. 「평생 이것저것 모으면서 살고는 이제 그것들을 유지 관리 해야 하지. 집도, 차도, 몸도. 자식들도 유지 관리 해야 하고, 부모도 마찬가지야.」 어머니는 말했다.

이 말이 그때 내게는 무척 슬프게 들렸지만 지금은 그렇게까지 슬프지는 않다. 나는 산울타리 다듬기를 좋아하지 않지만, 잔일을 하다 보면 삶에 닻을 내린 느낌이 든다. 내 생각에 유지 관리는 내가 이 삶에 치르는 세금이다. 그렇기 때문에 이 일을 손으로, 무거운 가위로 하고 싶은 것이다.

〈유지 관리는 지치는 일이다. 빌어먹을 시간을 다 잡아먹는다.〉 유켈리스는 선언문에서 이렇게 썼다. 그러고서는 이후 자신의 경력을 그 일에 바쳤다. 그녀에 따르면 유지 관리는 발전을 보호하고, 변화를 지속하고, 새로움을 보존하고, 발명에서 계속 먼지를 떨어내는 일이다. 지금처럼 그때도 사람들은 발명하는 일, 새로운 것을 만드는 일, 변화를 생성하는 일을 유지 관리보다 더 가치 있게 여겼다. 돈도 더 많이 주었다. 그 순간에 예술은 스스로를 재발명하는 과정을 겪고 있었다. 예술은 새로웠으며, 다른 어떤 일과도 다른 일이었다.

「공중위생 관리 접촉 퍼포먼스Touch Sanitation Performance」라는 작품에서, 유켈리스는 11개월 동안 뉴욕의 청소 노동자 8천5백 명 전원을 추적하고, 그들과 악수하고, 한 사람 한 사람에게 이렇게 말했다. 「뉴욕이 계속 살아 있게 만들어 주어서 고맙습니다!」 그녀는 하루 여덟 시간 혹은 열여섯 시간 소요되는 〈청소 경로〉를 따라서 청소 노동자들의 뒤를 밟고, 그들을 인터뷰하고, 불만을 청취했다. 스태튼섬에서 그들은 이렇게 말했다. 「사람들이 왜 우리를 싫어하는지 압니까? 우리를 자기네 엄마라고 생각하거든요. 우리를 자기네 하녀라고 생각해요.」

또 다른 작품에서 유켈리스는 그녀의 작품이 전시될 건물에서 일하는 유지 관리 노동자 3백 명을 주제로 다루었다. 그녀는 5주에 걸쳐 그들에게 접근했고, 그들의 사진을 폴라로이드로 찍었고, 그들에게 자신의 작업을 일이라고 부르겠는지 예술이라고 부르겠는지 물었다. 세상에는 자기 일을 예술이라고 부르게 되는 사람도 있지만 한편으로는 그저 자기 일을 해야 할 뿐인 사람도 있다는 사실을 강조해 보인 것이었다. 그녀는 그들의 사진과 답변을 전시회에 걸었다. 그리고 그 노동자들이 전시를 보러 왔을 때, 그들은 자신이 유지 관리 하는 건물에 있는 미술관에 처음 들어온 것이었다. 그러나 이 작품이 그녀의 예술과 그들의 일 사이의 거리를 좁혀 주지는 않았다. 내 일이 나와 이웃들 사이의 거리를 좁혀 주지 못하는 것과 마찬가지다.

내가 뒤로 조금 물러나서 산울타리의 형태를 확인할 때, 우리 집과 대각선으로 마주 보는 집 앞 잔디밭에 한 여자가 여행 가방을 옆에 두고 서 있는 것이 보인다. 여자는 길가에서 공회전하고 있는 차 안의 남자에게 소리를 지르고 있다. 저 집에서는 이런 일이 상당히 자주 일어난다. 저 집 산울타리는 지나치게 우거졌고, 저 집 사람들에게는 그것을 다듬을 도구나 시간이 없다. 저 집 세입자들이 밖에 나와 있을 때면, 내 산울타리를 다듬는 것이 민망하게 느껴진다. 나는 속으로 생각한다. 〈신경 쓰지 마세요, 전 그냥 제 자산을 돌보는 것뿐이에요.〉

6
죄악주

나는 또 재무 상담사를 만나고 있는데, 이번에는 다른 사람이다. 그는 투자 분산에 대해 말하면서 내 퇴직금을 아주 폭넓게 투자할 것이라고 설명한다. 그 돈을 아마존 같은 대기업뿐 아니라 중소기업에도 투자할 테고, 미국뿐 아니라 러시아와 중국에도 투자하겠다는 것이다. 산업 분야도 폭넓게 선정하여, 제조업뿐 아니라 신흥 기술과 부동산과 기타 등등에도 투자하겠다고 한다.

나는 그에게 내가 정확히 무엇을 보유하고 있는지 알 길이 있느냐고 묻는다. 그는 자신이 나를 위해서 개별 주식을 매입하는 것은 아니라고 설명해 준다. 그가 하는 일은 뮤추얼 펀드를 고르는 것인데, 그것은 뉴욕의 투자 관리 전문가들이 주식 수백 개를 묶어서 만드는 상품이고 그들 역시 다른 투자 전문가들이 엄선한 주식 중에서 고르는 것이며 이들 역시 다른 투자 전문가들이 선발한 주식의 실적을 관찰해서 고르는 것이라고 한다. 나는 내가 주식을 사들인 회사에 대하여 뭐라도 아는 사람으로부터 너무 멀리 떨어져 있다.

「만약 선생님이 원하신다면 특정 〈죄악주〉를 피할 수도 있습니다.」 상담사가 말한다. 몇몇 뮤추얼 펀드는 술, 담배, 도박, 무기로 돈을 버는 회사를 배제하도록 설계되어 있다. 「어쩌면 도박은 크게 개의치 않으셔도 화석 연료에 직접 투자하는 건 피하고 싶으실 수도 있겠죠.」 그가 제안한다. 그것도 어느 정도 가능하다. 아니면 나는 노동자를 잘 대우하는 회사에 투자하고 싶을 수도 있다. 「우선순위를 정하셔야 합니다.」 그가 말한다. 왜냐하면 출산 휴가를 너그럽게 제공하는 회사가 환경에는 나쁜 일을 할 수도 있기 때문이다. 이것이 다변화의 도덕적 해이다.

나는 투자가 도박보다 더 나쁜 죄는 아니라고 생각한다. 하지만 만약 주식 보유자가 얻는 수익이 그 수익을 생산하는 노동자들을 희생시켜서 나온 것이라면 그것은 착취 수단이다. 우리는, 달리 말해 우리 중에서 은퇴할 수 있는 사람들은 착취 경제에 기대어 은퇴하는 셈이다. 아마존은 수십만 명에 달하는 직원들에게 주식을 주기를 그만두었는데, 한편으로 제프 베이조스는 전체 주식의 16퍼센트를 보유하여 세계 최대 부자가 되었다. 그의 노동자들은 푹푹 찌는 창고에서 작업 효율 향상을 위해 전자 추적 장치를 단 채 일하며, 그들의 산업 재해율은 벌목꾼보다 더 높다. 그리고 그들의 고용 조건은 50년 전에 가능했을지도 모르는 수준보다 더 나쁘다. 〈만약 아마존 직원 총 57만 5천 명이 보유한 주식과 고용주가 보유한 주식의 비가 1950년대 시어스 직원들과 같은 수준이라면, 아마존 직원 각자가 38만 1천 달러 상당의 주식을 갖고 있을 것이다. 이 변화는 특정 회사의 문화를 넘어 더 광범위한 현상이다. …… 많은 경우에 상장 회사는 부를 퍼뜨리지 않고 오히려 집중시킨다.〉넬슨 슈워츠와 마이클 코커리는 이렇게 말한다. 나는 여기에 전혀 관여하고 싶지 않다. 하지만 나는 은퇴하고 싶다.

이제 상담사는 내게 만약 시장이 하락하더라도, 심지어 붕괴하더라도 주가는 다시 상승하기 마련이니 안심하라고 말한다. 「시간을 충분히 주면 반드시 다시 오릅니다.」 그는 말한다. 나는 그에게 이런 투자 체제의 종말을 상상할 수 있느냐고 묻는다. 「아니요, 선생님의 돈은 안전합니다.」 그는 말한다. 하지만 내 질문은 그것이 아니다. 나는 여기서 빠져나갈 길이 있는지 묻는 것이다.

7
진실성

「뉴욕 증권 거래소 건물 정면에는 팔을 활짝 벌린 여성의 조각상이 있답니다.」에릭이 말해 준다. 그 조각상의 이름은 〈인간의 일을 보호하는 진실성〉이다.

에릭은 오래전에 내 학생이었고 지금은 에어컨에 관한 책을 쓰고 있는데, 책의 진짜 주제는 우리의 안락이 우리의 세상을 망치고 있다는 사실이다. 조사에 따르면, 더 안락하게 사는 사람일수록 환경을 더 많이 파괴할 가능성이 높다. 당신이 아무리 세상을 염려하고 문제를 의식하더라도, 당신이 환경에 가하는 영향을 가장 잘 예측하는 지표는 당신의 소득이다.

미국 최초로 완전하게 작동하는 에어컨 시스템이 설치된 곳이 뉴욕 증권 거래소 건물이었으므로, 에릭은 그것을 핑계 삼아 거래장 견학을 신청했다. 처음에는 안전상 위험이 너무 크다는 이유로 요청을 거절당했지만, 에릭은 재차 시도했다. 결국 그가 출입을 허가받고 보안 검사를 마쳤더니 한 역사학자가 그를 맞이해 주었다. 역사학자는 복도와 계단을 줄줄이 지나서 주거래장으로 에릭을 안내했다. 그들은 에어컨에 대해서 이야기를 나누었고, 따라서 정치 이야기를 피하기가 어려웠다. 「에어컨은 늘 정치적이니까요.」에릭이 내게 말한다.

경제학자 마리아나 마추카토가 유엔에 지속 가능성을 조언하기 위한 전문가 집단에 참여했을 때 맨 먼저 주의를 쏟은 대상이 에어컨이었다. 그들이 모인 회의실은 과잉 냉방되고 있었고, 그래서 그녀는 에어컨을 끄자고 요청했다. 「〈우리가 일상에서 저항하지 않으면서〉 뭐 하나라도 바꾸기를 바랄 수 있을까요?」그녀는 이렇게 물었다.

우리가 가치를 바라보는 방식은 마추카토가 바꾸고 싶어 하는 것 중 하나다. 그녀는 우리의 가치 개념이 순환적이라고 지적한다. 〈소득은 무언가 가치 있는 것을 생산한 대가라고 정당화된다. 그런데 그 가치는 어떻게 측정되는가? 그것이 소득을 벌어들이는가 아닌가에 따라 측정된다.〉 그리하여 《불로 소득》이라는 개념이 사라진다〉. 만약 우리가 가치를 다르게 바라볼 수 있다면, 현재의 경제 체제를 손질하여 가령 어린이 복지나 환경 보전처럼 사회 전체적으로 가치 있는 것들에게도 경제 가치를 부여할 수 있을 것이다. 그녀도 투자는 꼭 필요하다고 말한다. 하지만 우리는〈우리가《어디에》투자하고 있나?〉하는 질문을 해보아야 한다.

역사학자는 출입 차단 지역으로 에릭을 데려가서 그 안에 있으라고 말했다. 거래장은 남자들로 붐비었다. 타종 카운트다운이 시작되었다. 종은 공립 학교의 화재경보기처럼 동그랗고 납작하게 생겼는데, 금으로 도금되어 있다는 점이 달랐다. 에릭은 시야가 일부 가려져 있었기 때문에 종 치는 사람의 손은 보이지 않고 종만 보였다.「그건 자본주의의 보이지 않는 손이었죠.」에릭이 내게 말한다.

종이 울리기 시작하더니 이어서 계속 울렸다. 에릭이 살면서 했던 경험 중에서 이것과 비슷한 일은 일식뿐이었다. 세상이 컴컴해졌고, 귀뚜라미들이 울어 젖혔고, 새들이 공황에 빠졌다. 에릭 주변의 사람들은 모두 손뼉을 치면서 웃고 있었다. 에릭은 왠지 눈물이 났다. 그래서 당황스러웠지만, 그를 쳐다보는 사람은 아무도 없었다. 사람들은 다들 자기 휴대 전화를 보고 있었다. 그렇게 해서 그는 스파이인 것을 들키지 않고 증권 거래소를 빠져나올 수 있었다.

8
스파이 대 스파이

나는 시카고에서 길을 잃었다. 차를 몰고 데이비드를 데 리러 가던 중이었는데, 라디오에서 나오는 나바호족 암 호 통신병 이야기를 듣다가 자신의 모어를 활용해서 그 언어를 보호 구역에 가둬 버린 나라의 방어를 돕는 것은 대체 어떤 기분이었을까 상상하느라고 정신이 팔렸다.

우리가 집에 와보니, J가 『스파이 대 스파이 *Spy vs. Spy*』 를 읽으면서 울고 있다. 내가 왜 우느냐고 묻자, 아이는 노래가 슬퍼서 운다고 대답한다. 그러고는 만화의 한 칸 을 보여 주는데, 흰 스파이가 휘파람으로 노래를 부르고 있고 까만 스파이는 울고 있는 장면이다. 여기에는 슬픈 노래라는 관념이 있을 뿐, 실제 슬픈 노래는 나오지 않는 다. 나는 J의 눈물이 이해되지 않지만, 생각해 보면 아이 에게는 『스파이 대 스파이』의 냉전 정치가 이해되지 않을 것이다. 아이는 욕조에 잠수함이 있고 침대 밑에 폭탄이 있는 이 만화를 분명 자기만의 이야기로 읽어 내고 있을 것이다. 이 만화는 폭력적이지만, 그 속에서 어느 편도 영영 이기지 못한다는 점만은 내 마음에 든다.

데이비드는 요즘 「미국인들The Americans」이라는 드라마를 보고 있다고 우리에게 말해 준다. 냉전기에 미국의 어느 교외 동네에서 미국인 가정으로 위장하고 살아가는 두 러시아 스파이 이야기라고 한다. 그들에게는 진짜 자녀, 스파이가 아니라 그냥 아이일 뿐인 자녀가 있다. 그리고 그들은 진짜 집에서 산다. 하지만 그들은 가짜 직업을 갖고 있고, KGB에게 보고한다.

「내 기분이 딱 그래. 나는 이 삶을 가짜로 사는 스파이 같은 기분이야.」 나는 데이비드에게 말한다. 「나도 그래.」 존이 말한다. 하지만 왜일까? 나는 의아하다. 그리고 우리는 대체 누구를 염탐한다고 생각하는 것일까? 우리는 이곳에서 사는 다른 사람들과 전혀 다를 것이 없는데 말이다. 「아니야, 우리는 그들과 전혀 같지 않아. 나는 그들과 전혀 같지 않아.」 존이 말한다.

9
지옥의 묵시록

우리 집 뒷마당에서 독립 기념일을 보내고 있다. 존은 불꽃놀이를 준비하려고 멀리 인디애나까지 차를 몰고 다녀왔다. 나는 그가 걱정스러우리만치 큰 로켓을 암염이 가득 든 양동이에 박아 세우는 것을 지켜본다. 로켓은 우리집을 겨냥하는 듯이 보인다. 요전에 한 직장 동료가 내게 존이 헬멧 없이 자전거를 타고 가는 것을 보았다고 말해주었다. 「맞아요. 존은 헬멧을 안 쓸 때도 있어요.」 나는 말했다. 존은 또 선크림을 바르지 않고, 가끔 안전벨트를 안 맬 때도 있다. 「일종의 미학이에요.」 나는 설명했다.

나는 또한 그것이 일종의 비판이라고, 중산층의 개인 안전 추종을 몸으로 비판하는 행위라고 말할 수도 있었을 것이다. 그것은 우리가 삶의 모든 취약성을 보호해야 한다는 믿음, 삶의 핵심 사업은 각자의 불안정성을 없애는 것이라는 믿음을 거부하는 행위다. 보험에 열중하는 삶의 방식을 거부하는 행위다.

「난 우리 아들에게 불확실한 미래에서 벗어날 길을 사 주진 않을 거야. 삶은 원래 그런 거야.」 우리가 생명 보험을 의논하던 중에 존이 내게 말한다. 나는 이 문제로 그와 입씨름하고 싶지 않다. 대신에 몰래 혈액 샘플을 제출하고, 내가 죽으면 25만 달러가 나오는 생명 보험 가입 서류에 서명한다.

내 사촌의 결혼식에도 불꽃놀이가 있었다. 우리 불꽃놀이와 비슷한 아마추어 쇼였다. 사촌은 제 손으로 사과주를 담갔고, 제 손으로 기른 돼지를 구웠다. 몇 달 뒤에 사촌의 남편이 쓰러진 나무에 깔려 죽었다. 그는 벌목꾼이었다. 그런 식으로 죽은 청년이 그가 처음은 아니었기에, 사람들은 그를 죽인 나무를 가리켜서 〈과부를 만드는 나무〉라고 불렀다. 그는 보험이 없었다. 그렇게 위험한 일에는 보험을 들어 주지 않기 때문이었다.

어쩌면 우리가 축하하는 것은 독립이 아니라 불안정성인지도 모른다. 폭발물과 성냥의 근접함. 내가 지켜보는 동안 아들이 연막탄 도화선에 불을 붙이고, 그러자 거대한 노란색 연기 기둥이 피어올라서 차고 앞 잔디밭을 가로지른다. 우리 집 뒷마당이 「지옥의 묵시록Apocalypse

Now」세트장처럼 보인다.「사이공, 빌어먹을.」* 존이 말
한다.

* 영화「지옥의 묵시록」의 첫 대사다.

10

위대한 미국

「레이가 애들을 데리고 놀이공원에 갔대.」존이 내게 말해 준다. 놀이공원 입장료는 성인 75달러, 어린이 55달러였다. 그런데 거기에 1인당 1백 달러씩 더하면, 줄에서 맨 앞으로 끼어들 수 있는 표를 살 수 있었다. 그 표가 있으면, 역시 표를 사고 들어와서 줄을 선 다른 가족들을 제치고 맨 앞으로 가서 놀이기구를 탈 수 있었다. 만약 그 놀이기구가 마음에 들면, 다른 가족들이 아이들과 함께 땡볕에서 계속 기다리는 동안 놀이기구에서 내리지 않고 한 번 더 탈 수도 있었다. 「꼭 뭔가 잘못하는 기분이 들었지만 그만한 가치는 있었어.」레이는 말했다. 그의 다른 선택지는 남들이 끼어드는 모습을 지켜보는 것뿐이었다.

　「이런 표를 살 수 있는 곳을 뭐라고 부르는 줄 알아?」존이 묻는다. 「답은 위대한 미국이야.」위대한 미국에서 새치기가 가능하게 만들어 준 기술을 개발한 사람은 영국인이었고, 영국 회사가 미국의 놀이공원들과 계약을 맺고 그 기술을 수출했다. 존은 톰 주노드의 에세이를 읽고 이 사실을 알았다. 주노드는 새치기라는 영국 수입품이 〈미국의 계층화와 완벽하게 어울린다〉고 말한다.

주노드는 매년 워터 파크에 딸을 데려가서 줄을 선다. 그곳에서 사람들은 물에 젖고 옷을 벗은 채로, 서로에게 동지애를 느끼면서, 흉터와 문신을 다 드러낸 채로 기다린다. 〈그것은 작동하는 민주주의를 보여 줄 뿐 아니라 궁극의 민주주의를 보여 주는 장면이다.〉 주노드는 그 줄에 대해서 이렇게 말한다. 〈언젠가 모든 것이 드러나고 우리가 성 베드로와 면담하려고 기다릴 때, 그 최후의 줄이 어떤 모습일지 엿보게 하는 장면이다.〉 그는 새치기를 허용하는 표를 사는 것은 타인의 경험을 저하시키는 데 돈을 내는 셈이라고 설명한다. 어떤 사람이 줄을 아예 서지 않아도 된다는 것은 다른 사람들이 더 오래 서 있어야 한다는 뜻이다. 이것이 불공평하다는 것은 어느 아이라도 알 것이다.

「이 나라 최고 부자 다섯 명이 가진 돈은 하위 50퍼센트가 가진 돈을 다 합한 것보다 더 많다고 얼마 전에 읽었어.」 나는 존에게 말한다. 「이건 민주주의가 아니야.」

존이 말한다.

이제 우리는 「미국인들」을 시청하는 중이고, 그 미국인은 변절을 두고 언쟁하는 중이다. 남편은 만약 자신들이 FBI에게로 넘어간다면 미국에서 안락하게 살 만한 돈을 받을 수 있다고 제안한다. 그들은 안정적인 전기 공급과 여유로운 수납 공간을 가질 수 있으리라. 「좋은 삶을 살 수 있어.」 남편이 말한다. 하지만 아내는 이 삶을 원하지 않는다.

「애들이 미국인이 되어 가는 것을 보는 게 당신에게 죽도록 힘들다는 거 알아.」 남편이 말한다. 「난 아직 애들을 포기하지 않았어. 애들은 달라질 거야. 아마도 공산주의자는 안 되겠지만 사회주의자는 될지도 몰라.」 아내가 말한다.

「이 나라는 사회주의자를 생산하지 않아.」 남편이 말한다.

11
자본주의

J가 보는 텔레비전 프로그램은 「스쿠비 두Scooby–Doo」뿐이다. 다른 프로그램들은 모두 무서워한다. 만화 「스쿠비 두」에는 유령과 미라와 뱀파이어가 나오지만, 사실 이것은 공포에 관한 코미디다. 스쿠비와 섀기는 녹음된 관객 웃음소리에 맞추어서 덜덜 떤다.

「스쿠비 두, 너 어디 있니!Scooby–Doo, Where Are You!」오리지널 시리즈는 두 개의 시즌에 에피소드가 스물다섯 개뿐이다. J가 그것들을 전부 여러 번 본 뒤에야, 나는 이 시리즈가 1960년대의 폭력적인 만화에 항의했던 부모들에 대한 반응으로서 기획된 것임을 알게 되었다. 만화의 원래 제목은 〈누가 무–무–무섭다고 그래?〉였는데, 어쩌면 이것은 그 평화주의자 부모들에게 던진 질문이었을지도 모른다. 지금 이 만화를 보고서, 나는 「스쿠비 두」

가 속속들이 자본주의에 관한 이야기라는 것을 깨닫고 놀란다. 모든 유령, 모든 미라, 모든 뱀파이어가 결국에 가서는 부자가 되려고 애쓰는 웬 인간이었던 것으로 밝혀진다.

한 에피소드에서, 주인공 일행은 하와이로 휴가를 갔다가 어느 신문사 사장으로부터 근처에 귀신 들린 마을이 있다는 이야기를 듣는다. 그들은 그 마을에서 주술사에게 쫓기는가 하면 낙하 문과 가짜 벽과 비밀 출입구를 잇따라 통과하는 모험을 겪은 끝에 주술사가 사실은 그 신문사 사장임을 밝혀낸다. 그는 마을 주민들을 겁주어서 쫓아낸 뒤에 자신이 그들의 바닷속 진주밭을 차지할 속셈으로 일을 꾸몄다.

또 다른 에피소드에는 버려진 광산에서 최후의 금맥을 찾아내기 전에는 편히 잠들지 못하는 유령 광부가 나온다. 이 에피소드에도 지뢰 선과 낙하 문이 나오고, 스쿠비와 섀기는 자동 피아노 때문에 소스라치며, 결국 벨마가 그것은 〈귀신 들린 피아노가 아니라 자동 피아노〉라고 설명해 준다. 알고 보니 유령 광부의 정체는 금광에서 석유를 발견한 남자다. 〈그냥 금이 아니라 검은 금이네.〉 대프니의 설명이다. 남자는 그 마을 호텔에 묵는 손님들을 겁주어서 쫓아낸 뒤에 자신이 호텔과 광산을 사들이

려고 한 것이었다.

내가 놀이터에서 옆에 서 있는 어느 아빠에게 이 이야기를 들려주자, 그가 말한다. 「아, 역기능적 자본주의에 관한 이야기로군요?」 엇나간 자본주의, 시스템의 허점을 노리는 사람들. 그는 변호사다. 「맞아요, 하지만 원래 자본주의가 그렇게 작동하지 않나요? 자본주의에는 늘 자본가가 애초에 투자한 것보다 더 많은 수익을 얻을 수 있도록 해주는 낙하 문이 존재하잖아요.」 나는 말한다. 그런데 이렇게 말하다 보니, 지금 내가 묘사하는 것이 자본주의인지 아니면 자본주의 속에서의 삶이 낳는 피해망상인지 의아해진다.

12
타이태닉

로빈이 내게 건넨 찻잔 속에서 타이태닉호가 가라앉고 있다. 이 작은 타이태닉 속에는 찻잎이 들어 있지만, 겨우 선체 일부만 수면 위로 내민 채 위험천만하게 기울어진 배를 바라보고 있자니 그 속에 든 것이 찻잎이 아니라 작디작은 무도회장 바닥을 미끄러지는 작디작은 원목 가구들, 작디작은 그랜드 피아노에 부딪쳐 깨지는 작디작은 도자기들인 듯 느껴진다.

예전에 내가 만났던 어떤 여자는 묘지로 쌓은 재산의 상속녀였는데, 타이태닉호에서 나온 도자기 조각 하나를 유리 진열장에 보관해 두고 있었다. 그녀는 전 세계에서 공연하는 플루트 연주자였다. 죽은 사람들을 위한 부동산이 그녀의 음악을 후원하는 셈이었다.

타이태닉호는 세 호화 여객선 회사의 경쟁이 낳은

결과물이었다. 그들은 처음에는 가장 빠른 배를 건조하려고 경쟁했고, 그다음에는 가장 큰 배를 건조하려고 경쟁했다. 타이태닉호는 모든 승객이 다 탈 수 있을 만큼 구명보트를 갖추지는 않았지만 당시 규정으로 정해진 개수보다는 많이 갖추고 있었다. 어쩐지 익숙하게 들리는 이야기다. 〈만약 내가 찰랑찰랑 넘칠 듯한 물잔을 들고 있었더라도, 물은 한 방울도 넘치지 않았을 것이다.〉 한 생존자는 배가 빙산에 부딪혔던 순간에 대하여 이렇게 회상했다. 어쩌면 재앙이란 이토록 안전하게 느껴지는 법이라는 사실을 기억하기 위해서라도 우리가 모두 타이태닉호의 기념물을 간직해야 할지도 모르겠다.

메이시스 백화점의 소유주는 타이태닉호에 타 있었고, 벤저민 구겐하임도 그랬다. 후자는 죽음을 앞두고 옷을 차려입었던 것으로 유명하다. 내게 그의 단춧구멍에 꽂힌 장미보다 더 놀랍게 느껴지는 것은 그가 어두운 피부색의 수행원과 함께 배에 남기를 선택했다는 점이다. 두 사람은 갑판 의자에 나란히 앉아 브랜디를 마시고 시가를 피우면서 가라앉았다. 1백 년 후, 그의 가족은 내게 책을 쓰라고 4만 5천 달러를 주었다.

나는 차를 홀짝이면서, 내가 마시는 이 물속에서 부자들이 가라앉는 것을 상상한다. 사망자가 대부분 3등칸

승객이었다는 것은 알지만 말이다. 영화에서 무도회장을 덮친 바닷물이 웅장한 계단을 집어삼키면서 날뛰는 듯 차오르는 장면을 보고 느꼈던 기이한 쾌감을 떠올린다. 그것은 부의 몰락을 보는 쾌감이었다. 그리고 이상하게도 그 쾌감은 부의 쾌감 바로 옆에서 산다.

13

반복

존과 나는 시카고 길거리 보도에 서서 1백 가지 종류의 위스키가 나열된 메뉴를 살펴보는 중이다. 마실 것이 너무 많은 문제는 내게 새로운 문제다. 나는 기껏해야 일주일에 맥주 한 병만을 마셨던 시절을 다소 그립게 회상한다. 「솔직히 대답해 봐, 그러면 그때 행복했어?」존이 묻는다.

　　뉴욕으로 이사한 직후, 나는 룸메이트의 스테레오에 반복 기능이 있는 것을 발견하고 「황홀감은 사라졌네 The Thrill Is Gone」를 계속 반복해서 들었다. 끝내 친구가 그만 들으라고 할 때까지 들었다. 나는 우울했고, 우리가 가진 음반 중에서 블루스는 그 곡뿐이었다. 친구가 없을 때면 브라이언 이노의 노래를 틀어 놓고 울었다. 〈어딘가 구석 자리를 하나 찾아서 / 거기서 내 남은 인생을 허비할 거야.〉「힘든 일을 겪고 있는 사람만이 노래를 반복 재생하지.」 내 사촌은 말했다. 나는 스물두 살이었고, 황홀 감은 사라진 뒤였다. 나는 남은 인생을 허비할 터였다. 이런 생각이 우습다는 것을 지금은 알지만, 그때 내게는 유머 감각이 없었다. 내가 창가에 앉아서 창밖의 벽돌과 콘크리트를 내다볼 때, 노랫말은 희망을 품고서 정원 문으로 향했다. 내게는 정원도 정원 문도 없었다. 내 자전거 타이어 자국이 찍힌 벽이 있을 뿐이었다. 나는 1년에 1만 달러로 살았으며, 메디케이드* 자격은 되지 않았다. 브라이언 이노의 노래로 상심을 달래지 않을 때면, 앞으로 무슨 일을 해야 할까 하는 생각에 골몰했다. 물론 그때 나는 무언가를 겪고 있었다. 그리고 지금은 그것을 다 겪었다고 생각하고, 무언가 다른 것을 또 겪고 있다고 생각한다.

* medicaid. 미국에서 주로 주 정부가 운영하는 저소득층 의료 보장 제도다.

14
예술

데이비드가 자기 사무실 벽에 걸려 있던 그림을 우리에게 주려고 가지고 왔다. 이 그림은 그의 시 중 한 편에 바탕을 두었고, 그 시는 또 어느 영화에 바탕을 두었다. 작년에 존은 데이비드의 최신작에 바탕을 둔 영상을 만들었는데, 그 책은 어느 텔레비전 드라마에 바탕을 두었고, 그 드라마는 또 어느 소설에 바탕을 두었다. 예술은 이렇게 먹고살지, 나는 생각한다. 예술은 예술을 먹고산다.

우리는 존이 도서관에서 빌려 온 사진집을 넘겨 보는 중이다. 존과 나는 이 사진을 찍은 여자를 알고 지냈지만, 그녀의 작품을 보기는 이번이 처음이다. 그녀는 우리 아파트 건너편의 공원 벤치에 앉아서 호수를 쳐다보는 일로 말년의 하루하루를 보냈다. 우리는 그녀가 노숙인인 줄 알았지만 아니었다. 존은 그녀와 프랑스어로 대화했고, 그들은 존이 프랑스에서 보모로 일할 때 외웠던 시들에 대해서 이야기했다. 나는 그녀와 대화하지 않았다. 그녀가 내게는 소리만 질렀기 때문이다. 「모자를 써.」 그녀는 내가 맨머리로 공원에 나온 것을 보면 이렇게 소리쳤다. 「벨을 달아.」 내가 자전거를 타는 것을 보면 이렇게 소리쳤다. 구급차가 공원 벤치에서 그녀를 데려갈 때까지도 나는 그녀의 이름을 알지 못했다.

　나는 데이비드에게 내가 그녀에 관한 영화 두 편 중 하나도 보지 않고 그녀에 관한 책들 중 한 권도 읽지 않은 이유를 설명하려고 애쓰는 중이다. 그것은 잘못된 일로 느껴졌다. 그녀가 벤치에서 통조림으로 식사하던 때가 엊그제 같은데 이렇게 금세 신화적인 예술가로 부활하는 것 말이다. 그녀의 사진은 그녀 생전에 웬 부동산 중개인에게 넘어갔는데, 그녀가 물품 보관함 비용을 더는 치를 수 없게 되자 그 내용물이 경매에 부쳐진 것이었다. 그로부터 2년 뒤에 그녀가 죽은 것은 그녀의 작품이 그것을 만든 골치 아픈 인간에게 구애받지 않고 상품이 될 수 있게 해주었다는 점에서 부동산 중개인에게는 안성맞춤이었다.

　「다저*처럼 말이지, 어쩌면 디킨슨도 그런지 몰라.」

* 헨리 다저Henry Darger. 평생 잡역부로 살았지만 1973년 사망 후 그

262

데이비드가 말한다.

나는 데이비드에게 〈그녀의 포로 경험담〉에 대해서 말해 준다. 이것은 예전에 이 사진가를 보모로 고용했던 내 이웃 사람이 쓴 스무 페이지짜리 글에 내가 붙인 제목이다. 이 제목은 아메리카 원주민들에게 포로로 붙잡혀 지냈던 경험을 기록한 메리 롤런드슨의 글 제목을 딴 것인데, 왜냐하면 내 이웃이 어떤 면에서는 스스로 사진가의 포로가 되었다고 느꼈던 것 같기 때문이다. 그녀에게 사진가는 이상하고 다소 야만적인 인물로 보였다. 사진가는 1980년대에 3년간 그녀의 집 다락에서 살면서 그녀의 세 아이를 돌보았다. 당시 사진가는 50대 후반이었고, 사진을 이미 수백 장 찍어 두고 있었다.

주당 175달러였던 급여를 협상할 때, 사진가는 자기도 살아야 하지 않겠느냐고 말했다. 그녀의 고용주였던 내 이웃은 그것이 무슨 말인지 의아했다. 숙식 제공 외에 뭐가 더 필요하다는 것이지? 사진가는 또 자기 방에 자물쇠를 달아 주기를 원했다. 고용주는 왜 그냥 문으로는 부족한지 의아했다. 버지니아 울프는 세심하게도 〈문에 자물쇠가 달린 방〉이라고 구체적으로 밝혀 두었다.

의 집에서 방대한 분량의 소설과 그림이 발견되어 사후에 이름이 알려진 미국 예술가다.

사진가의 첫 직장은 맨해튼의 봉제 공장이었다. 그녀는 재봉을 잘했고, 좋은 천을 좋아했다. 자신이 입을 치마와 재킷을 중고품 가게에서 구입했지만 그것들을 뜯어고친 뒤에 드라이클리닝을 했는데, 여기에는 돈이 많이 들었다. 어쩌면 자기도 살아야 하지 않겠느냐고 했던 말은 이것을 가리킨 것인지도 모른다고 고용주는 추측했다. 사진가는 망가진 라이카 카메라 열두 대를 보관하고 있었다.

그녀는 『뉴욕 타임스』를 위층 자기 방으로 가져가도 되느냐고 요구했다. 요구는 그것만이 아니었다. 그녀는 집안일을 더 하는 대가로 더 많은 급여를 요구했지만, 고용주가 거절했다. 나중에 고용주는 사진가의 잠긴 방문을 열어 보고서 그녀가 몇 년 치 신문을 방에 쌓아 둔 것을 발견했다. 방이 신문으로 꽉 차 있었다. 두 사람은 해고 전에 말다툼을 벌였는데, 그때 사진가는 그것이 자기 신문이라고 말했고 고용주는 당신 것이 아니라고 일깨웠다.

그녀가 죽은 뒤에 유명해진 것은 그녀가 그 신문들 외에도 현상하지 않은 필름들과 현상한 사진의 네거티브 필름들을 죄다 보관해 두었기 때문이었다. 그러나 결국에는 그것들도 그녀의 것이 아니었다.

15

자기만의 것

〈여자들은 늘 가난했습니다.〉 버지니아 울프는 『자기만의 방 *A Room of One's Own*』에서 이렇게 썼다. 여자들은 교육받지 못했고, 직업에서 배제되었고, 스스로 재산을 소유할 수 없었으므로 설령 부유한 사람이라고 해도 어떤 면에서는 가난했다. 1929년에 영국 여성들은 막 투표권을 획득한 참이었고, 『자기만의 방』의 허구적 화자는 막 유산을 상속받은 참이었다. 그녀는 투표권보다 돈이 더 중요하다고 주장했다. 이 글을 쓸 때 울프는 작가로서 처음으로 상업적 성공을 누리며 처음으로 상당한 수입을 벌고 있었다. 〈지난 반년간 나는 1천 8백 파운드 넘게 벌었다. 연 4천 파운드 가까이 벌고 있으니, 거의 장관급 수입이다.〉 그녀는 일기에 이렇게 적었다. 그녀는 최신작 수익금인 그 돈으로 집에 딴채를 지었다. 글 쓰는 방이었다.

그 딴채는 런던의 집이 아니라 시골집에 지은 것이었다. 사실 그녀가 방이 부족하지는 않았다. 하지만 런던에서 그녀는 남편 레너드와 함께 운영하는 출판사의 책들에 둘러싸인 채 지하실에서 글을 썼다. 1920년대에 부부의 합산 연 수입은 1천 1백 파운드로, 가령 변호사의 수입에 비교하면 소박한 편이었으나 그래도 안락한 중산층이었다. 그들은 입주 요리사 넬리 복솔에게 요리사 평균 급료에 못 미치는 연 50파운드를 지불했고, 넬리는 자신이 더 받아야 한다고 주장했다. 넬리는 청소를 하고 먼지를 털었으며, 설거지를 했고, 빨래도 좀 했고, 석탄을 날랐고, 부츠를 닦았다. 버지니아를 위해서 18년간 일했고 그중 10년은 유일한 하인이었다. 그 세월 동안 두 사람은 계속 다투었다.

그들은 넬리가 마멀레이드를 만들기를 거부하는 것을 두고 다투었고, 버지니아가 넬리의 급료 인상을 거부하는 것을 두고 다투었다. 또 예정에 없던 손님이 와서 즉흥적으로 저녁 파티를 여는 바람에 넬리가 장보기와 요리를 추가로 하게 되는 것을 두고 다투었다. 버지니아는 만약 넬리가 친구를 데려올 수 있다면 자신도 그럴 수 있다는 논리를 펼쳤는데, 이것은 그녀가 넬리의 친구들을 위해 요리하거나 그들이 남긴 설거지를 하지 않는다는 차이를 간과한 이야기였다. 넬리는 이따금 항의차 사직했지만, 버지니아가 대신할 사람을 구하기 시작하면 얼른 물렀다.

그 상황에 종지부를 찍은 다툼은 버지니아가 『자기만의 방』을 출간한 직후에 넬리의 방에서 벌어졌다. 그때 화난 넬리가 버지니아에게 내 방에서 나가라고 말했다. 그것은 따귀를 때린 것이나 마찬가지였다. 버지니아가 자기 하인에게 명령을 들은 것이다. 게다가 넬리는 자신이 자는 방을 〈내 방〉이라고 불렀다. 그것은 버지니아의 방이었다. 버지니아의 소유였다.

〈지적 자유는 물질적인 것에 의존합니다.〉 그녀는 『자기만의 방』에서 이렇게 적었다. 이때 물질적인 것이란 집과 음식 같은 것이었다. 그녀는 물론 여기서 방이란 일종의 상징이고 방문의 자물쇠란 스스로 생각할 수 있는 힘을 뜻한다고 인정했다. 하지만 이것은 문자 그대로의 의미이기도 했다. 여자가 글을 쓰고자 한다면 작업할 공간과 시간이 있어야 하고 돈도 있어야 한다는 말이었다. 정확히 연 5백 파운드가 필요하다고 했는데, 이것은 오늘날의 7만 5천 파운드에 해당한다. 앨리슨 라이트는 이렇게 말한다. 〈버지니아처럼 투자 자본에서 나오는 수익이 있지 않는 한 1929년에 그런 수준의 소득을 기대할 수 있는 여자는 극소수였고, 그만한 연봉을 주는 풀타임 직업이라면 글 쓸 자유를 거의 주지 않았을 것이다.〉

버지니아는 넬리의 방에서 벌어진 다툼 후에 그녀를 해고했으나 이내 결심이 약해져서 다시 받아들였다. 그래도 〈그 유명한 장면〉을 잊지는 못했다. 그녀는 〈내가 《내 방에서 나가》라는 말을 듣는 모습이 늘 눈에 선하다〉라고 적었다. 넬리는 이후 심하게 아파서 몇 달간 병원에 입원해 있다가 완전히 해고되었다. 〈18년 만에 드디어 집 안의 다정한 폭군을 떨쳐 낼 수 있었다.〉 버지니아는 이렇게 적었다. 그녀는 마치 자신이 넬리를 섬기기라도 했던 것처럼 해방감을 느꼈다. 그녀는 늘 자신이 넬리에게 의존하는 것을 싫어했고, 넬리가 자신에게 의존하는 것도 싫어했다. 둘의 상호 속박을 싫어했다. 넬리를 해고했을 때, 그녀는 자신이 〈처형하는 사람인 동시에 처형당하는 사람〉인 것처럼 느꼈다. 그녀는 마음속에서 넬리와 자신을 혼동할 수는 있어도 넬리에게 자기만의 방을 허락할 수는 없었던 것이다.

16
구겐하임

대학에서 10년을 보낸 끝에 이제 내게도 나만의 방이 생겼다. 갓 페인트칠이 된 아주 새 방이다. 전동 드라이버를 든 남자가 방문 안쪽에 코트 걸이를 달아 주려고 왔다. 나는 얼마 전에 한 기부자가 대학에 준 선물 이야기를 꺼내는데, 그는 모금 목표액이 37억 5천만 달러라는 것도 알고 그 선물이 1억 달러 상당이라는 것도 알고 있다. 「그 돈이 어디서 났을까요?」 그가 궁금해한다. 「좋은 일로는 아니겠죠.」 나는 말한다. 내가 그보다 이 문제에 대해서 더 모르는 것이 분명하지만 말이다. 그는 말없이 뒤로 물러나서 잠시 자기가 한 일을 점검한 뒤에 말한다. 「맞습니다, 아무리 생각해도 좋은 일로 그만한 돈을 벌 순 없을 것 같아요.」

구겐하임 재단에서 지원금을 받았을 때, 나는 그 돈

이 어디서 난 것인지 궁금했다. 하지만 그 돈을 다 써버리기 전에는 굳이 찾아보지 않았다. 나는 새 자전거를 샀고, 내가 글을 쓰는 동안 강의를 하지 않는 데 대해서 대학에 과목당 돈을 지불했다. 이처럼 돈으로 내 시간을 되살 수 있는 기회를 가리켜서 〈바이아웃〉이라고 부르는데, 여느 직업에서는 허용되지 않는 사치다. 내가 글 쓸 시간을 사들이는 데 어느 해에는 2만 2천 달러가 들었고, 그 이듬해에도 2만 2천 달러가 들었다.

그것은 광산업으로 번 돈이었다. 콜로라도에서 은을, 유콘에서 금을, 벨기에령 콩고에서 다이아몬드를, 앙골라에서 다이아몬드를 캔 돈이었다. 세계 최대 규모 중 하나로 꼽히는 이 재산을 축적하는 데는 두 세대가 걸렸고, 그것은 땅에서 캐내어 인간의 노동으로 제련한 재산이었다. 1925년에 그 재산 중 일부가 예술가들과 학자들이 매년 배당을 신청할 수 있는 지원금으로 조성되었다.

그 지원금을 설립한 존 사이먼 구겐하임은 자기 아버지의 회사에서 수석 광물 바이어로 일했다. 그의 형 솔로몬은 예술품을 수집했고, 뉴욕에 미술관을 지었다. 그리고 또 다른 형 벤저민은 타이태닉호에서 죽었다. 벤저민의 딸 페기는 45만 달러를 상속받았는데, 이것은 구겐하임 집안 사람치고는 적은 유산이었다. 그녀는 직업을 구해서 뉴욕의 어느 아방가르드 서점에서 무보수 직원으로 일했고, 그러다가 파리로 건너가서 그곳에서 아방가르드를 직접 접했다. 그 후 런던에서 갤러리를 열었으나 적자를 보았다. 그래서 그녀는 컬렉션을 모으기로 결심했다. 〈나는 하루에 한 점씩 그림을 구입한다는 규칙을 세웠다.〉 그녀는 이렇게 적었다. 그녀의 예술품 수집은 일이었다.

그녀는 파블로 피카소 열 점, 에른스트 키르히너 마흔 점, 호안 미로 여덟 점, 르네 마그리트 네 점, 만 레이 세 점, 살바도르 달리 세 점, 파울 클레 한 점, 마르크 샤갈 한 점을 구입했다. 독일군이 파리로 진격해 오는 시기에는 한시바삐 프랑스를 떠나고 싶어 하는 화가들의 그림을 사들였다. 점령 중에는 자신의 컬렉션을 한 헛간에 숨겼는데, 루브르 박물관이 그 컬렉션을 보호할 만한 가치가 있다고 여기지 않았기 때문이었다. 그녀가 수집한 예술은 아직 중요하지 않았고, 그렇기 때문에 그것이 저렴한 투자일 수 있었다.

나는 그녀가 셀로판으로 만들어진 것처럼 생긴 드레스를 입고 있는 사진을 자꾸 들여다보게 된다. 그녀는 파리에 있다. 그녀의 뒤편 창밖으로 노트르담 대성당이 보이고, 벽에는 미로의 그림이 걸려 있다. 1930년 무렵의 사진이니 그녀는 이미 마르셀 뒤샹과 스콧 피츠제럴드와 엘프리드 스티글리츠를 만났고, 폴 세잔과 피카소와 앙리 마티스의 작품을 보았다. 주나 반스를 만나서 그녀에게 돈을 주었다. 그러나 아직 제임스 조이스가 연 파티에서 베케트를 만나서 그와 함께 밤을 보내지는 않았다. 아직 앞으로 그녀가 함께 자게 될 여러 예술가와 자지는 않았다. 그리고 아직 잭슨 폴록에게 매달 150달러씩 수표를 보내서 그가 그녀 삼촌의 미술관에서 잡역부로 일하던 것을 그만둘 수 있도록 돕지는 않았다. 훗날 그녀는 자신의 첫 훌륭한 성취는 폴록이었고 두 번째는 컬렉션이었다고 말할 것이다.

그녀를 응시하면서 나는 성취에 대해, 그녀의 성취와 나의 성취에 대해 생각해 본다. 그것이 돈과 얼마나 깊이 관계되어 있을지 생각해 본다. 만약 구겐하임 지원금이 없었다면, 나는 집을 갖지 못했을 것이다. 이것만은 확실하다. 내가 집 계약금으로 지불했던 돈은 그 대신 글을 쓸 시간을 사들이는 데 쓰였을 것이다. 「그건 선물이 아니었어.」 존은 말한다. 그 돈이 왔을 때 나는 그것을 내 일에 대한 보수로 여겼다. 하지만 그것도 아니었다. 그것은 투자였다.

17
자본주의

「돈으로 돈을 더 만드는 것, 이것이 데이비드 그레이버가 말하는 자본주의의 정의예요.」나는 아버지에게 말한다. 「난 형편없는 자본주의자야.」아버지가 말한다. 나도 그렇다. 그래도 점차 나아지고 있는 듯하지만 말이다. 「우리가 자란 방식 때문이겠지.」아버지가 말한다. 아버지는 가톨릭 신자로 자랐고, 나는 아니다.

가톨릭교회는 역사적으로 돈의 〈번식〉, 즉 돈으로 돈을 버는 것을 용인하지 않았다. 아리스토텔레스, 이슬람교, 퀘이커 교도들도 마찬가지였다. 아리스토텔레스의 불만은 돈으로 돈을 만드는 것은 돈 외에 아무것도 생산하지 않는다는 점에서 비생산적이라는 것이었다. 그러나 그는 훗날의 가톨릭교회와는 달리 생산적인 일이 인간의 도덕적 의무라고 여기지는 않았다. 그는 우리가 일에 쏟는 시간은 더 나은 인간이 되게 만드는 활동, 이를테면 공부를 통한 진리 추구에 쏟지 않는 시간이라고 주장했다.

구약 성경은 돈을 빌려주고 이자를 받는 행위를 금했지만, 외국인에게 빌려주는 것은 예외라고 했다. 〈너희는 동족에게 빌려주고 이자를 받아서는 안 된다〉고 했지만 〈외국인에게는 빌려주고 이자를 받아도 좋다〉고 했다. 그래서 유대인은 다른 유대인에게는 이자를 물릴 수 없었고, 외국인으로 간주되는 기독교인에게는 물릴 수 있었다. 마리스텔라 보티치니와 츠비 에크슈타인은 초기 유대교가 유대인 남성들에게 글을 읽을 줄 알아야 한다고, 토라를 공부하라고, 아들을 학교에 보내라고 요구했던 점에서 독특했다고 주장한다. 당시 글 읽는 능력은 드문 것이었으니, 그것이 농사일에 딱히 유용하지 않았다는 점이 한 가지 이유였다. 하지만 그 덕분에 유대인은 계약서를 쓰고 장부를 작성할 수 있었다. 글을 읽을 줄 아는 유대인들은 수 세기에 걸쳐서 농업을 떠났고, 다른 직업들에서 배척당하기 한참 전부터 유럽에서 대부업자로 자리 잡았다. 대부업이라는 비생산적인 일 덕분에 공부하는 삶이 가능해진 셈이었다.

신약 성경은 기독교인에게 가진 돈을 나눠 주라고

호소했다. 누가복음은 〈되받을 생각을 하지 말고 꾸어 주라〉고 말한다. 자선의 행위인 선물이 대부보다 도덕적으로 우월했다. 그러나 중세 교회가 공식적으로 금지한 일이어도 대부업은 여전히 행해졌으며, 특히 수도사들이 행했다. 12세기에는 기독교인이 유대인 대신 왕들과 교황들과 부유한 성직자들에게 돈을 빌려주기 시작했고, 유대인은 마을 차원의 영업으로 국한되어 그곳에서 가난한 채무자들의 원한을 샀다. 벤저민 넬슨이 적었듯이 두 종류의 대부업자가 출현했는데, 한쪽은 매도당했고 다른 쪽은 존경받았다. 〈한쪽에는 비천하게 여겨진 노골적 대부업자, 전당업자가 있었다. 이들은 유대인인 경우도 아닌 경우도 있었다. 그리고 다른 쪽에는 도시의 유지, 규범의 심판자, 예술의 후원자, 독실한 자선가, 호상이 있었다.〉

나는 대부업에 이중으로 얽혀 있다. 주택 담보 대출과 퇴직 연금 계좌가 둘 다 있기 때문이다. 나는 이 집에서 살 수 있게 해준 대출금에 이자를 내는데, 이것은 투자이기도 하다. 동시에 나는 잉여 소득을 주식 시장에 투자하여 미래에 쓸 돈을 불린다. 루이스 하이드에 따르면, 자본주의는 〈과잉의 부를 유통시키지 말고 따로 떼어 두어 더 많은 부를 생산하는 데 쓰라고 요구하는 이데올로기〉

다. 자본주의의 결정적 특징은 돈으로 돈을 만드는 것이 아니라 그 용도로 돈을 쟁이는 것이라고 그는 말한다.

오늘날 돈을 비축하는 것은 보통 인색한 짓이 아니라 필요한 일로 여겨진다. 저축과 투자 형태의 비축은 건전한 경제 행위, 똑똑한 처사, 도덕적으로 정당한 일로 여겨진다. 사회 보장에 대한 공적 투자가 부족한 나라에서 사적 투자는 특권층에게 교육비와 의료비와 노후 자금을 대줌으로써 삶을 보장해 준다. 하지만 우리의 정치 구조만이 이처럼 돈을 비축하는 것은 아니다.

〈스탈린이 잘 보여 주었듯이, 국가가 모든 것을 소유하고서도 모든 선물을 자본으로 변환하는 일이 얼마든지 가능하다.〉 하이드의 말이다. 스탈린은 집단 농장에서 일하는 농부들이 굶주리는 와중에도 그들이 생산한 수익인 곡물을 수출하여 자신이 추진하는 5개년 계획의 자금을 조달했다. 그러니 우리가 〈자본주의로부터 멀어지고자 한다면, 소수의 소유에서 다수의 소유로 소유 형태를 바꾸어서 될 것이 아니라 이렇게 많은 잉여를 자본으로 전환하는 일을 그만두어야 한다. 다시 말해, 우리는 대부분의 증가분을 선물로 취급해야 한다〉.

대부분의 증가분을 선물로 취급한다는 것, 이것이 현실의 삶에서는 구체적으로 어떤 의미일까. 나는 토니 모리슨과 그녀가 1970년대에 퀸스에서 더불어 살았던 여자들을 떠올린다. 모리슨은 어린 두 아이를 부양하는 싱글 맘이었지만 가끔 부업으로 가욋돈이 생길 때마다 다른 여성 작가에게, 가령 토니 케이드 뱀버라에게 〈지원금〉이라면서 수표를 보냈다. 그러면 토니 케이드 뱀버라가 되었든 다른 누가 되었든 그 상대는 불쑥 식료품을 들고 모리슨의 집에 찾아와서 저녁을 요리해 주곤 했다.

하이드는 선물은 계속 움직여야 한다고 말한다. 선물은 늘 다시 다른 사람에게 주어져야 하고, 아니면 그것 대신 다른 것이라도 주어져야 한다. 하이드에 따르면, 어떤 부족들에게는 〈한 사람의 선물이 다른 사람의 자본이 되어서는 안 된다〉라는 내용의 속담이 있다. 아프리카 북동부의 우두크족은 만약 누가 염소 한 쌍을 선물로 주었다면 그 염소들을 잡아먹어야 하지 번식시켜서는 안 된다고 여긴다. 만약 그 염소들을 번식시켜서 더 많은 염소를 만든다면, 그리하여 자본으로 변환한다면, 그 사람에게는 불행이 닥친다고 한다.

〈설화에서 선물을 움켜쥐고 놓지 않으려는 사람은 보통 죽는다.〉 하이드는 말한다.

4부

회계

1

예술

나는 내내 엉뚱한 플랫폼에서 기다리고 있었다. 기차는 방금 다른 방향으로 쌩 지나갔다. 이제 첫 빗방울이 떨어지기 시작했고, 철로 밑에 택시가 서 있는 것이 보인다. 하늘색 양복을 입은 기사는 나보다 나이가 많은 남자다. 그리고 그는 대화를 나누고 싶어 한다.

「코끼리가 그린 그림을 어떻게 생각하세요?」 그가 내게 묻는다. 「그게 아름다울 수 있다고 생각하는지 물으신 거라면요, 설령 코끼리에게 아름다운 걸 만들겠다는 의도가 없었더라도 아름다울 수 있다고 생각해요. 하지만 추상화는 동물이나 어린애도 그릴 수 있으니까 진짜 예술이 아니지 않느냐고 물으신 거라면요, 그건 또 다른 문제네요.」 나는 그에게 말한다. 「대학에서 뭘 공부하셨어요?」 그가 묻는다. 그는 건축을 공부했지만 빚을 안고 졸업해 보니 일자리를 전혀 구할 수 없었다. 그래서 그는 택시 기사가 되었다. 「좋은 일이에요, 밥을 먹여 주니까요.」 그가 말한다.

「학생들에게 그 일로는 생활비를 벌 수 없는 일을 가르쳐서 먹고사는 게 잘못됐다고 생각하세요?」 그가 묻는다. 「아니요.」 나는 대답한다. 그러고는 말을 멈추고 이유를 생각해 본다. 「제가 학생들에게 해주는 일은 사람들이 대체로 가치가 없다고 여기는 것에서 가치를 찾는 방법을 가르치는 거예요. 그리고 저는 타인에게 뭔가 가치 없는 일을 해도 된다고 허락해 주는 건 선물이라고 생각해요.」 나는 말한다.

그렇지만 나는 내 직업이 〈좋은〉 직업인 것은 내가 엘리트 대학에서 일하기 때문임을 안다. 그 덕분에 나는 급료가 상대적으로 높고, 수업 부담은 상대적으로 적으며, 이미 교육을 잘 받은 학생들을 만난다. 학생들은 또한 이미 부자인 경우가 많다. 한편 부자가 아닌 학생들은 빚을 안고 졸업할 가능성이 높다. 그리고 맞다, 그 빚은 내가 그들에게 가르치는 것으로는 갚을 수 없다.

나는 방금 『사회에 진 빚: 자본주의하에서의 삶을 위한 회계 *Debt to Society: Accounting for Life Under Capitalism*』라는 책의 저자 강연을 듣고 오는 길이다. 강연 후, 청중 가운데 한 여자가 자신은 대학에서 자신의 가치가 정확히 어떻게 결정되는지 모르겠다고 말했다. 그것은 그녀가 가르치는 학생 수에 따라 결정될까, 아니면 학생들이 얼마나 많이 배우는가에 따라 결정될까, 아니면 그녀가 학생들에게 어떤 종류의 일을 할 수 있도록 갖춰 주는가에 따라 결정될까? 전부 다 아니야, 나는 이렇게 생각했다. 선생으로서 우리의 가치는 여느 상품과 같은 방식으로, 즉 시장에 의해서 결정된다. 우리가 연봉을 높이는 가장 확실한 방법은 더 열심히 일하는 것도 더 많은 학생을 가르치는 것도 아니다. 다른 대학에서 더 나은 자리를 제안받는 것이다. 이것이 내가 존과 똑같은 위치에서 똑같은 시간을 일하고 똑같은 과목을 가르치는데도 그보다 2만 달러를 더 받게 된 이유다. 나는 내 일이 존의 일보다 더 가치 있다고 믿지 않고, 나보다 두 배 이상 버는 교수들의 일보다 덜 가치 있다고 믿지도 않는다. 여기에는 내가 내면화하고 싶은 회계 체계가 없다. 최종 집계에서, 내가 가치 있게 여기는 항목 — 예술의 실천과 관심의 함양 — 은 대학 내에서든 밖에서든 장부에 올라가 있지도 않다. 예술은 이런 의미에서, 그것이 회계에 잡히지 않는다는 점에서 우리를 자유롭게 한다.

준 조던의 시 「자유 비행Free Flight」에서 그녀는 밤중에 문득 깨어서 집에 없는 음식들을 갈망하다가 화장지로 시작하는 할 일 목록을 작성한다. 그러고는 묻는다. 〈이 시가 내 목록에 들어 있을까?〉 시는 이렇게 이어진다. 〈전구 레몬 봉투 볼펜 심 리필 / 우체국 그리고 주키니호박 / 오렌지 아니 / 목록에 없어.〉

나는 매년 내가 무엇을 기여하고 성취했는지를 양식에 따라 적어서 대학에 제출해야 한다. 〈신발 닦기 손톱 갈기 상의와 하의 어울리게 입기 / 립스틱 조절 아니 / 비명을 지른다 지루해 왜냐하면 / 이건 신이 창조한 시간을 흥청망청하는 짓이니까.〉 나는 내가 가르친 수업, 학생에게 조언한 논문, 위원으로 참여한 위원회, 발표한 글, 실시한 강연과 강좌를 나열한다. 하지만 이 시가 내 목록에 들어 있을까? 내가 정말로 보고하고 싶은 말은 내가 가치 있는 일을 진짜 하나도 하지 않았으며 그것이 바로 내 성취라는 것이다.

마침내 나는 기사에게 어떻게 생각하느냐고 묻는다. 그는 이렇게 말한다. 「난 그건 잘못된 것 같아요.」

2
복숭아를 먹어요

「난 언니가 자기 일을 무가치하게 여긴다고는 믿지 않아.」여동생이 말한다. 나는 그렇게 여기지 않는다. 내 말은 금전적 가치가 없다는 것뿐이다. 시 쓰기는 대부분의 사람에게 보통 돈이 되지 않는다. 자유시는 이중으로 자유로우니, 율격에 구애받지 않는다는 점에서 자유롭고 시장 가치가 없다는 점에서도 자유롭다. 나는 시인이 아닌 작가로도 통하고 내 글이 가끔 시장 가치를 갖기는 하지만 그것이 집세를 내준 적은 한 번도 없다. 내가 글로 버는 돈은 예측이 불가능하여, 급여라기보다는 이따금 떨어지는 횡재에 가깝다. 하지만 나는 내 일의 가치를 달러로 측정하지 않는다. 「언니는 그 점을 명확히 해야 해.」동생이 말한다. 「그게 너무 무서워?」동생이 묻는다. 이때 동생은 내게 말한 것이 아니라 자기 아들에게 말한 것이고, 아이는 「제임스와 거대한 복숭아James and the Giant Peach」를 보고 있다.

〈복숭아를 먹어요〉는 존과 내가 만난 소도시의 지역 먹거리 생활 협동조합에서, 존이 복숭아 매대 위 현수막에 적어 둔 슬로건이었다. 그는 그 생활 협동조합에서 마케팅 일을 하다가 글쓰기에 전념하려고 그만두었다. 「올 맨 브라더스 음반 제목이에요.」 내가 웃음을 터뜨리자 존은 이렇게 설명했다. 지금도 나는 그것이 웃기다고 생각한다. 잘 익은 복숭아들 위에 걸려 있던 슬로건만 웃긴 것이 아니라 복숭아를 마케팅한다는 생각 자체가 웃겼고, 그 슬로건이 그 생각을 조롱하는 것처럼 보였다. 복숭아 그 자체가 복숭아의 광고이지 않나?

〈예술의 보상은 명성이나 성공이 아니라 중독이다. 수많은 형편없는 예술가가 예술 없이 살 수 없는 것이 그 때문이다.〉시릴 코널리는 이렇게 말한다. 「내 일의 가치는 이것이 내게 살아 있다는 느낌을 준다는 점이야.」 나는 동생에게 말한다. 심지어 그냥 살아 있는 것 이상의 느낌이다. 동생은 이 대답에 만족하지 않는다. 「예술은 예술가가 아닌 사람들에게도 가치가 있어.」동생은 고집스레 말한다. 「언니는 그 가치를 설명해야 해. 그게 너무 무서워?」동생이 또 묻는다.

「그건 본질적으로 무서운 일 같은데, 복숭아씨 속에 담긴 채 자신이 어디로 가는지도 모르면서 데굴데굴 굴러가고 새들에게 들려서 바다를 넘는 일은 말이야.」 나는 말한다. 그것은 불확실성과 부조리로 점철된 삶, 예술가의 삶이다. 어쩌면 예술가에게도 다른 모든 사람에게도, 예술의 가치는 그것이 다른 가치 체계들을 전복한다는 점인지도 모른다. 예술은 일이 만든 세상을 부순다.

〈내가 감히 복숭아를 먹을 수 있을까?〉 J. 앨프리드 프루프록은 그의 연가에서 이렇게 묻는다.* 내가 감히 복숭아를 먹을 수 있을까? 지금껏 망설이고 수정한 뒤에, 토스트를 먹고 차를 마신 뒤에, 커피 스푼으로 삶을 잰 뒤에, 그리고 이미 〈내가 감히 / 우주를 뒤흔들 수 있을까〉하는 질문을 던진 뒤에?

「여자들은 공짜로 일해선 안 되고 그건 예술가도 마찬가지야. 하지만 난 과거에 일부 여성이 가사 노동 임금 쟁취 운동에 대해서 느꼈던 감정을 느껴. 만약 내가 예술을 하는 일에 임금을 지급받는다면, 내가 하는 모든 일이 금전화하고 이런 경제 논리에 종속되어 버리라는 느낌이야. 그리고 만약 예술이 내 직업이 된다면, 그 때문에 내

---

* T. S. 엘리엇의 1915년 시 「J. 앨프리드 프루프록의 연가The Love Song of J. Alfred Prufrock」를 말하는 것이다.

우주가 뒤흔들릴까 봐 두려워. 그러면 내 삶에는 회계 불가능한 것, 무가치한 것이 하나도 남지 않을 거야. 내 아이를 제외하고는.」나는 동생에게 말한다.

여동생의 아들은 이제 악을 쓰고 있다. 여동생이 말한다.「그거 너무 무섭구나!」

3
회계

나는 20년 전에 시 한 편을 발표해서 받았던 35달러부터 시작하여 그동안 내가 글쓰기로 받은 돈을 몽땅 더해 볼까 생각하는 중이다. 수표장 부표와 소득세 신고서와 인세 내역서를 몇 시간 뒤적여 보면, 얼마 전에 책 한 권에 대해 제안받은 금액이 지난 20여 년간 글로 번 돈을 다 합한 총액보다 더 클 것 같다는 짐작이 사실인지 확실히 알 수 있을 것이다. 그러나 만약 그것을 다 더해 본다면, 그 다음에는 내가 그 돈을 도대체 다 어찌했는지 궁금해질 것이다.

마르크스는 책 한 권에 3천 프랑을 주겠다는 약속을 받은 적이 있었다. 당시 평균적인 노동자 연봉의 두 배가 넘는 돈이었다. 그는 그중 1천5백 프랑을 선금으로 달라고 요구했다. 하지만 책을 완성하지 못했고, 그 돈은 다

써버렸기 때문에 돌려주지도 못했다. 마르크스는 그 책의 계약서 뒷면에 손으로 몇 가지 계산을 끼적여 두었는데, 그 부분이 사진으로 실려 있는 엽서를 마라가 내게 보냈다. 그녀가 〈M〉이라고만 서명했기에, 나는 순간적으로 마르크스가 무덤에서 내게 엽서를 보냈나 하고 어리둥절했다. 그의 산수는 엉망이고, 사진 설명에는 이렇게 적혀 있다. 〈역사상 가장 위대한 경제 이론가는 계약서의 금전 관계를 이해하기 위해서 어린 학생 수준의 나눗셈과 덧셈에 의지한 듯하다. 그는 아마도 답답했던지, 다른 계산이 모두 틀리자 급기야 탤리 마크를 쓴 것 같다.〉

〈수입의 결과〉라는 프로젝트는 예술가 대니카 펠프스가 자기 은행 계좌에 있는 돈을 잔고가 〈0〉이 될 때까지 다 쓰면서 그 돈으로 한 일을 하나도 빠짐없이 그림으로 그린 데서 시작되었다. 그녀는 아들이 주차 요금 정산기에 동전을 넣는 모습, 그녀의 손이 고지서를 열어 보는 모습, 그녀가 발에 신은 부츠, 스쿠터, 아들이 식료품 카트를 끄는 모습을 그렸다. 그리고 그림이 하나씩 팔릴 때마다 수입을 기록해 둔 뒤에 그 돈으로 무엇을 했는지를 또 빠짐없이 그렸다. 드로잉에는 길게 흐르는 선으로 그려진 몸들이 가득하고, 그것들은 포옹하는 듯이 겹쳐져 있다. 쿠키나 계란이나 사과 같은 물건을 든 손들도 가득

하다. 그녀는 이 프로젝트에 대해 이렇게 말한다. 〈그림이 한 묶음 팔릴 때마다 내가 그 돈을 어디에 썼는지 그리는 기간이 시작되고, 그 돈이 다 없어지면 그 기간도 끝난다.〉

그녀의 예술은 회계다. 드로잉이 팔리면, 그녀는 그 수입을 1달러당 초록색 작대기를 하나씩 그려서, 즉 탤리 마크를 그어서 기록한다. 지출한 돈은 빨간색 작대기로 그린다. 신용 거래는 수입과 지출 사이에 놓인 회색 지대이니까 회색이다.

2012년 그녀는 한때 연인이었던 다른 여성과 함께 살았던 집을 압류당함으로써 잃은 35만 달러를 합판 널빤지 스물다섯 장 위에 빨간색 구아슈 작대기 35만 개로 그려 넣은 것을 전시했다. 작품 제목은 「사랑의 대가The Cost of Love」였고, 작대기들 사이사이에 주택 법원 판결문에서 인용한 단어들 — 적대감, 퇴거, 주택 담보 대출 — 도 함께 적혀 있었다. 그 집을 샀을 때 그녀는 대출금 62만 7천 달러를 표현할 회색 작대기 62만 7천 개를 그리기 위해서 조수까지 고용했다. 그러나 집이 압류당했을 때는 빨간색 작대기를 죄다 혼자서 그렸기 때문에 5개월이나 걸렸다. 「집을 한 푼 한 푼 떠나보낸 셈이었죠. 그걸 다 그렸을 때, 집은 사라졌어요.」 그녀는 기자에게 말했다.

그녀가 보기에 〈수입의 결과〉 프로젝트로 그린 드로잉들이 전부 다 좋지는 않았다. 하지만 그림들은 재무 기록의 일부였고 기록이 또한 작품 자체였기에 한 점도 버릴 수 없었다. 그녀는 자신이 각 그림을 예술 작품으로서 얼마나 가치 있게 여기는가에 따라 차등적으로 가격을 매겼다. 「처음 작품을 공개했을 때는 아예 그림에 가격을 적어 두었죠. 첫 전시회의 그림들은 7달러부터 1천6백달러까지 있었어요. 내가 각 그림을 얼마나 좋아하는가에 따라 매긴 거였죠.」 그녀는 말했다. 한 갤러리의 표현에 따르면, 가격 결정은 그녀의 〈최종적인 미학적 판단〉이었다.

예술 작품의 가치는 보통 예술가가 아니라 시장이 정한다. 바버라 보어랜드는 이렇게 설명한다. 〈시장가는 금전 거래나 세금 납부가 없는 상태에서도 정해질 수 있다. 한 미술상이 워홀의 작품을 팔려고 내놓는데, 그 작품의 이전 판매가가 가령 1백만 달러였다고 하자. 그는 최저 입찰가를 1천만 달러로 설정하고, 다른 미술상이 그것을 1천만 달러에 사들인다. 이로써 가치가 기록되었다. 그와 동시에 두 번째 미술상은 이 작품과 같은 시기에 그려진 다른 비슷한 작품을 첫 번째 미술상에게 사적으로 판매하되, 기록된 가격인 1천만 달러에 판다. 실제 오간

돈은 0달러이지만, 그들은 두 그림에 각각 1천만 달러의 가치를 공개적으로 부여했다.〉

이 거래에서 예술은 일종의 내부자 거래에 해당하는 시장 조작의 수단이다. 거저먹는 돈이다. 펠프스의 예술의 가치는 그녀가 스스로 판단한 금액대로 그 작품 자체에, 즉 예술에 지불된 돈이 어디에 쓰였는가를 그린 작품 자체에 새겨져 있다. 그녀의 작업은 예술 시장에 대한 질책인 동시에 그것에 대한 묵인이다. 왜냐하면 한 미술상이 말했듯이 〈수집가가 그림을 사지 않았다면 그녀의 드로잉도 없었을 것이기〉 때문이다.

4

자본주의

나는 바에서 만난 경제학자에게 혹시 자본주의가 무엇인지 알려 줄 수 있느냐고 묻는다. 그는 우선 내가 진지한지 알고 싶어 한다. 그다음에 이 질문에는 몇 가지 방식으로 대답할 수 있다고 말한다. 그는 그중 가장 너그러운 정의부터 말하겠다고 하는데, 그것은 자본주의란 사람들이 봉건주의를 탈피하도록 해준 사고방식이라는 정의다. 우리 옆에 있던 예술 사학자가 질색하는 소리를 내면서 자리를 떠난다. 「왜요! 내가 너그러운 정의라고 경고했잖아요!」 경제학자가 싱긋 웃으면서 말한다.

「분류학적으로 말하자면 자본주의란 사람들이 재화와 서비스를 교환하는 한 가지 방식이에요.」 경제학자가 말한다. 이 교환 방식은 가령 사회주의와는 다르다. 하지만 하나의 경제라도 여러 가지 교환 방식으로 이루어질 수 있다. 현재 미국의 경제도 순수한 자본주의는 아니고, 사회주의가 많이 섞여 있다. 우리에게는 무상 교육이 있고, 무료 도로가 있고, 노인과 극빈자를 위한 무상 의료가 있다. 「정말 순수한 자본주의 경제라면 우리는 이 공기도 돈 내지 않고는 못 마실 거예요.」 그가 바의 어두침침한 공간을 손짓으로 가리키면서 말한다.

〈우리는 누구나 절친한 친구들과의 관계에서는 공산주의자이고, 어린아이들을 대할 때는 봉건 영주다.〉 데이비드 그레이버는 이렇게 말한다. 그의 주장은 우리가 상이한 도덕적 회계 체계들을 넘나들며 산다는 것, 그렇지만 자본주의를 포함하여 모든 사회 체제의 기틀에는 일상적 공산주의가 있다는 것이다. 여기서 일상적 공산주의라는 용어로 그가 말하려는 바는 〈능력에 따라 일하고 필요에 따라 분배한다〉는 원칙이다. 그레이버는 우리가 경제 전체를 이런 방식으로 조직할 수는 없겠지만 일상적 상호 작용은 이미 그런 방식일 때가 많다고 주장한다. 예를 들면 우리가 대화에서 정보를 교환하는 것이 그런 방식이다.

경제학자와 보이슬라브는 이제 그들이 어릴 때 옛 유고슬라비아에서 경험했던 공산주의에 대해서 이야기하는 중이다. 「그건 공산주의가 아니라 사회주의였지만 말이야.」보이슬라브가 내게 해설해 준다. 그것은 밖에서만 공산주의라고 불렸을 뿐 안에서는 그렇게 불리지 않았다. 공산주의는 바라건대 먼 미래에 달성될 이상이었다.「사람들은 공산주의를 좋은 아이디어라고 생각했지만 자본주의가 삶을 개선해 주리라고는 아무도 상상하지 않았어.」경제학자가 말한다.

14세기 봉건주의에 거역하여 일어난 소작농들은 자본주의를 상상하지 않았다. 그들이 상상한 것은 강제 노동의 종말이었다. 훗날 봉건주의가 자본주의에 밀려나고 공유지가 사유화될 때, 민중은 수백 년간 몇 번이고 들고일어나서 사유지를 둘러싼 담장을 허물고 산울타리를 파냈다.

1640년대 영국 혁명 중에 왕이 처형되자 온갖 종류의 권위에 대한 저항이 거세게 일어났다. 거기에는 유산 계급의 권위도 포함되었다. 〈단순화하여 말하자면, 17세기 중순 영국에는 두 종류의 혁명이 있었다. 둘 중 성공한 혁명은 재산권의 불가침성을 확립했고 …… 유산자들에게 정치적 힘을 주었으며 …… 유산자의 이데올로기, 즉 프로테스탄트 윤리의 승리를 가로막는 모든 걸림돌을 제거했다.〉크리스토퍼 힐은 이렇게 말한다.

그 혁명, 즉 성공한 혁명은 자본주의자의 혁명이었

다. 다른 혁명, 즉 성공하지 못한 혁명을 이끈 것은 목자들, 땜장이들, 군인들, 순회 설교자들이었다. 그들은 대체로 무장하지 않았으니, 무기 소지는 유산 계급에게만 허용되었기 때문이다. 그들은 팸플릿을 배포해 말로써 항거했고, 윗사람 앞에서 모자 벗기를 거부하거나 제 소유가 아닌 땅에 채소를 심거나 하는 반항 행위로써 항거했다.

실비아 페데리치는 자본주의가 마치 더 고차원적인 삶의 양식인 양 봉건주의로부터 자연스럽게 진화해 나온 것은 아니라고 주장한다. 그리고 그것은 혁명이 아니었다. ⟨자본주의는 봉건 영주, 귀족 상인, 주교와 교황이 수백 년간 지속되면서 결국에는 그들의 권력을 뒤흔든 사회적 갈등에 대해서 보인 반응이었다.⟩ 그녀에 따르면, 자본주의는 반혁명이었다.

그 반혁명에 대항한 저항 세력 중 하나가 이른바 ⟨디거스⟩, 그들이 자칭한 이름으로는 ⟨진짜 수평파⟩였다. 그들은 새로운 경제를 상상했으니, 그것은 사람들이 남의 밑에서 일하지 않고 남과 더불어 일하는 경제였다. 힐은 그들이 제 시대를 앞서갔을 뿐 아니라 우리 시대조차 앞서갔다고 말한다.

그 시절의 급진주의자였던 그들은 미국으로 건너왔

고, 이곳에서 그들의 사상은 잊혔다. 이 나라로 이주해 온 것은 재산을 추구한 노예 소유주들만이 아니었다. 반대자들도 이주해 왔으며, 그들의 후예가 바로 노예 폐지론자들이었다. 〈심하게 편집된 우리의 역사는 많은 선택지의 상실을 뜻했다.〉 매릴린 로빈슨은 이렇게 말했다. 그 선택지 중 하나는 사회가 자본보다 사람을 더 가치 있게 여겨야 한다고 생각하는 사회였다.

5
화이트 러시안

이바나가 초기 소련 예술 전시회를 보고 싶어 한다. 그런데 우리가 전시장에 도착한 무렵에 우리 아이들은 이미 좀이 쑤셔서 그림에 너무 다가붙고, 조각 받침대로 돌진하고, 구석에서 서로를 뒤쫓는다.

존과 나는 어젯밤에 「나는 당신의 깜둥이가 아닙니다I Am Not Your Negro」를 보러 가려고 40달러를 주고 베이비시터를 불렀다. 극장에 바가 있기에 화이트 러시안을 두 잔 시켰다. 바텐더는 우리에게 어떤 영화를 보느냐고 물었고, 존은 〈볼드윈에 관한 영화요〉 하고 대답했다. 나는 존에게 왜 영화 제목을 말하지 않았느냐고 물었다. 「그건 너무하잖아. 두 백인 미국인이 화이트 러시안 두 잔을 주문하면서 그것도 모자라서 나는 당신의 깜둥이가 아니라고 말하다니.」존은 말했다.

러시아에서 백색파는 적색파, 즉 공산주의자의 반대였다. 그들에게는 그 점 외에는 공통의 이데올로기가 없었다. 그들은 부르주아 자유주의자였고, 전통적 왕당파였고, 정교회 신자였다. 좌파도 있었고 우파도 있었으며, 애국자도 있었고 정치에 회의적인 사람도 있었다. 그들은 오로지 적색파가 아니어서 백색파였다.

나는 엘 리시츠키의 작품인 「붉은 쐐기로 백색을 쳐라Beat the Whites with the Red Wedge」 앞에서 멈춘다. 붉은 삼각형이 흰 원을 꿰뚫는 장면이 그려진 포스터다. 「정말 모던하고 현대적이지.」 이바나가 말한다. 「당시로서는 급진적이었던 이런 절제된 기하학적 형태들은 오늘날 기업체 로고의 언어가 되었다. 이 사실은 우리에게 혁명이란 끊임없이 다시 만들어지고 다시 상상되어야 한다는 것을 일깨운다. 혁명은 유지 관리 되어야 한다.」 이바나가 다른 포스터의 글씨를 번역해서 내게 읽어 준다. 「〈적은 결코 잠들지 않는다.〉 난 이런 슬로건들과 함께 자랐어. 내부의 적과 함께 자랐지.」 그녀가 말한다.

스피커에서 레닌의 연설이 흘러나오고, 그가 하는 말이 우리 눈앞의 화면에서 글자로 흘러가고 있다. 그는 이렇게 말한다. 〈우리는 전 세계의 부가 극소수의 손에 들어가기 전에 세계 자본주의의 확산을 멈추어야 합니다.〉「맞는 말이네.」 이바나가 비꼰다. 그러나 지금은 이미 전 세계의 부가 극소수의 손에 들어갔으니, 이것은 더 이상 혁명적 정서가 아니다. 이것은 이제 그저 미술관의 유물이다.

　　우리 아이들은 서로 속닥거리면서 작게 웃고 있다. 우리는 아이들에게 신경 쓰지 않고 있지만, 그래도 나는 그들의 속삭임을 좀 엿들었기 때문에 그들이 지금 미술관을 어떻게 망가뜨리고 싶은지 상상하는 중이라는 것을 안다. J는 천장 조명에 매달려서 흔들거리다가 그림으로 날아가서 처박겠다고 하고, 바닥으로 굴러 내려온 뒤에 조각품을 발길질로 쓰러뜨리겠다고 한다. 아이들은 미술관에 대항하여, 지루함에 대항하여, 조용히 해야 하는 것에 대항하여, 무엇이 중요한지 설교 듣는 것에 대항하여 반란을 꾀하고 있다. 나는 심정적으로는 그들의 반란을 지지하지만, 그래도 그것을 억압할 생각이다. 내가 있는 한 혁명은 없다.

6
스파이들

「기밀 해제된 FBI 보고서가 어떻게 생겼는지 본 적 있어?」 남동생이 묻는다. 동생은 역사를 가르치는데, 막 박사 학위 논문 작성을 마쳤다. 「요즘은 검은색으로 두껍게 그은 선은 없어.」 동생이 말한다. 이제는 삭제된 부분에 속이 빈 흰 상자가 덮여 있다고 한다. 빈칸이 되는 것이다. 그리고 거기에 빈칸의 이유를 알려 주는 부호가 적혀 있다. 가장 자주 나오는 부호는 〈5 U.S.C. § 552 (b)(1): 국가 안보〉다.

「이게 무슨 의미인지 모르겠네.」 나는 동생에게 말한다. 내가 쓰고 있는 이 책에는 계속해서 러시아인이 나오고, 스파이와 FBI도 나온다. 이것이 은유라는 것은 나도 안다. 내가 그 부호를 제대로 해독하지는 못하겠지만, 아무튼 이것은 안전과 상관이 있다. 내 생각에 스파이는 예술가다. 혹은 자기 것이 아닌 가치 체계 속에서 살아가는 모든 사람이다. 알렉산더 지가 모든 작가는 〈그의 사회 계급이 무엇이든〉 계급 반역자라고 말했던 것이 어쩌면 이 뜻인지도 모른다. 나는 계급 반역자가 되고 싶다. 그러나 내가 반역의 현실보다 그 낭만에 더 끌리는 것일 수도 있다는 의심이 든다.

「체스와프 미워시의 『사로잡힌 마음 *The Captive Mind*』을 읽어 봐.」 남동생이 내게 제안한다. 시인이었던 미워시는 나치의 바르샤바 점령과 전후 소련의 폴란드 침공을 겪어 냈다. 그는 자기 시의 언어가 말해지는 곳을 떠나고 싶지 않았다. 〈언어는 유일한 조국이다〉라고 그는 적었다. 그래서 그는 양가감정을 품은 채 폴란드에 남았다. 남동생에 따르면, 미워시는 누구나 공산주의를 사랑하든가 미국을 사랑하든가 둘 중 하나여야 한다는 냉전기의 지상 명령을 거부했다. 그는 둘 다 혐오했다. 그는 전체주의 국가에서 살기를 원하지 않았고, 소비자 자본주의에서 살기를 원하지도 않았다. 예술가에게는 둘 다 나쁘다는 것을 그는 알았다.

미워시는 혁명에는 지상 최고의 목표가 있다고 믿었는데, 그것은 바로 〈인간에 의한 인간 착취〉를 끝내는 것이었다. 하지만 그는 끝까지 당에는 가입하지 않았다. 망명하기 전까지 바로 그 정부의 외교관으로 일했으면서도 공산주의 정부의 습속인 억압과 폭력을 경멸했다.

「미워시는 이처럼 위장하는 삶, 즉 자신에게 봉급을 주는 체제에 은밀히 반대하는 삶을 가리켜 〈케트만ketman〉이라는 단어를 썼어.」 남동생이 말한다. 미워시는 이 개념을 이슬람 신학에서 빌려 왔는데, 이슬람에서는 진정한 신자가 불신자들에게 둘러싸여 있을 때는 신앙을 숨겨도 된다고 허락한다. 미워시에게 케트만은 패싱의 기술 같은 것이었다. 그는 이렇게 적었다. 〈무엇이 검다고 생각하지만 희다고 말하는 것, 겉은 엄숙하지만 속은 미소 짓는 것, 사랑한다고 공언하지만 미워하는 것, 모르는 체하지만 알고 있는 것, 그리하여 상대를 바보 취급하는 것(비록 상대도 당신을 바보 취급하고 있더라도 말이다).〉 이것이 케트만의 게임이다.

〈이것은 모순과 더불어 사는 삶의 방식이다.〉 제이컵 미카나우스키는 이렇게 말한다. 〈여기에 능숙한 사람은 내면에 사적인 성소를 갖게 된다. 그 성소는 타협에도 훼손되지 않으니, 심지어 타협이 삶의 나머지 부분을 다 집어삼킬 때조차 그렇다.〉

〈흑인 신문사에 있었던 스탈린의 남자〉는 남동생의 논문 중 내가 자꾸만 다시 읽어 보게 되는 챕터의 제목이다. 이 글은 호머 스미스라는 인물의 역사를 들려주는데, 아프리카계 미국인 기자였던 그는 차별에서 벗어나고자 하는 마음에 1932년에 미국을 떠나 러시아로 갔다. 그는 그곳에서 연합 니그로 통신의 모스크바 통신원으로 활동했고, 이 활동이 이 흑인 신문사의 전복 행위를 수사하던 FBI의 눈길을 끌었다. 그가 이 흑인 신문에 발표한 이야기들, 터스키기나 하워드에서 공부한 뒤에 과학자나 기술자로 일할 기회를 찾아 러시아로 건너간 미국인들의 이야기는 미국 정부가 널리 알리려는 공식적인 이야기를 훼손하는 것이었다. 스미스는 모스크바의 붐비는 버스에서 두 소련인이 그에게 자리를 양보했다는 이야기, 지방 마을의 공중목욕탕에서 러시아 소년이 그의 등을 밀어 주었다는 이야기를 미국에 써 보냈다.

스미스는 우크라이나 여자와 결혼했고, 공산당을 위해서 프로파간다를 쓰는 공직을 얻었다. 그가 그저 패싱으로서 그런 것은 아니었으니, 미국을 떠나기 전부터도 공산주의에 호감을 느꼈던 그는 〈이제 해방된 샤반 아바시와 수십만 명의 다른 압하지야인들은 스탈린을 그들의 가장 친밀하고 훌륭한 스승이자 진정한 지도자로서 사랑한다〉 같은 문장을 자의로 작성했다. 하지만 그는 끝까지 당에는 가입하지 않았다.

역시 아프리카계 미국인 공산주의자였던 스미스의 친구는 1936년 대숙청 때 포로수용소로 보내진 1백만 명 중 한 명이었고, 그의 아내의 여자 형제는 그 시절에 실종된 수천 명 중 한 명이었다. 숙청이 일으킨 편집증 속에서 모든 외국인은 혐의자였다. 스미스는 소련 시민이 되었지만, 그래도 외국인이 아니게 될 수는 없었다.

스미스는 결국 〈자기 혼자만의 해괴한 흑인 민족주의에 감염되었다〉는 고발을 당했다. 고발자는 역시 또 다른 아프리카계 미국인 공산주의자였다. 스미스는 고발을 견디고 살아남았으며, 제2차 세계 대전 때도 연합 통신의 전쟁 통신원으로 일하면서 전쟁에서 살아남았다. 그러나 그는 다시 한번 탈출하고 싶었다. 스미스가 러시아에서 14년을 산 뒤에 미국 시민권을 되찾으려고 했을 때, FBI는 그를 안보상 지대한 위험 요소로 평가했다. FBI가 그를 혐의자로 여긴 것은 그의 공산주의 동조 정서 탓이 아니었다. 심하게 삭제된 그의 FBI 보고서에 따르면, 그가 〈미국에 인종 차별과 불평등이 있다고 여기고 그에 항의하기〉 때문이었다. 그것이 국가 안보에의 위협이었다.

스미스는 러시아를 떠나 에티오피아로 갔고, 소련 시민권을 포기했다. 그래도 그에게 미국 시민권을 되찾을 수 있다는 허가는 영영 떨어지지 않았다. 그는 나라 없는 사람이 되었다. 아니면 그는 이전에도 늘 나라 없는 사람이었는지도 모른다. 늘 조건부이고 언제라도 폐지될 수 있는 위태로운 시민권을 가진 사람이었는지도 모른다. 그는 미국인이었지만 나라가 없었다. 〈우리가 반역의 낭만을 전혀 떠올리지 못한 것은 갖지 않은 나라를 배신할 수는 없다는 잔인하리만치 단순한 이유 때문이었다.〉 제임스 볼드윈은 이렇게 적었다. 시민인 적 없는 사람은 반역자가 될 수 없다.

7

시민

나는 도서관에서 두 서가 사이 바닥에 앉은 채 무릎에는
『세상이 무너진다*The World Falls Away*』를 얹어 두고 휴대 전화
로 『공산당 선언』을 읽고 있다. 글씨가 깨알만 해서 가까
스로 알아볼 수 있는 정도다. 나는 노동자의 삶이 갈수록
위태로워지고 있다는 문장을 겨우 읽어 낸다. 한편 부르
주아지는 〈그들의 무덤을 팔 사람들을〉 스스로 양산하고
있다고 한다.

　　나는 방금 상사의 상사와 면담하고 왔는데, 그는 내
게 예술가들은 안정된 일자리를 원하지 않는다고 설명했
다. 「그들은 유연성을 선호합니다.」 그는 말했다. 〈왜 그
들이 둘 다 가질 수 없지?〉 나는 궁금했다. 그는 더 많은
예술가를 파트타임 계약직으로 고용하겠다는 계획을 상
세히 들려주었다. 말이 길어질수록 그의 논리는 우버의

사업 모델에 대한 정당화처럼 들렸다.

요전에 메리엄-웹스터 사전이 선정한 〈오늘의 단어〉는 〈위태로운precarious〉이었다. 덕분에 나는 이 단어의 원뜻은 〈타인의 의지나 쾌락에 의존하는 상태〉라는 것을 배웠고, 이 단어가 〈기도prayer〉를 뜻하는 라틴어에서 왔다는 것도 배웠다. 위태로움은 도처에 있는 듯 보인다. 어쩌면 그것은 애나 로웬하웁트 칭이 말했듯이 〈우리 시대의 조건〉인지도 모른다. 그것은 또한 프레카리아트라는 계급 전체를 규정하는 특징이다.

〈사실상 모든 사람.〉 이것은 경제학자 가이 스탠딩이 〈누가 프레카리아트가 되는가?〉라는 질문을 스스로 던지고 그에 대해 스스로 낸 대답이다. 질병이나 장애는 사람을 프레카리아트로 떠밀 수 있다. 이혼, 전쟁, 자연재해도 그럴 수 있다. 프레카리아트는 이주 노동자와 임시 노동자와 계약직 노동자와 파트타임 노동자로 구성된다. 이들은 〈경력이라는 느낌〉을 주지 못하는 불안정한 일자리에서 일한다. 이런 일자리에는 승진의 기회가 거의 없고, 협상으로 더 나은 노동 조건을 얻어 낼 방법도 없다. 프레카리아트 중 일부는 현재 일하고 있는 나라의 시민이 아니다. 또 어떤 프레카리아트는 서류상으로는 공식적으로 다른 시민들과 동등한 시민이지만 현실적으로는 동등한 법적 보호를 받지 못하거나, 동등한 투표권을 갖지 못하거나, 동등한 의료 접근성을 갖지 못한다.

스탠딩은 이들이 사실상 시민이 아니라 거류민일 뿐이라고 주장한다. 고대 로마에서 거류민은 일할 권리는 있으나 정치에 참여할 권리는 없는 존재였다. 중세 유럽에서 거류민은 재류 외국인을 뜻했는데, 그들에게는 자국 태생 시민의 권리가 똑같이 다 주어지지는 않고 일부만 주어졌다. 그리고 스탠딩에 따르면, 〈거류민denizen〉이라는 단어는 〈노예제 폐지 이전 미국에서 비노예 흑인을 가리키는 말로도 쓰였다〉.

사람들은 프레카리아트를 계급으로 잘 인식하지 못하고, 프레카리아트 스스로도 그렇다. 프레카리아트에는 기결수와 망명 신청자와 싱글 맘과 예술가가 포함된다. 교육을 받았지만 그 분야로는 일을 찾지 못한 사람들도 포함된다. 또한 대학 학위가 없는데 자신들의 부모와 조부모가 했던 종류의 일, 가령 공장이나 광산의 일자리도 찾지 못하는 사람들이 포함된다. 이들이 모두 공통으로 갖고 있는 특징은 안정성 결핍이다.

프레카리아트는 우리가 예전에 노동 계급이라고 불렀던 사람들과는 다르다고 스탠딩은 분명히 밝힌다. 그런 노동자들은 노동 시간이 고정된 장기 근속 일자리를 갖고 있었다. 그들은 노조와 연금이 있었고, 자신의 고용주가 누구인지 알았다. 우버 기사들은 고용주를 모르거나 동료 피고용인을 모른다. 이들이 갖지 못한 안정성 중하나는 자신이 아는 사람들과 함께 일하는 안정성, 그리고 자신을 아는 사람들과 함께 일하는 안정성이다.

나를 공항에 태워다 주는 우버 기사는 최근에 이주해 와서 다른 일을 찾을 때까지 운전하는 사람, 혹은 음악가인데 투어가 없을 때 운전하는 사람, 혹은 은퇴한 기반 시설 관리 노동자인데 의료비를 대려고 운전하는 사람이다. 규칙적인 업무량과 규칙적인 일정의 정규직을 원하지 않기 때문에 운전하는 사람도 가끔 있다.

어떤 사람들은 위태로움을 선택한다. 이것은 위태로움이 단지 우리 시대의 조건일 뿐 아니라 그에 대한 반응이기도 함을 보여 주는 증거다. 프레카리아트에는 안정된 고용과 퇴직금을 포기하고 그 대신 임시직과 여행과 불확실한 미래를 선택하는 사람들도 포함되어 있다. 이들의 존재 자체가 우리에게 불안을 일으키니, 안정보다 더 가치 있는 것이 있을지도 모른다는 생각을 떠올리게 하기 때문이다. 그리고 사실이 그렇다.

8
물

우리는 프랑스의 산간 지대를 차로 달리면서 풍요에 대해 이야기하는 중이다. 존이 아침에 지도를 보다가 〈어플루언트affluent〉가 프랑스어로는 강의 지류를 뜻한다는 사실을 알아차렸다. 그는 한때 이 단어에 부유함의 큰 강은 풍요의 작은 지류들을 낳는다는 뜻이 담겨 있었을지 궁금해한다. 돈을 마치 비가 내리면 보충되는 순환 과정 속에서 재생되는 물질인 양 여기는 것이 사람들에게 위로가 되었을까? 이 밖에도 유동 자산이나 낙수 경제 같은 단어가 있고, 〈밀물은 모든 배를 띄운다〉*라는 표현도 있다. 물은 왜 이렇게 자주 돈의 은유로 쓰일까? 아마도 우리가 우리의 경제 체제는 인공적인 것이 아니라 자연적으로 발생하는 것이라고 믿고 싶어서일 것이다. 돈을 물

* 경제 성장이 모든 사람에게 도움이 된다는 뜻이다.

처럼 상상한다면 그 움직임이 불가피한 일로 느껴질 수도 있으니, 만약 그렇다면 우리가 비난할 수 없는 존재인 중력만이 부의 축적에 관여할 터이기 때문이다.

이제 우리는 〈흐름〉에 대해 이야기하고 있다. 이런 산간 도로를 달릴 때는 물 흐르듯이 운전해야 한다는 이야기인데, 이런 곳에서는 전방에 무엇이 있는지 모르는 채 시야가 막힌 커브를 돌고, 1차선 터널을 통과하고, 도로로 쏟아질 듯한 바위 옆을 지나가야 한다. 퐁탕루아양의 돌다리는 햇볕을 받아 여태 따뜻하고, 나는 그것에 기대어 그림자가 가득한 협곡을 내려다본다. 강은 한참 아래에 있다. 바위를 깎아 냈으나 오래전부터 쓰이지 않는 미끄러운 계단들도 길도 마찬가지다. 나는 여울의 송어를 구경하면서, 오늘 아까 폭포에서 수영했던 것을 떠올린다. 공기에는 인동 향이 가득했고, 뚱뚱하고 문신을 한 프랑스인들이 찬물을 헤치고 다녔으며 진흙 물가에서는 한 북아프리카인 가족이 소풍을 즐기고 있었다. 폭포를 향해 헤엄치는 내 얼굴을 때리는 물보라가 마치 작은 돌멩이들 같았고, 나는 물의 어마어마한 힘을, 수면 밑에서 휘도는 에너지를 느낄 수 있었다.

이 마을에는 뮤제 드 로, 즉 물의 박물관이라는 박물관이 있다. 하지만 나는 그곳에 들어가지 않는다. 그러지 않아도 이미 물의 박물관 안에 있는 기분이다. 〈물보다 더 유용한 것은 없지만, 물로는 다른 것을 살 수 없고 물을 다른 것과 교환할 수도 없다.〉 애덤 스미스는 1776년에 이렇게 적었다. 다이아몬드는 무용하지만 많은 것과 교환할 수 있다고도 덧붙였다. 그는 사람들이 다이아몬드만큼 자주 물을 두고도 전쟁을 벌이는 시대가 오리라고는 예견하지 못했지만, 우리의 가장 절실한 욕구를 채워 주는 것들이 종종 가치 없는 것들이라는 사실만은 이미 알고 있었다.

9
예술

나는 루브르 밖에 서서 가격에 대해 생각하는 중이다. 궁전의 가격이 아니라 내 즐거움의 가격이다. 오늘 아침 튈르리 정원에서 무장한 군인들이 행진하고 있었고, 마르스 광장에서도 군인들이 유유히 걷고 있었다. 어젯밤 몽마르트르에서는 기관총을 든 군인들이 사크레쾨르 대성당 옆 계단을 2열 종대로 올라가는 것을 보았다.

루브르 안에서 자그만 에펠 탑을 파는 흑인들을 지나친 뒤, 나는 나폴레옹의 대관식 그림 앞에 선다. 그림 속에서 나폴레옹의 아내가 왕관을 받고 있다. 그리고 바로 이곳에서 나중에 비욘세가 온갖 음영의 갈색 피부를 가진 여자들과 대형을 지어 춤출 것이다.* 〈우리가 해냈

* 비욘세 부부의 2018년 곡 「에이프쉿apeshit」 뮤직비디오가 루브르에서 촬영되었다.

다니 믿기지 않아.〉 그녀는 이렇게 노래할 텐데, 이것은 그녀의 결혼과 돈을 가리킨 말이다. 또한 그녀의 사람들을 가리킨 말이다. 〈아프리카계 미국인의 자본주의가 다른 자본주의와 크게 다르지는 않다. 하지만 그것은 종종 무언가 믿기 힘든 일이 벌어지고 있다는 신호를 준다.〉 K. 리앤더 윌리엄스는 비욘세에 대해 이렇게 쓸 것이다. 앞으로 수 세대 뒤에도 비욘세의 손주들과 그들의 자식들의 자식들은, 아직 태어나지 않았지만, 모두 부자일 것이다. 〈당신들의 포브스 목록에는 갈색 아이들이 많아.〉 비욘세는 이렇게 노래한다. 그녀의 부는 오랫동안 갚아지지 않았던 빚에 대한 거대한 보상이다. 그러나 그것이 아무런 근심 없는 승리는 아니다. 〈내게 지분으로 보상해, 지분으로 보상해.〉* 비욘세는 이렇게 노래한다. 그런데 사실 돈은 공정의 대체물이 아니다. 그리고 자본주의에서 왕관을 쓴 여왕이 된다는 것은, 마르크스의 표현을 빌리자면 〈머리에서 발끝까지 모든 구멍에서 피와 오물을 흘리며〉 세상에 나온 영토를 제 것으로 주장한다는 뜻이다.

나는 「메두사호의 뗏목The Raft of the Medusa」 앞에서 멈

---

* 여기서 〈지분〉이라고 옮긴 단어 〈equity〉에는 〈주식〉이나 〈자산〉 외에 〈공평〉이라는 뜻도 있다.

춘다. 그림 속에서 익사자들의 시신을 생존자들이 애써 붙잡고 있다. 메두사호는 세네갈을 식민화하러 가던 길에 아프리카 대륙 연안에서 난파했다. 발가벗은 젊은 남자 하나가 뗏목에 큰대자로 널브러져 있는데, 그의 살결이 이 세상 것이 아닌 듯한 빛으로 빛난다. 나는 너무나 부드러워 보이는 그의 복부를 응시한다. 제리코는 이 작품을 그리기 위해서 시신들을 연구했고 그다음에 살아 있는 모델들을 세워서 그림을 그렸는데, 그중 한 명이 역시 화가인 청년 들라크루아였다.

그리고 여기 들라크루아가 그린 「키오스섬의 학살 The Massacre at Chios」이 있다. 이 작품의 부제는 〈죽거나 노예가 되기를 기다리는 그리스인 가족〉이다. 이것은 음울한 장면이지만 아름답다. 인질들의 몸은 늘씬한 근육질이고, 드러난 젖가슴은 희다. 〈이 작품의 정치적 제스처는 중요했다. 하지만 이것은 제스처로만 남는다. 여기에는 죽음이나 노예화에 관하여 상상력을 발휘한 진정한 이해가 담겨 있지 않다. 이것은 육감적인 가식이다. 말에 매인 여자는 관능적인 성적 공물이고, 그녀의 팔을 감싼 밧줄은 그녀를 가지고 노는 에로틱한 뱀 같다.〉 존 버거는 이 그림에 대해서 이렇게 적었다.

이것은 소유의 성애다. 그리고 비록 그 밧줄에 살이

쏠리더라도, 여기에는 열기가 있다. 나는 내가 죽음이나 노예화에 관하여 상상력을 발휘한 진정한 이해를 획득한 적 있는지 의심스럽고, 죽기 전에는 획득할지도 의심스럽다. 그래도 나는 죽음과 노예화가 저 여자를 결박한 밧줄에 함께 매여 있다고 믿는다.

밀로의 비너스가 지척에 있다. 나는 J를 사람들 앞으로 이끈다. 하지만 아이의 머리 위로 뻗어 나와서 사진을 찍는 수많은 팔 때문에 아이는 아무것도 보지 못한다. 이 사람들이 예술 작품을 보러 와서 하는 일은 그것을 획득하는 것이라고 버거는 말한다. 〈혹은 그들이 소유의 맥락으로 그 작품들을 언급할 권리를 획득했다고 말해도 좋다.〉 예술은 사유 재산이 되는 운명을 피할 수 없다고 그는 주장한다.

나는 예술이 가엽게 느껴진다. 하지만 동시에 그것에게서 즐거움도 얻는다. 〈예술 애호는 유럽의 지배 계급이 한 세기 반 넘게 유용하게 써 온 개념이었다. 그들은 그 사랑이 그들만의 것이라고 말했다. 그리고 그것을 빌미로 위대한 옛 문명들과 자기 계급이 동족이며,《아름다움》과 연관된 도덕적 미덕들이 자기 계급에 있다고 주장할 수 있었다.〉 버거는 이렇게 말한다.

나는 이 말이 모두 사실이라는 것을 안다. 그런데 문

득 천장을 올려다보니, 하늘거리는 옷을 걸친 몸들이 하늘을 떠다니고 있다. 그들은 천상적이면서도 육체적이다. 나는 이 예술들 중 무엇도 소유하고 싶지 않고, 그것을 내 것이라고 주장하고 싶지도 않다. 하지만 나는 그것을 만지고 싶다. 대리석 켄타우로스의 옆구리에 불거진 혈관, 꼭 살아서 피를 펌프질하는 듯한 그 혈관이 보일 만큼 가까이 그것에게 다가가고 싶다.

10

피

나는 다른 작가 여섯 명과 함께 모든 방이 소리가 울리는 연회장인 집으로 안내받아 왔다. 우리는 여기 모인 사람들에게, 그들은 모두가 부자인데, 왜 그들이 어느 예술가 공동체에게 돈을 주어야 하는지 설명해 달라는 요청을 받았다. 우리는 크리스털 샹들리에가 있는 방을 통과하고, 태피스트리가 있는 방을 통과하여, 금테 액자에 담긴 물 그림들이 천장까지 빼곡히 걸려 있는 방으로 들어간다. 꼭 루브르 같다.

그 예술가 공동체는 예술가들이 잠시나마 부자처럼 살면서 예술을 할 수 있는 곳이다. 부지 관리인이 잔디밭과 정원을 돌봐 주고, 건물 관리인이 바닥을 청소하고 매주 이불을 갈아 주며, 요리사가 매일 저녁 식사를 차려 준다. 매년 한 해에 1백 명이 넘는 예술가들이 한때 어느 가족의 소유였던 그 저택을 공유한다. 나는 이 모금 행사에 참석하는 대가로 그 저택에서 3주간 머물게 될 것이고, 그곳에서 사람이 얼마나 순식간에 자신에게는 자격이 있다고 여기는 사고방식을 획득하게 되는지를 깨달을 것이다. 나는 처음 관리인이 이불을 갈아 주려고 문을 두드릴 때는 그 사치를 고맙게 느끼겠지만, 두 번째에는 방해받는 것을 짜증스럽게 느낄 것이다.

처음에 나는 예술가들에게는 예술을 할 시간과 공간이 필요하며 거기에는 돈이 든다는 사실을 왜 우리가 설명까지 해야 하는지 이해하지 못한다. 그런데 샴페인이 돌아가는 동안에 오가는 대화를 들어 보니 그 이유를 알겠다. 여기 있는 사람들은 만약 예술가가 성공한다면 그 성공이 필요한 돈을 다 벌어 준다고 믿는다. 그리고 만약 예술가가 성공하지 못한다면 그는 돈을 얻을 자격이 없다고 믿는다.

뒤이어 우리는 다른 저택으로 가서 저녁을 먹는데, 내가 현관문을 들어설 때 주최자가 해준 설명에 따르면 이것은 소박한 건물이다. 시카고는 왜 이렇게 갱단 폭력이 기승일까요, 나는 옆자리 손님들이 이런 이야기를 나누는 것을 들으면서 긴 연회 탁자에 앉는다. 누군가 나쁜 가정이 어쩌고저쩌고하는 말을 꺼낸다.

나는 주최자의 제안에 탁자 반대편 끝으로 옮긴다. 그곳에서 한 남자가 내게 어쩌면 「공유지의 비극The Tragedy of the Commons」이라는 에세이에 흥미가 있을 것 같다고 말한다. 「안 그래도 어제 그 글을 읽었는데요.」 나는 그에게 말한다. 그는 잠시 멈칫한 뒤에 내게 그 글을 설명하기 시작한다. 「여기서 비극이란 모든 사람이 늘 공유지에서 최대한 많이 얻어 내려고 한다는 점입니다.」 그는 말한다. 그런데 내가 생각하는 비극은 이것이 아니다. 내가 생각하는 비극은 그 글이 쓰일 시점에 이미 공유지는 사라졌다는 점, 그리고 과거에 모든 사람이 공유지에서 최대한 많이 얻어 내는 것을 방지하는 규제가 존재했다는 사실조차 이미 잊었다는 점이다. 하지만 공유지란 규제될 수 없는 것이라는 개념이야말로 자유 시장 자본주의자들이 선호하는 이 글의 해석임을 나도 안다. 이 글이 실은 가난한 사람들의 〈번식〉을 제한하려는 논증으로서 작성되었으며 부정확하거나 아예 틀린 점투성이인데도 불구하고 이토록 오래 살아남은 것이 바로 그 때문이다. 「그 글의 진실성은 영향력보다 덜 중요하지.」 언젠가 한 동료는 이 글에 대해서 내게 말했다. 동료의 말은 우리가 진실이라고 믿고 싶어 하는 거짓말이 우리에 대해서 무언가를 알려 준다는 뜻이었다.

나는 양해를 구하고 일어나서, 디저트 탁자에 모여 있는 여자들에게로 간다. 그중 한 명이 내게 자신은 의료 기술에 투자한다고 말한다. 투자는 부자들이 종사하는 업종이지, 나는 새삼 떠올린다. 내 머릿속에는 아직도 〈공유지의 비극〉이 있다. 나는 그녀에게 내가 초등학교 화단에서 하는 일에 대해 들려준다. 「거기서 잡초를 뽑고 물을 주고 있으면 다른 여자들이 안에서 자원봉사를 하느라 오가는 걸 보게 돼요.」 나는 말한다. 그들은 무상으로 제공되는 아침을 먹으려고 일찍 등교한 아이들의 숙제를 돕고, 도서 교환대를 운영하고, 아이들에게 예술에 대해 이야기해 주고, 학교를 지원하는 일을 나누어 맡는다. 「그분들이 보수 없는 일을 가치 있게 여긴다는 게 고마워요.」 나는 그녀에게 말한다. 누군가는 그 일을 해야 하니까 말이다. 그렇지만 나는 오직 여자들만이 보수 없는 일을 하는 모습을 보는 것이 여전히 신경 쓰인다. 그 모습을 보면, 이바나가 내게 〈의무적 자원봉사〉라고 번역해 준 단어가 떠오른다.

「여자들은 최근까지만 해도 자본을 갖지 못했죠.」 투자자가 내게 말한다. 우리 여자들은 1974년 이전에는 자기 신용 카드를 소지할 수조차 없었다고 그녀가 내게 일깨운다. 우리는 자본을 축적하지 않았고, 자본을 이해하지 못했고, 자본을 관리하는 법을 배우지 않았다. 우리에게는 자본에 대해 가르쳐 주는 어머니들과 할머니들이 없었다. 「그런데 있잖아요, 우리가 자본이에요. 우리가 생산 수단이에요. 난 아이가 셋 있답니다.」 그녀가 자기 자궁 위에서 손으로 둥글게 원을 그리면서 말한다. 「내가 생산 수단이었던 거죠. 그리고 이제 난 이 생산 수단을 소유하고 싶어요.」

나는 이 말을 잠시 곱씹으면서, 자기 자신을 소유한다는 것이 무슨 뜻인지 생각해 본다. 그리고 정말로 그녀의 말처럼 자기 자신을 소유한다는 개념에는 자기 몸을 자본으로 상상하는 일이 꼭 필요한 것일까 생각해 본다. 이제 그녀는 이런 말을 하고 있다. 「그렇잖아요, 돈이 나쁜 건 아니에요. 돈은 문제가 아니에요. 돈은 문제를 관통하여 흐르는 무언가죠. 돈은 혈액이에요. 우리가 혈액을 검사해 보면 문제가 뭔지 알아낼 수 있지만, 혈액이 있다는 것만으로는 문제를 진단할 수 없죠.」

그녀가 이렇게 말할 때, 나는 주위를 둘러보고 사방에서 그것을 본다. 고급 가구에 피가 튀어 있고, 음식이 차려진 탁자가 피에 흠뻑 젖었고, 잘 가꾸어진 정원에 피가 뿌려지고 있다.

11
자전거 선언문

내 발에 붙인 거즈 반창고에서 피가 새어 나와 운동화에 고이고 있다. 나는 연회장 중앙에 배열된 접이식 의자들 맨 뒷줄에 앉아서 예술가 콜린 스미스가 자신의 〈자전거 선언문〉에 대해 이야기하는 것을 듣고 있다. 「자전거 타는 흑인은 어디에나 있고 어디에도 없죠. 자전거 잡지를 보면, 우리는 표지에 나오지 않아요. 우리는 잡지에 나오지 않죠. 하지만 어느 도시를 보든 사방에 독특한 스타일과 독특한 용도로 자전거 타는 흑인들이 있어요.」 그녀는 말한다.

매일 다채로운 스타일과 용도의 퍼레이드가 내 창 앞을 지나간다. 소년들은 헬멧도 없이 방향을 획획 꺾으면서 두셋씩 모여 탄다. 한 여자는 자전거에 매단 트레일러에 무언가 무거운 것을 담아서 끌고 간다. 10대들은 팔

다리를 축 늘어뜨리고 그중 하나에 쥔 기계로 문자 메시지를 보내면서 학교에서 집으로 타고 간다. 그리고 바퀴에서 야광 불빛이 나는 자전거를 두 손을 다 놓고 춤추면서 타고 가는 남자가 있다. 그는 음악에 둘러싸인 자신만의 공간, 작은 기쁨의 구를 지니고 달려간다.

「내가 자전거를 타기 시작하고서 깨달은 것은 우리의 몸이 스스로의 힘으로 길을 지나간다는 것과 우리와 공동체의 상호 작용 방식 사이에 밀접한 관계가 있다는 거였습니다. 차의 폭력적인 힘은 사람들을 소외시키죠. 우리가 사는 동네에 그런 건 전혀 필요하지 않습니다.」스미스는 이렇게 말한다.

레이철 커스크는 차는 갑옷과 같다고 말했다. 차는 안에 있는 사람을 보호하고자 설계되었을 뿐, 밖에 있는 사람은 보호하지 않는다. 차 밖의 사람들은 늘 차를 경계해야 하고, 사실상 머릿속으로 차를 몰아 보아야 한다. 심지어 운전을 할 줄 모르는 사람조차 차의 움직임을 가늠할 줄 알고, 차가 멈추는 데 얼마나 오래 걸릴지 알며, 차는 크고 무거울뿐더러 앞을 못 보는 물체인 양 취급해야 한다는 것을 안다.

나는 한 차에 두 번 치인 적이 있다. 차가 주차 공간으로 들어서다가 내 자전거의 앞바퀴를 스쳤는데, 그러고는 정렬을 맞추려고 곧장 다시 후진하다가 내가 막 바로 세운 자전거의 바퀴를 또 쳤다. 운전자는 두 번째에 나를 보았고, 손에 든 휴대 전화를 내려놓으면서 내게 왜 자전거 불을 안 켰느냐고 소리 질렀다. 하지만 날은 어둡지 않았고, 그녀도 헤드라이트를 켜지 않았다.

　　자전거는 자동차와 같은 권리와 의무를 지닌다. 하지만 같은 법률이 적용된다고 해서 평등이 생겨나는 것은 아니다. 자전거는 한 차선을 온전히 차지하지 않고, 법이 정한 0.9미터의 주행 폭을 인정받는 경우가 드물며, 모든 사람이 이해하지는 못하는 신호를 사용해야 한다. 자전거는 계급이 다르고, 차처럼 취급되기를 기대할 수 없다. 그래서 자전거는 규칙을 깬다. 정지 신호와 빨간불에도 계속 달린다. 과잉 치안에도 불구하고 보호받지 못하는 동네의 주민들처럼, 자전거는 길에서 자신을 안전하게 지켜 주는 것은 법이 아니라 자기 자신의 경계와 민첩함과 재치임을 안다.

　　차와 함께 달리는 자전거는 거의 예지력 수준으로 잘 예측해야 하고, 차보다 차를 더 잘 알아야 하며, 차의 동기와 흔한 실수를 이해해야 한다. 차들이 자신의 의도를 늘 신호로 알려 주지는 않는다. 차들은 자기들끼리도 늘 친절하지는 않지만, 서로가 서로에게 피해를 끼칠 수 있는 점을 고려하여 자기들끼리는 보통 어느 정도 존중한다. 차들은 마치 중요한 남자들과 대화를 나누는 중요한 남자들 같다. 자전거는 차들로부터 가끔 친절하게 공간을 제공받고, 종종 무시당하고, 간혹 존중되고, 더러 초조하게 뒤쫓기며, 그보다 더 자주 아예 그들의 눈에 보이지 않는다. 이런 면에서 자전거로 차들과 함께 달리는 것은 남자들 사이의 여자가 되는 것과 다르지 않다.

「당신이 차도를 다 차지하고 있잖아!」 한번은 웬 대형 SUV에 탄 여자가 자전거로 갓길을 달리던 존에게 차창 너머로 이렇게 소리쳤다. 부가 사람을 멍청하게 만드는 것처럼, 차는 사람을 멍청하게 만든다. 사실은 어떤 종류의 힘이든 그렇게 사람을 멍청하게 만든다. 내가 운전에 대해서 제일 싫어하는 점이 바로 이것, 나 자신의 멍청함이다.

자전거에서 나는 기민하고, 모든 것을 의식한다. 좁은 운신의 폭, 부상 가능성, 바퀴가 회전하면서 내는 착실한 힘은 정말 짜릿하다. 그러다가 나는 안락이나 편의 때문에 차에 탄다. 이제 거리의 소리가 둔해진다. 나는 뒤로 기대면서 라디오를 켠다. 주의가 산만해진다. 속력은 힘쓰지 않아도 쉽게 붙고, 자전거는 이제 짜증 나는 존재다. 나는 방금 전에 내가 누구였는지 잊는다.

뉴욕에서 살던 젊은 시절에, 나는 밤중에 잠들지 못하고 내 통근 경로를 눈앞에서 재생해 보곤 했다. 목재를 잔뜩 싣고 내 앞에서 방향을 틀던 트럭, 자기가 내 차선으로 문을 벌컥 열어서 나를 핸들 너머로 날려 보내고서는 내게 딱지를 떼겠다고 협박하던 경찰관, 내가 변속기에 낀 신발 끈을 풀려고 안간힘 쓰는 동안 내 옆으로 다가붙던 시내버스. 요즘 나는 거의 늘 안전한 자전거 도로에서만 자전거를 탄다. 그리고 내가 평생 처음 샀던 차만큼 비싼 자전거를 갖고 있는데, 그 중고 지오 메트로를 나는 2천 달러를 주고 샀었고 그 차를 구입한 것이 정말 자랑스러웠다.

스미스는 보통의 흑인들에게 차가 성숙함의 상징임을 인정한다. 보통의 미국인들에게도 그렇지, 나는 속으로 생각한다. 그러나 그녀는 우리가 〈이 장난감을, 즉 자전거를 진정한 해방의 장치로 고려해 보기를〉 바란다.

맞아, 나는 이렇게 생각하면서 기쁜 마음으로 그녀의 말을 몽땅 받아 적는다. 지금 내가 앞으로 죽 뻗고 있는 발에서 피가 나는 것은 자전거에서 떨어졌기 때문이다. 이 추락은 전적으로 내 잘못이었다. 내가 술을 너무 마신 후에 기둥을 정면으로 들이받았기 때문이다. 내가 탓할 만한 통행량도 차도 없는 상황이었다. 하지만 만약 내가 그때 차에 타고 있었다면, 아마도 나 자신이 아니라 기둥을 해쳤을 것이다.

위태로움은 자전거 타기의 대가가 아니라 그것이 우리에게 제공하는 것에 더 가까운지도 모른다는 생각이 든다. 바람, 몸속에서 돌기 시작하는 피, 아스팔트의 갈라지고 파인 틈, 불쑥 나타나는 동물, 백미러에 비치는 눈동자, 크롬 몸체에 반사되는 햇빛, 호숫물 냄새, 남자들이 희롱하는 소리, 날아오를 듯한 기분. 하지만 그렇다고 해서 해방에 대가가 따르지 않는다는 말은 아니다.

12

포옹

나는 일하는 중이다. 플롯 없는 이야기를 쓰고 있는 학생과 면담하는 일이다. 그 글은 이렇다 할 일을 아무것도 하지 않는 여자에 관한 이야기다. 그녀는 일하지 않고, 말도 거의 하지 않는다. 어머니를 보러 갈까 생각하지만 결국 가지 않는다. 그녀는 운전을 두려워한다. 그녀는 주변에 있는 것들 — 그릇에 담긴 우유, 걸레에 앉은 먼지, 예전에 그녀가 갖고 놀았던 인형의 망가진 머리 등등 — 을 말 없이 관찰하면서 하루를 보낸다.

  우리는 먼저 『이것은 소설이 아니다 *This Is Not a Novel*』나 『딕테 *Dictée*』처럼 작가의 생각 외에는 아무런 설정이 없는 책들을 논의한다. 그다음에는 『연못 *Pond*』이나 『신성한 땅 *Holy Land*』처럼 플롯이 없는 책들을 논의한다. 그다음에는 『윤곽 *Outline*』이나 『아하트 *Agaat*』처럼 화자가 말을 극히 아끼는 책들을 논의한다. 나는 이 학생의 야심이 무엇인지 알겠지만, 질문이 몇 가지 있다. 나는 그녀의 인물인 이 여자가 왜 집 바깥세상을 피하는지 알고 싶다. 여자가 직업 없이 어떻게 이 집에서 살 수 있는지도 알고 싶다. 이보다 더 까다로운 질문도 학생에게 묻고 싶은데, 내가 그 나이였을 때는 대답하지 못했을 것 같은 질문이다. 그녀는 왜 자신이 쓰는 장르에 따르는 기대를 거부하는가. 즉, 그녀는 왜 이야기가 아닌 이야기를 쓰고 싶어 하는가. 내가 이 질문을 조심스레 맴돌면서 물을 준비를 할 때, 내 책상의 전화가 울린다.

전화를 건 사람은 내 상사이고, 내가 〈전체 답장〉이라고 부르는 남자의 사무실로 와달라는 내용이다. 내가 거기로 갔더니, 상사가 내게 전체 답장과 포옹을 한번 하라고 제안한다. 나는 망설인다. 나는 얼마 전에, 정확히 오늘 아침에 그가 회의에서 지배적으로 군다고 상사에게 말했었다. 그는 나보다 직급이 높고, 내가 그 사실을 잊게 놓아두지 않는다. 전체 답장은 두 팔을 활짝 벌리고 고개를 살짝 기울인 채 기다리고 있다. 「자, 자.」 그가 말한다. 이 자리에는 내 상사와 그녀의 대리가 둘 다 참석하여 우리를 지켜보고 있다. 이 포옹의 집행은 상사가 두 명 필요한 작업인 것이다. 나는 굴복하여 포옹을 나누고, 골이

난 채로 자리에 앉는다. 상사 대리가 내게 내가 지배라고 느낀 것은 업무 관계의 통상적 속성일 뿐이라고 말한다. 「결혼 관계 같은 거죠.」 그녀가 나와 전체 답장을 손짓으로 가리키면서 말한다. 「아뇨, 그렇지 않습니다.」 나는 말한다. 「우리 모두 신중할 필요가 있어요.」 상사가 주의를 준다. 그런데도 상사 대리는 이런 말을 꺼낸다. 「글쎄요, 선생님은 실제로 동료와 결혼하셨잖아요.」 나는 그 사실이 이 일과 무슨 상관인지 모르겠다고 생각하다가, 이내 그녀가 하고 싶은 말이 무엇인지 깨닫는다. 그것은 내가 이미 일터의 아내이니까 일터의 아내처럼 취급당해도 놀라지 말라는 말이다. 나는 이제 너무 화가 나서 눈물이 난다. 말도 잘 안 나온다. 전체 답장이 한숨을 푹 쉰다. 나도 그 못지않게 이 자리를 벗어나고 싶다. 하지만 떠나기 전에 상사가 포옹을 한 번 더 하라고 제안한다.

　「자기가 그걸 꼭 할 필요는 없었어.」 존이 슬프게 말한다. 존은 마늘을 다지고 있고, 나는 여태 전체 답장의 향수 냄새가 가시지 않은 셔츠를 입은 채 파스타를 삶고 있다. 「나도 알아.」 나는 말한다. 나는 나 자신에게 화가 나 있다. 존이 내게 그 순간에 무슨 생각을 했느냐고 묻는다. 나는 그때 내가 시간을 되사기 위해서 상사에게 제출해야 하는 신청서, 상사의 서명이 필요한 신청서를 생각하고 있었다. 「그건 계약에 없는 일이야. 당신이 포옹과 서명을 교환하는 건 아니라고.」 존이 말한다. 「하지만 난 계약에 없는 무언가를 교환하고 있는걸.」 나는 말한다. 그리고 나는 차츰 그것이 무엇인지 깨달아 가는 중이다.

그 만남 뒤에, 전체 답장은 나와 말을 섞지 않는다. 나를 아예 피하고, 같은 방에 있을 때는 벽에 딱 붙어 다닌다. 그는 몇 달 동안 그러다가 어느 날 내가 상사 옆에 서 있는 것을 본다. 그러자 그는 곧장 내게로 걸어와서, 또 한번 포옹하자고 팔을 벌린다.

13

사직

〈제가 자본주의 체제하에서 사는 한, 저의 삶은 돈 있는 사람들의 요구에 영향받을 수밖에 없을 것입니다. 그렇다고는 해도 저는 우표에 쓸 2센트를 가진 어중이떠중이가 나타날 때마다 버선발로 달려 나가는 일은 죽어도 하지 않을 것입니다.〉윌리엄 포크너는 우체국장 일을 그만두면서 사직서에 이렇게 썼다.

그의 사직서에는 반항의 기색이 있지만, 사실 그것은 체제에 대한 슬픈 투항이었다. 포크너는 자신이 중퇴한 학교였던 미시시피 대학의 우체국장이었다. 그는 20대였고, 한 친구가 그에게 그 일자리를 얻어 주었다. 포크너가 사직을 요구받은 것은 우체국 앞에서 사람들이 기다리는데도 그가 그냥 놓아둔 채 안에서 글을 썼다는 사실을 조사관이 알아낸 뒤였다. 게다가 그는 우편물을 쓰레기통에 버리기도 했다. 이후 포크너는 같은 대학의 발전소에서 야간에 근무했다. 자정부터 새벽 4시까지는 일이 별로 없었으므로, 그는 뒤집은 손수레를 책상 삼아 글을 썼다. 그곳에서 그가 쓴 것이 『내가 죽어 누워 있을 때*As I Lay Dying*』였다.

나는 20대에 한 번 직장에서 잘렸다. 매디슨가의 어느 이탈리아 레스토랑 웨이트리스 일이었다. 다른 웨이터들은 모두 남자였고, 그래서 나도 그것이 내 수준을 넘어서는 일이라는 것을 알고 있었다. 나는 이전에 웨이트리스로 일해 본 경험이 없었으면서도 매니저에게는 어느 해 여름에 식당에서 일한 적이 있다고 말했다. 그것은 그가 듣고 싶어 하는 말과 진실의 중간쯤에 놓인 말인 듯했다. 그가 나를 꼼꼼히 뜯어보면서, 우리 집안 사람들이 어디 출신이냐고 물었다. 「폴란드요.」 나는 이렇게 말했고, 이것은 부분적으로 사실이었다. 매니저는 자기도 폴란드인이라고 하면서 우리 아버지가 무슨 일을 하시느냐고 물었는데, 우리 아버지가 이민자라고 생각하는 모양이었다. 우리 아버지는 의사이고, 아버지의 폴란드인 조부모가 농부로 살았던 뉴욕주 북부에서 태어났다. 「아버지는 농부세요.」 나는 거짓말했다. 무슨 농사를 지으시는지? 나는 아버지 집 주변의 숲, 썩은 나무에서 버섯이 자라는 숲을 떠올렸다. 그래서 나는 버섯 농사를 짓는 폴란드인의 딸이 되었다. 폴란드어를 할 줄 아는지? 나는 딱 한 문장, 내가 어릴 때 할머니가 자주 했던 말을 알았다. 〈제발 키스해 다오.〉

그렇게 해서 일을 얻었지만, 나는 좋은 웨이트리스가 못 되었다. 셋째 날에는 이미 음료를 주문받고 커피를 내가는 일만 하도록 강등되었다. 넷째 날에는 커피만으로. 그리고 다섯째 날에는 에스프레소 기계로 사고를 쳐서, 매니저의 흰 셔츠에 커피를 뒤집어씌웠다. 그러자 주방장이 내게 20달러 지폐를 한 장 주었는데, 왜냐하면 뉴욕의 웨이트리스들은 근무 첫 주에는 한 푼도 받지 않기 때문이었다. 주방장은 내가 빈손으로 쫓겨나는 것을 보고 싶지 않았던 것이다.

나는 해고되었다. 그러나 매니저는 여전히 내게 책임을 느꼈다. 가난한 농부의 딸을 차마 길거리로 내쫓을 수는 없었다. 그는 나를 현대 미술관으로 데려갔다. 그곳 식당에서 나를 접객원으로 고용해 줄 사람을 안다면서, 그 일은 얼굴만 예쁘면 다른 것은 아무것도 필요 없다고 나를 안심시켰다.

그 식당에서 나보다 지위가 높은 접객원들 중 몇몇은 내가 고용된 것을 반기지 않았다. 그들은 자기들끼리

옹기종기 모여 있었고, 나는 한쪽 옆에 서서 좌석 배치도를 연구했다. 그러기를 한두 주쯤 지났을까, 수석 접객원이 문제를 의논하려고 나를 찾아왔다. 그녀는 내게 화장을 하라고, 최소한 립스틱이라도 바르라고 말했다. 그리고 다리털을 밀라고 했다. 「우리에겐 지켜야 할 수준이 있거든.」 그녀는 말했다. 내게 주어진 다른 선택지는 아래층으로 내려가서 안내 데스크에 앉아 있는 것이었다.

아래층 일은 시급이 5.15달러였고, 위층과는 달리 근무당 1회의 무료 식사가 주어지지 않았다. 하지만 나는 개의치 않았으니, 대부분의 시간을 독서로 보낼 수 있기 때문이었다. 그리고 내가 그 안내 데스크에서 읽은 책이, 그러니까 내가 진짜 하고 싶은 일로 강등되어서 읽은 책이 『내가 죽어 누워 있을 때』였다.

14

일

「그녀는 돈 벌려고 열심히 일해.」 나는 발가벗은 존에게 노래를 불러 준다. 존은 막 샤워를 하고 나왔다. 「그녀는 진짜 웨이트리스라고 해도 믿겠지.」 존이 말한다. 그는 도나 서머의 그 음반 재킷에 실린 사진을 떠올리고 있는 것인데, 사진에서 서머는 식당 웨이트리스 차림으로 연필을 쥐고 주문을 받을 태세를 갖추고 있다. 「진짜 웨이트리스였는지도 모르지.」 나는 말한다. 존은 그렇지 않을 것이라고 본다. 서머는 스무 살에 이미 첫 싱글 앨범을 발표했기 때문이다.

뮤직비디오에서는 그녀가 웨이트리스가 아니라 목격자다. 일하는 여자들의 노동조합 대변인으로 거듭난 디스코의 여왕이다. 뮤직비디오는 한 백인 여성이 신나게 춤추던 꿈에서 깨어나는 장면으로 시작한다. 그다음에 여자는 출근해서 바닥을 닦고, 그다음에는 식당에서 음식을 나르고, 그다음에는 재봉틀을 밟는다. 그리고 거기에 서머가 있다. 서머는 그 봉제 공장 저쪽 편에서 여자의 출퇴근 카드를 만지작거리면서 〈그러니까 그녀를 잘 대하도록 해〉 하고 노래한다. 여자가 아이들을 위해서 요리하다가 부엌 창을 내다보면, 거기에 서머가 옆집 벽에 기대어 서 있다. 여자가 식당에서 음식을 나르다가 웬 남자에게 엉덩이를 잡힐 때는 서머가 곁에 없지만, 여자가 식당에서 넘어질 때는 서머가 나타나서 여자를 일으켜 준다.

그 노래를 썼을 때, 서머 자신도 일에서 말썽을 겪고 있었다. 그녀는 음반사와 계약을 해지하고 싶었지만, 소송 결과는 그녀가 그 음반사에서 음반을 한 장 더 내야 한다는 것으로 나왔다. 「그녀는 돈 벌려고 열심히 일해She Works Hard for the Money」는 그녀의 열한 번째 음반, 계약에 의해 의무적으로 만들어야 했던 그 음반의 타이틀곡이었다. 원래 이 노래는 웨이트리스가 아니라 어느 화장실 안내원 이야기였다. 안내원의 이름은 오네타 존슨으로, 그녀가 로스앤젤레스의 한 레스토랑 화장실에서 손님들에게 손 닦을 수건을 건네고 팁을 받는 일을 하던 중 잠든 것을 서머가 발견했다. 「낮에 딴 일을 하기 때문에 피곤해서요.」안내원은 서머에게 말했다.

〈스릴러〉를 연상시키는 뮤직비디오의 마지막 장면에서, 여자들은 마치 무덤에서 일어나는 좀비들처럼 일터를 뒤로하고 떠나와서 거리에서 함께 대형을 지어 춤춘다. 여기에는 경찰관과 우체부와 의사와 창녀와 건설 노동자와 요리사가 있고, 심지어 고고학자도 있는 듯하며, 이들 모두가 무용수를 꿈꾸던 웨이트리스와 함께 춤춘다.

「왜 도나 서머 노래를 부르는데?」존이 궁금해한다. 나는 요즘 일에 대해 생각하는 중이다. 얼마 전부터 만약 내가 직장을 그만둔다면 무엇을 얻고 무엇을 잃을지를 저울질해 보고 있다. 나는 학생들을 잃고 도서관 이용 특혜를 잃을 것이다. 글 쓸 시간을 얻겠지만, 대신 글로 돈을 벌어야 할 것이다. 그리고 만약 내가 책을 쓰기로 계약하여 돈을 번다면, 나는 계약에 의해 의무적으로 예술을 만들어야 할 것이다. 「아무것도 하지 마. 그러면 당신 일에서 즐거움이 사라질 거야.」존이 말한다.

15

내가 원한 것은 오직

데이비드와 나는 바비 인형, 나치, 에밀리 디킨슨에 대해 이야기하는 중이다. 데이비드가 내게 한번은 디킨슨네 이웃이 에밀리는 혼자 보내는 시간이 많으니 그녀에게는 시간이 느리게 흐르겠다고 말했다는 것을 알려 준다. 이 말을 전해 들은 에밀리는 로버트 브라우닝의 시구를 인용하여 대답했다. 「내가 원한 것은 오직 시간, 아, 시간뿐인걸요!」

　「그녀의 삶이 불행하진 않았을 거라고 확신해.」 나는 데이비드에게 말한다. 하지만 내 증거는 그녀의 작품뿐이다. 그 수많은 느낌표! 물론 그녀는 작품을 출판하지 않았다. 그러나 글쓰기의 즐거움은 출간에서 나오지 않는다. 데이비드가 디킨슨의 시구를 인용하여 대답한다. 「얼마나 공개적인지 ─ 개구리처럼.」

「나치가 했던 일, 그러니까 금전적 가치를 노려서 예술품을 축적하는 일을 오늘날 예술 시장이 하는 것 같아.」 데이비드가 말한다. 「내가 얼마 전에 마틴 슈크렐리에 관한 기사를 읽었거든.」 나는 말한다. 슈크렐리는 지금까지 누구도 들어 보지 못한 우탱 클랜의 음반에 대한 권리를 사들였다. 이제 그 음반은 연방 정부가 갖고 있는데, 왜냐하면 슈크렐리가 투자자 사취 혐의로 유죄 선고를 받았기 때문이다. 그는 또 에이즈 환자들이 복용하는 약의 가격을 5천5백 퍼센트 인상시켰으나, 그것은 범죄가 아니었다.

우탱 클랜이 의약품의 이익률을 최대한 밀어붙인 자유 시장주의 자본가와 엮이고자 한 것은 아니었지만, 수집가용 최고급 상품을 만들고자 한 것은 사실이었다. 그들이 딱 한 장만 찍어서 은상자에 담은 그 음반은 오늘날 공짜로 스트리밍되는 음악에게 현금 가치를 돌려주려는 시도였다. 우리 시대에 음악은 쉽게 상품화되지 않는다. 리자는 음악이 〈예술로서 똑같은 취급을 받지 못한다〉고 불평한다.

우리는 식료품 가게로 들어간다. 그곳에서 데이비드는 우리가 먹을 초콜릿 바 두 개와 J에게 줄 비눗방울 장난감을 산다. 비눗방울 장난감은 종류가 세 가지라서 그중에서 고를 수 있다. 「뭘 사지?」 데이비드가 고민한다. 「셋 다 하나씩 살까? 봐, 나는 공산품을 좋아한다니까.」 그가 내게 말한다. 그는 바비 인형 수집에 세 번째로 도전하는 수집가다. 그는 이번에는 마침내 자신이 원하는 것을 자신에게 안겨 줌으로써 수집을 완성할 수 있으리라고 생각한다. 그가 꼬마였을 때 그에게는 금지된 물건이었던 바비 옷들이 작고 검은 비닐 트렁크에 잔뜩 든 것을 보았다는 이야기, 그가 그 트렁크를 갈망했다는 이야기를 그가 내게 들려준다. 「난 그걸 가져야 해.」 그가 말한다. 그리고 그는 지금까지 수집한 바비 옷들을 유산지에서 꺼내어 그 트렁크에 담아야 한다. 왜냐하면 바비를 수집하려고 다음 생에 다시 태어나야 하는 일은 막고 싶기 때문이다.

　　나는 데이비드의 시를 떠올린다. 〈나를 이런 사람으로 적어 달라 / 시를 사랑했던 사람으로 그리고 / 팝 아트의 모조 보석을 사랑했던 사람으로.〉 그가 내게 수집하는 것이 있느냐고 묻는다. 「식물 아냐?」 그는 내가 근처에 있는 묘목장에서 그동안 갖고 싶었던 식물을 사야 한다면서 파티를 떠나는 모습을 본 적이 있다. 실제로 내 책상에는 내가 작성해 둔 욕망의 목록이 있다. 서양산수유, 레드 레이크 레드커런트, 스칼릿 프린스 복숭아나무. 하지만 식물은 내가 그것을 땅에 심는 순간에 내 것이 아니게 된다. 나의 정원은 수집품이 아니다. 그것은 내가 돌봄을 실천하는 장소, 그리고 내가 시간을 들이는 장소다. 결국 내가 원했던 것은 오직 시간뿐이다.

16

돌봄

얼마 전에 수술을 받으신 어머니를 돌보려고 어머니 집에 왔다. 나는 어머니의 심장을 감싼 붕대를 가는 것을 도와드리는데, 그래도 회복에서 가장 어려운 대목은 이미 지나갔다. 어머니는 바닥에 놓인 매트리스에 누워서 내게 할 일을 지시한다. 그런데 그것들은 하나같이 꼭 동화에 나오는 불가능한 과제 같다. 어머니는 내가 가시나무 벌판으로 걸어 들어가서 그곳에 홀로 선 배나무를 찾기를 바란다. 내가 녹슨 톱날과 나풀거리는 깃털이 잔뜩든 수납장을 정리하기를 바라고, 양동이 하나를 똑같은 크기의 돌멩이로 가득 채우기를 바란다. 내가 돌을 찾으려고 숲에 갈 때, 어머니가 따라온다. 그리고 내가 이 일의 무용함을 곱씹는 동안, 어머니는 세상을 한껏 느낀다. 어머니는 내게 공작고사리를 보여 주면서 〈이게 세상에서 가장 아름다운 고사리란다〉하고 말한다. 집으로 돌아와서, 이제 밖으로 끌어낸 매트리스에 누운 어머니는 아주 야위어 보인다. 그래도 저녁 햇살 속에서 어머니는 빛이 난다.

나는 어머니가 맡긴 일에 점차 짜증이 솟고, 짜증을 내는 데 대해 부끄러움이 든다. 이 일들은 어렵지 않다. 다만 이해하기가 어려울 뿐이다. 어머니의 세계에서는 일에서 무슨 이득이 나는 경우가 드물다. 일은 그냥 그 자체를 위해서 해야 하는 것이다. 예전에 어머니는 죽은 나무에서 잘라 낸 나무토막의 옹이를 여러 입도의 사포로, 점점 더 고운 것으로 바꿔 가며 문질러서 살결처럼 부드럽게 만든 뒤에 반들반들 기름을 먹이곤 했는데, 그 일의 목적이라고는 옹이의 아름다움을 드러낸다는 것뿐이었다.

나는 야생 라즈베리가 자라는 벌판을 헤치고 들어간다. 가시에 옷이 찢어지고, 이것은 새삼 불가능한 임무인 듯 보인다. 아름다움의 추구는 무익한 일이야, 나는 생각한다. 내가 돌봄을 행할 수는 있어도 돌봄이 성사되도록 만들 수는 없고, 사랑은 증명될 수 없으며, 나는 영영 배나무를 찾지 못할 것이다. 하지만 그 순간, 나는 그것을 발견한다. 저기 저 가시나무들 사이에, 겨우 가지 두 줄기와 잎 몇 장만 남은 배나무가 그래도 여전히 살아서 서 있다. 나는 어머니가 지시한 대로 나무를 돌본다.

　일을 하는 동안, 마녀가 소녀에게 불가능한 과제들을 맡기는 동화의 뒷부분을 떠올린다. 엄마가 소녀에게 주었던 인형이 소녀에게 귓속말을 속삭여서 좌절감을 달래 주고, 과제를 마치도록 도와준다. 마녀는 소녀의 성공에 분통을 터뜨리지만, 그래도 소녀에게 불꽃이 이글거리는 해골을 건네줌으로써 힘을 안겨 준다. 그리고 나는 안다. 내 어머니는 이 사악한 마녀와 착한 엄마가 같은 여자라고 말하리라는 것을.

17

고대 뮤

일련의 집안일 중 마지막 일로서 J는 나를 거들어 집 앞 산울타리를 베고 뿌리를 파낸다. 우리가 오후 해를 받으며 이 일을 하고 있으니, 이웃 한 명이 길을 건너와서 아동 노동이냐고 농담한다. J는 땀과 먼지투성이다. 그리고 나는 아이가 일해서 1달러를 번 것, 자기가 원하는 포켓몬 카드를 사는 데 필요한 마지막 1달러를 번 것이 만족스럽다.

내 새어머니는 카드 열 장 세트를 3달러에 살 수 있는데도 J가 카드 한 장에 7달러를 쓴 것을 알고 경악한다. 「애가 제 돈을 그렇게 허비하게 두니?」 새어머니가 내게 묻는다. 「자기가 원하는 대로 쓸 수 없다면 진짜 자기 돈이 아니죠.」 나는 설명한다. 그리고 돈으로 실수해 보는 것은 돈으로 실수하지 않는 법을 배우는 최고의 방법 중 하나다.

　J는 고대 뮤라고 불리는 카드를 갖게 되어 득의만면이다. 이 카드는 다른 카드와는 달리 우상단 귀퉁이에 숫자가 적혀 있지 않다. 아니면 해독할 수 있는 숫자가 없다고 해야 할지도 모른다. 거기에는 그 대신 J가 고대 이집트어라고 주장하는 상징이 그려져 있다. 이 카드의 매력 중 일부는 이것이 얼마나 강력하거나 강력하지 않은지가, 따라서 그 가치가 해석하기 나름이라는 점에서 나온다는 것을 나도 이해하겠다.

　고대 뮤는 남자아이들이 아스팔트 위에서 카드를 교환하는 놀이터 한구석을 들썩여 놓는다. 한 아이는 J에게 이 카드는 아주 강력하다. 그래서 J가 부럽다고 말한다. 다른 아이는 그 아이에게 이 카드는 전혀 강력하지 않다고, 쓸모없으니 남에게 줘버리는 것이 낫다고 말한다. 또 다른 아이는 J에게 이 카드를 자기한테 달라고 말하는데, 왜냐하면 자기 집에 복사기가 있으니까 복사하고 내일 돌려줄 수 있기 때문이라고 한다. 또 다른 아이도 J에게 이 카드를 자기한테 달라고 말하는데, 왜냐하면 얼마 전에 자기 카드 컬렉션을 몽땅 도둑맞았기 때문이라고 한다. J는 울음을 터뜨리고는 놀이터 건너편 끝의 풀숲으로 달아난다. 돌아온 아이는 다시 즐거운 표정이다. 아이는 풀숲에서 그 카드를 포켓몬에 대해 아무것도 모르는 네 살 꼬마에게 줘버렸다.

18

선물

호숫가 산책로에서 윌을 마주쳤는데, 그가 내게 윈스탠리를 읽었느냐고 묻는다. 무슨 말인지 모르겠다. 윌은 내 직장 친구이고, 17세기 책들을 읽는 근대 초기 전문가다. 이 점을 떠올리니 이제야 기억이 난다. 1649년에 제러드 윈스탠리는 디거스를 이끌고 저항 활동에 나섰는데, 그 활동이란 런던 외곽의 빈 땅을 파헤쳐서 작물을 심는 것이었다. 그들의 계획은 누구든 그들과 함께 일한 사람들에게 그곳에서 기른 작물을 나눠 주자는 것, 그리고 새로운 경제를 구축하자는 것이었다. 그 경제는 봉건주의가 아니지만 자본주의도 아닐 터였다.

「윈스탠리의 『자유의 법 강령 *The Law of Freedom in a Platform*』을 읽기 시작했지만 잠시 덮어 두고 루이스 하이드의 『선물 *The Gift*』을 읽고 있어.」 나는 윌에게 말한다. 「그 책에 나오는 선물 경제 이야기들이 나한테는 노스탤지어로 느껴지더라고.」 윌이 말한다. 하이드가 책에서 소개한 선물 교환 의례들, 가령 마심족의 쿨라나 콰콰카와쿠족의 포틀래치는 지리적으로나 시간적으로나 우리에게서 먼 이야기다. 그렇지만 그런 교환은 지금 여기에서 벌어지는 예술 활동에 대한—예술가가 예술로부터 받는 선물, 그리고 예술가가 예술을 만듦으로써 주는 선물에 대한—은유가 되어 준다. 그리고 지금 여기에서 우리는 자본 투자로부터 빌려 온 용어를 쓰지 않고서는 그 무엇에 대해서도 말할 줄 모르는 듯 보인다. 예술에 대해서도 그렇고, 우리 아이들에 대해서도 그렇다.

「어쩌면 자본주의 내에서는 다른 모든 체제가 실현 불가능해 보이고 노스탤지어처럼 보이는지도 몰라. 그리고 다른 모든 삶의 방식이 믿기 힘들게 느껴지지.」 윌이 말한다.

「어쩌면 내가 선물 경제에 노스탤지어를 느끼는 건 더 어렸을 때 시인들과 함께 보낸 시간 때문인지도 모르겠어.」 나는 말한다. 하이드가 글쓰기에 입문한 계기는 나와 마찬가지로 〈시〉였다고 한다. 〈그리고 내가 예술과 보통의 생계 방식 사이의 단절을 가장 또렷하게 볼 수 있었던 것은 시 세계에서였다.〉 그는 이렇게 말했다. 내가 알았던 시인들은 여느 사람들과 마찬가지로 교사나 바텐더로 일해서 돈을 벌었다. 하지만 그들이 시를 위해서, 그리고 서로를 위해서 하는 일은 대체로 증여였다. 그들은 명성이나 영향력을 대가로 거래하는 것이 아니었고, 우리 중 누구도 아직 그런 것을 갖고 있지 않았다. 그러나 우리에게는 교환의 즐거움이 있었다.

　시인들은 가끔 손수 제본한 것일 때도 있는 책과 케케묵은 기계로 찍은 전단지를 나눠 주었고, 침실을 겸하는 작업실에서 서로의 작품을 편집하는 일에 시간을 내주었고, 그것을 인쇄할 돈을 내주었고, 서로의 책을 여행가방에 담아 가서 다른 시인들에게 전달해 주었고, 본업으로 복사 가게에서 일하는 틈틈이 소책자와 잡지를 인쇄해 주었으며, 박수 외에는 아무것도 받지 않고서 자신의 작품을 공연해 주었고, 서로에게 머물 집과 잠들 소파를 제공해 주었다. 그들은 이득이 아니라 문학을 위해서 그렇게 했다. 「내가 자본주의의 대안이 존재한다고 믿기가 어렵지 않은 건 그걸 이미 겪어 봤다고 느끼기 때문인지도 모르겠어.」 나는 윌에게 말한다. 물론 자본주의 내에서였지만 말이다.

　이제 나는 다시 혼자서 산책로를 걷는다. 내 옆의 해변에는 돛대를 세운 요트들이 항해할 날을 기다리면서 모래에 정박해 있다. 쏴쏴 파도 소리 너머로 웬 피아노 소리가 들린다 싶더니, 모래밭의 두 배 사이에 피아노가 한 대 놓여 있는 것이 보인다. 피아노는 우리 집 것 같은 업라이트형이고, 약간 더 헐었을 뿐이다. 나는 어떻게 이것이 이 먼 해변까지 나오게 되었을지 상상이 되지 않는다. 그 일에는 분명 트럭과 경사로가 동원되었을 테지만, 지금은 아무 흔적이 없다. 한 남자가 피아노에 앉아 있다. 그는 웃통 벗은 몸에 햇볕을 받으면서 아마도 무슨 뮤지컬 곡인 듯한 노래를 연주하고 있다. 그의 발치에는 구겨진 파란색 방수포가 깔려 있다. 이 피아노가 여름내 여기서 조용히 폭풍을 견뎌 왔는데도 내가 알아차리지 못했던 것 아닐까 하는 생각이 든다. 요트 돛대 밧줄들이 바람에 잘그랑거리면서 나름대로 박자를 맞춘다. 남자는 산책로를 등지고 물을 바라보고 있다. 그는 호수에게 연주해 주고 있다.

19
소진

한밤중에 들린 피아노 소리에, 에밀리 디킨슨의 집에 묵고 있던 손님이 깼다. 「저는 밤중에 즉흥 연주가 더 잘되거든요.」 에밀리는 아침 식사 자리에서 이렇게 설명했다. 나는 오늘 에밀리다. 그녀의 전기에 푹 빠져서, 그녀의 공기를 마시고 있다. 데이비드가 내게 자기 책인 이 전기를 주었는데, 『나의 전쟁은 책 속에서 치러졌다*My Wars Are Laid Away in Books*』라는 제목을 보고 나는 〈맞아, 내 전쟁도 그래〉 하고 생각했다. 데이비드의 펜글씨가 적힌 페이지들에 이제 내 연필 글씨도 적힌다. 한 페이지에서, 그는 〈엑스 니힐로 창조자〉에 밑줄을 긋고 〈무로부터〉라고 적어두었다.*

* 〈엑스 니힐로Ex nihilo〉는 라틴어로 〈무(無)로부터〉라는 뜻이다. 〈무에서의 창조〉라는 관용구로 많이 쓰인다.

존은 블로토치를 써서 우리 집 벽난로에 불을 붙이고 있다. 성냥은 시간이 너무 많이 걸린다. 블로토치를 켜면 불이 울부짖는데, 그것은 고르게 제어되는 가스가 압력으로부터 벗어나서 불꽃으로 폭발하면서 내는 소리다. 장작에 불이 붙고 불꽃이 벽돌 굴뚝에 화르르 타오르면, 존은 블로토치를 벽난로 선반에 얹어 둔다. 그것은 그 엉뚱한 장소에 언제든 준비된 자세로 놓여 있는다.

캘리포니아는 곧 불길에 휩싸일 참이다. 나는 그것을 비행기에서, 미래에 또 다른 임야 화재가 벌어지도록 부추기는 비행기에서 내려다볼 것이다. 패러다이스라고 불리던 장소가 파괴되었다는 보도, 거의 깡그리 전소되었다는 보도가 신문마다 실릴 것이다. 패러다이스 남쪽의 로스앤젤레스에서 부자들은 자기 집을 지키고자 사설 소방수를 고용할 것이다. 오래전부터 예견되었던 미래가 마침내 당도한 것이다. 내 아들은 이 미래를 물려받을 것이다. 30년 할부가 걸린 이 부동산과 함께.

「이 책을 어떻게 끝맺어야 할지 모르겠어.」나는 로빈에게 말한다. 이 책에는 끝이 없고, 해결책이 없다. 「당연하지. 그 책을 끝낼 유일한 방법은 너희 집을 불태워 버리는 것뿐이야.」로빈이 말한다.

나는 깔깔 웃다가 사례가 들리고, 그러자 이제 기침

을 멈출 수가 없다. 〈에밀리의 전기에서 결핵이 옮았나 봐〉 하고 나는 생각한다. 그 시절에는 모든 사람이 결핵에 걸렸으며, 치료법은 없었다. 그녀의 한 이웃 사람은 자기 피에 익사해서 죽었다. 결핵, 그것은 주된 사망 원인이었다. 오늘날에도 전 세계 인구의 4분의 1이 결핵균에 감염되어 있다. 올 한 해에만 1백만 명이 넘는 사람들이 결핵으로 죽을 것이다. 그저 여기서 죽지 않을 뿐이다.

〈에밀리 디킨슨의 계급적 특권 때문에 그녀가 싫어진 사람은 그녀가 우리 중 대부분보다 고통과 질병에 훨씬 더 많이 노출되었다는 사실을 잊지 말아야 한다.〉 앨프리드 하비거는 전기에서 이렇게 말한다. 나는 이 대목에서 잠시 멈춘다. 그는 우리가 부자들도 고통받는다는 사실을 기억함으로써 부에 대해서 느끼는 불편함을, 비록 그것이 정치적인 감정이더라도, 조금 누그러뜨릴 필요가 있다고 말하는 것일까? 아니면 오늘날 중산층으로 간주되는 우리의 삶이 그녀의 삶보다 더 안락하다는 점을 상기시키려는 것일까? 어쩌면 그는 그저 그 시절에는 부자도 가난한 사람도 똑같이 결핵으로 죽었다는 점을 말하고 싶은 것인지도 모르겠다.

돈으로 긴 수명을 살 수 있는 우리 시대에, 건강은 돈의 표지다. 요즘 이 나라에서 부자들은 갈수록 더 오래 살고, 나머지 사람들은 갈수록 더 일찍 죽는다. 〈부의 불평등이 건강의 불평등이 됨으로써 미국인의 평균 기대 수명이 감소하고 있다는 사실이야말로 우리 경제 정책의 실패를 가장 극명하게 보여 주는 지표인지도 모른다.〉비냐민 아펠바움은 이렇게 말한다. 한편으로 삶은 여전히 궁극의 특권이다. 산 자는 죽은 자 위에 군림한다.

디킨슨 가족을 위해서 30년간 요리하고 청소했던 하녀 마거릿 마허는 주급으로 3달러를 받았다. 에밀리는 그녀에게 다정하게 대했지만, 그러면서도 그녀를 낮추보는 태도로 말했다. 하비거의 표현에 따르면, 에밀리는 민주적이지 않았다. 하지만 그는 그렇다고 해서 그녀를 지울 생각이 없다. 〈계급적 특권밖에 못 보는 사람은 그녀가 관습과 법에 의해 비시민으로 살았다는 것, 그녀 앞에서 많은 문이 닫혔다는 것, 그녀가 우리 중 누구보다도 훌륭하고 근면한 작업을 많이 남겼다는 것을 명심해야 한다.〉

특권이라고 하니까 말인데, 데이비드는 내게 이 전기를 줄 때 삶을 글쓰기에 쓸 수 있는 것은 특권이라고 말했다. 사치는 아니지만 특권이라고, 그는 부연했다.

〈제게는 다른 놀이 친구가 없어요.〉디킨슨은 글쓰기를 가리켜서 이렇게 말했다. 그녀는 몰래 시간을 내어서 은밀하게 썼다. 그것은 식료품 저장실에서 우유에 뜬 지방을 걷어 내거나 부엌에서 빵을 반죽하는 일에 쓰지 않는 시간이었다. 그녀가 사랑했으나 결혼하기를 거부했던 남자에게 보낸 말년의 편지 한 통은 나머지 내용이 무엇인지 몰라도 전체에서 일부분만 가위로 오려져 있는데, 이런 문장이다. 〈우리가 언어에게 부여한 가장 야성적인 단어가《아니요》라는 걸 당신은 모르시나요?〉

20

구덩이

나는 마흔 살 생일의 대부분을 우리 집 마당에 구덩이를 파는 데 쓴다. 구덩이는 너비가 1.8미터로, 이웃들이 한마디씩 던지고 폭풍우의 빗물이 고일 만큼 크다.

　　세라가 내게 『조용하지 않은 무덤 *The Unquiet Grave*』을 준다. 이것은 시릴 코널리가 마흔 살이 되던 해에 쓴 책으로, 여기서 그는 자신이 인생에서 무엇을 원하는가 하는 질문과 씨름한다. 「이걸 네게 줄 수 있는 건 네가 네 일에 불만족하지 않기 때문이야.」 세라가 깔깔거리면서 말한다. 그녀가 말하는 일이란 내 글이다. 〈마흔이 다가오자, 완벽하게 실패했다는 느낌이 든다.〉 코널리는 말한다. 이제까지 그는 여행을 하고 빚을 쌓으면서 안락에 삶을 바쳤다. 그는 연한 치즈와 따뜻한 목욕을 좋아하지만, 자신이 쾌락에 자신을 잃어 가고 있을까 봐 두렵다. 그의 표현을 빌리자면, 그의 몸은 술로 찰랑거리고 그의 정신은 〈닳아빠진 레코드판〉이 되었다.

쾌락이 반드시 해롭지만은 않다고 그는 말한다. 하지만 그것은 〈우리의 일부분, 성장에 관련되는 부분을 짓밟는다〉. 그는 지금의 자신 이상이 되고 싶다. 지금의 그는 진과 위스키 속에, 파리에서 보냈던 긴 오후들의 추억 속에 정체되어 있다. 그는 훌륭한 작품을 쓰고 싶다. 그는 어쩌면 쾌락을 포기하고 자신이 존경하는 작가들처럼 고통을 겪어야 하는지도 모르겠다고 생각한다. 하지만 전적으로 확신하지는 못하는데, 왜냐하면 그의 쾌락들 중에는 글쓰기의 쾌락도 있기 때문이다. 〈오 성스럽고 고독하고 텅 빈 아침들이여, 고요한 명상들이여, 이것은 책꽂이와 시계 소리의 열매요, 공책과 안락의자의 열매이거니. 이것은 값지고 보람 있는 침묵, 햇빛 어룽진 플라타너스에의 감응, 저 멀리 새들과 말들의 소리, 몇 세제곱피트의 공기와 몇 시간의 여유의 값을 훌쩍 뛰어넘는 재산이로다.〉

나는 마음속에서 이 구덩이를 나의 조용하지 않은 무덤이라고 부른다. 그러니까, 나의 조용하지 않은 무덤은 거의 완성되었다. 나의 조용하지 않은 무덤은 이제 조금만 더 깊어지면 된다. 나는 작년에도 이런 구덩이를 팠고, 두 구덩이 사이의 기간에 내 직업이 — 일 자체가 아니라 일을 둘러싼 상황이 — 내가 일에서 얻는 즐거움을 죽이고 있다고 결론 내렸다.

이 구덩이의 명분은 나무다. 나무는 지금 공처럼 뭉쳐진 뿌리를 마대로 감싼 채 우리 집 잔디밭에 비스듬히 서 있다. 이 나무를 내게 판 남자는 말했다. 「댁의 남자가 이걸 심을 때 알려 주실 점은…….」 이 대목에서 나는 그의 말을 끊고 내가 그 남자라고, 내가 직접 이 나무를 심을 것이라고 말했다. 그는 나를 훑어본 뒤에 이렇게 말했다. 「안 그러는 게 좋을걸요.」 나는 그에게 말했다. 「전에도 해봤어요.」 그의 도움을 기다리고 있던 한 커플이 불안한 듯 웃더니, 어쩌면 내가 자기들 나무도 심어 줄 수 있겠다고 말했다.

「난 이 일을 고용되어 하지 않아요. 그저 나 자신을 위해서 파는 거예요.」

내게 땅파기는 사적인 저항이자 즐거움을 위한 노동이다. 이 일을 하면 손에 물집이 생기고, 나는 그것을 즐긴다. 〈향락 속에 산다고 해서 반드시 체념할 필요는 없다. 그것은 예술가가 풀어야 할 기술적 문제가 하나 더 생긴 것일 뿐이다.〉 코널리는 이렇게 말한다. 그 기술적 문제란, 물론 이것이 전부는 아니지만, 향락을 정당화하려는 유혹이다.

　나무는 내 뒤에 비스듬히 서 있다. 땅을 파는 동안, 〈방수로 위로 현기증 나게 기울어진〉이라는 구절 하나가 내 머릿속에서 반복된다. 이것은 조앤 디디온이 후버 댐에 대하여 쓴 글에 나오는 구절로, 그곳에서 국토 개발국 남자가 그녀를 댐의 기계 장치 핵심부까지 데려가서 터빈을 보여 주면서 이렇게 말한다. 「만져 보세요.」 나는 언젠가 학생들에게 이것은 힘에 관한 글이라고, 힘이 일으키는 온갖 긍정적이고 부정적인 감정들을 살펴보는 글이라고 말했었다. 〈사람은 아름다움과 힘을 둘 다 섬길 수 없다.〉 코널리는 이렇게 말하면서 플로베르를 인용한다. 〈힘은 본질적으로 멍청하다.〉

　이제 구덩이는 아주 커서, 더 파려면 내가 그 속으로 들어가야 한다. 한 이웃이 울타리 너머로 들여다보는데, 그녀는 병원에서 일하다가 점심을 먹으러 잠시 집에 돌아오는 길이라서 스크럽* 차림이다. 그녀가 내게 오늘 밤 해피 아워 시간에 맞추어 외출해서 생일을 축하하라고 제안한다. 그녀에게 내 구덩이는 축하로 보이지 않는 것이다. 지난여름 그녀는 자기 집 울타리를 허물고, 기둥들

---

　* scrubs. 병원에서 일하는 사람들이 입는 편한 유니폼으로, 수술복이라고도 불린다.

을 붙잡고 있던 거대한 콘크리트 덩어리를 파내고, 울타리를 완전히 새로 짓는 일을 손수 하느라고 여름을 다 보냈다. 그 작업 중 일부는 비 내리는 밤중에 헤드램프를 쓰고서 했다. 그녀가 내가 주문하면 좋겠다는 칵테일을 설명하는데, 묘사가 어찌나 자세한지 마치 머릿속에서 나와 함께 그것을 마시고 있는 듯이 보인다. 나는 감동받는다. 하지만 정신이 사나워진다. 나는 속으로 계속 되뇐다. 난 지금 구덩이 속에 있다고요! 나는 암갈색 점토의 냄새를 맡을 수 있고, 내 물집 잡힌 손에서 점토가 말라가며 갈라지는 것을 느낄 수 있다. 이웃은 내게 주는 선물인 해피 아워를 끝마치고, 이제 일하러 돌아간다.

〈마흔 살이 되어 갈 때, 나는 허비된 시간 속에서 시들어 가는 것이 어떤 것인지 그 의미를 파악하고 그 속성을 이해할 수 있을 것만 같다는 특별한 꿈을 꾸었다.〉 코널리는 말한다.

「시간과 돈을 보면 그 사람에게 중요한 게 뭔지 알 수 있죠.」 이 이웃은 언젠가 내게 말했다. 그녀는 자신의 시간과 돈을 음악과 연극에 써서, 콘서트와 공연을 보러 다닌다. 그녀는 예술에 투자한다. 나는 내게 중요한 것은 사람이라고 생각하지만, 그러면서도 내 시간은 글에 쓰고 내 돈은 이 집에 쓴다. 나는 땅을 파는 동안 한 가지 결정을 내린다. 나는 책 ─ 이 책 ─ 을 팔아서 나 자신에게 시간을 사 줄 것이다. 내가 이미 글쓰기에 써버린 내 시간이 제값을 스스로 치를 것이다. 마치 푸코의 진자처럼, 무겁고 반들반들한 추가 길이 67미터의 철선에 매달려 앞뒤로 조용히 흔들리면서 그 축으로써 지구의 움직임을 기록하는 그 진자처럼, 이것은 무동력이고 자유롭고 영구적인 과정일 것이다. 그렇지만 언제나 무언가는 마찰에 의해 사라지기 마련이다. 진자는 결국 느려지다가 멎는다. 그리고 이 위에서, 시간에 대한 나의 욕망 위에서 책들이 결코 균형을 잡지 못할 수도 있다는 것을 나도 안다.

나는 갓 파낸 흙이 가득 담긴 손수레가 나의 조용하지 않은 무덤 위에서 쉬고 있는 것을 바라본다. 이제 나는 내가 판 구덩이 속에 들어와 있네, 나는 재미있어하면서 생각한다. 그리고 이것은 내게 성취처럼 느껴진다.

후기

제목에 관하여

이 책의 제목*은 내가 로빈 시프의 2016년 시집 『재산 있는 여자*A Woman of Property*』에 썼던 추천사 속 문장에서 처음 등장했다. 〈소유하고 소유된다는 것Having and Being Had에 대한 이 뛰어난 깨달음은 마치 나선 계단을 돌아 내려가듯이 아기방으로부터 정원으로 들어가고, 폭력과 욕정과 감염을 통과한 뒤, 우리 미국의 비극이 토대로 삼고 있는 그리스 비극에 도달한다.《나는 계단을 내려갈 때마다 이미 내 소유인 것을 침해한다.》시프는 이렇게 말한다.〉

시프는 자신의 첫 집을 구입한 뒤에 『재산 있는 여자』를 썼다. 나도 첫 집을 구입한 뒤에, 시프의 작업에 대한 반응으로서 또한 시프와 나눈 대화 속에서 이 책을 썼

---

* 원제는 *Having and Being Had*이다.

다. 이 제목은 우리의 긴밀한 협력과 공통의 침해를 확인하는 의미다.

안락에 관하여

나는 2014년에 이 집으로 이사한 직후부터 새로운 종류의 일기를 쓰기 시작했다. 글 쓸 시간이 거의 없던 시기였다. 하지만 이제 내게는 차고가 있어서 그곳에 자전거를 둘 수 있었으므로, 더 이상 자전거를 들고 계단을 오르내릴 필요가 없었다. 그리고 이제 내게는 새로운 안정감이, 견고하다는 느낌이 있었다. 이전에도 내가 별반 유동적이지는 않았지만, 아무튼 이제는 직장을 유지하는 한 담보 대출을 걱정할 필요가 없었다. 그 첫 몇 해 동안에 나는 내 안락함을 예민하게 의식했다. 그리고 그 안락함이 불편했다. 과거의 경험으로 보아 시간이 지나면 이 불편감이 희미해지리라는 것을 알았고, 나의 특별한 새 삶이 평범하게 느껴지리라는 것을 알았다. 그 상실을 막을 요량으로 일상에서 불편감을 느낀 순간을 기록하는 일기를 둔 것이었는데, 그 순간들은 보통 내가 모종의 안락이나 쾌락을 즐긴 순간이기도 했다. 나는 불편감을 놓고 싶지 않았고, 안락도 놓고 싶지 않았다. 이 책은 그 모순의 산물이다.

처음에는 내가 기록하는 모든 순간이 몹시 고통스러웠지만, 그것들은 또한 아름다웠다. 나는 이 불편감이 무언가를 가르쳐 주리라고 확신했으며, 만약 이 불편감을 그냥 떨쳐 버린다면 무언가 중요한 지식을 잃게 되리라고 확신했다. 나는 〈트러블과 함께하고〉* 싶었다. 하지만 내 트러블이 트러블처럼 보이지 않는다는 것도 알았다. 그것은 흔히 〈성공〉이라고 불리는 것처럼 보였다. 이 성공은 내가 내 위치에 따르는 여러 유리한 이점을 갖고서 특정 게임을 수행한 결과였다. 그래서 나는 내 성공과 성취를 새삼 의심하는 눈으로 보게 되었다.

이 글을 쓰는 동안, 내가 건드리는 단어마다 모조리 바스러지는 것 같았다. 나는 〈좋다〉가 무슨 뜻인지 더는 알 수 없었고, 〈예술〉이나 〈일〉이나 〈투자〉나 〈소유〉나 〈자본주의〉도 마찬가지였다. 작업 초기에 아들이 내게 〈사치〉가 무슨 뜻이냐고 물었다. 나는 무엇이든 우리에게 필요하지 않은 것을 뜻한다고 말해 주었다. 「아니, 쓰레기 같은 걸 말하는 건 아니야. 우리가 원하는 것, 아주 좋은 것이지만 사는 데 꼭 필요하진 않은 걸 말하는 거야.」 나는 방 안을 둘러보다가 화분과 책에 눈길이 갔다.

* 〈트러블과 함께하다stay with the trouble〉는 페미니즘 및 과학 기술학 이론가인 도나 해러웨이가 쓴 표현이다.

이것들은 필수품이 아니지만, 그렇다고 해서 사치품의 좋은 예로 보이지도 않았다. 피아노는 사치품이다. 하지만 음악이 필수품이 아니라는 생각을 아이에게 심어 주고 싶지 않았다. 「디저트 같은 거야. 사는 데 디저트가 꼭 필요하진 않잖아. 하지만 디저트가 있으면 좋아. 그게 사치야.」 나는 아이에게 말했다.

정말로, 문제는 사치였다. 그리고 내가 이 질문에 대답하지 못한다는 점도 문제였다. 〈풍요한 사회에서는 사치품과 필수품을 제대로 구별할 수 없다.〉 존 케네스 갤브레이스는 이렇게 말했다. 내 삶의 작은 필수품들, 독서와 글쓰기는 모두 사치였다. 내가 글로 쓰는 순간도 모두 사치였다. 그런데도 글쓰기 자체는 내게 필수로 느껴졌다. 필수와 사치를 제대로 구별할 수 없었으므로, 나는 이 단어와 씨름할 수밖에 없었다. 나중에 사전을 찾아보니, 사치란 〈대단히 안락하고 헤프게 생활하는 상태〉라고 적혀 있었다. 어쩌면 내가 사치를 정의하는 데 애먹었던 것은 내가 대단히 안락한 상태로 살기 때문이었는지도 모른다. 어떤 사람들은 이 상태를 중산층이라고 부른다. 그리고 우리가 중산층이나 부유층을 묘사할 때 흔히 쓰는 완곡어법이 〈안락하다〉는 것이다.

나는 새집에서 안락했고, 스스로 부자라고 느꼈지

만, 글 쓸 시간은 없었다. 적어도 처음에는 없었다. 나는 시간을 얻고자 흥정했고, 시간을 얻고자 교환했고, 결국에는 이 책을 팔아서 시간을 샀다. 〈바로 이 이유 때문에 작가들이 보통 사람들에게 즉, 자본주의 체제에서 사는 비작가들에게 종종 무섭게 보이는 듯하다. 작가들은 글 쓸 시간을 얻기 위해서라면 못 내다 팔 것이 거의 없다. 시간은 우리의 밍크요, 렉서스요, 저택이다.〉 알렉산더 지의 말이다.

이름에 관하여

나는 책에서 몇몇 이름을 바꾸었다. 어떤 경우에는 기술적인 이유로, 가령 〈몰리Molly〉라는 이름의 두 친구가 혼동되는 것을 막기 위해서 한 친구의 이름의 철자를 〈Mollie〉로 살짝 바꾸었다. 내가 굳이 밝히지 않거나 일부러 빠뜨린 이름도 있다. 그러나 대개의 경우에는 진짜 친구들의 진짜 이름을 쓰기로 결정했는데, 그 친구들 중 많은 수가 역시 작가다. 이 선택에는 데이비드 트리니다드의 작품들, 특히 『지난 삶에 관한 메모Notes on a Past Life』가 영향을 미쳤다. 그 책과 마찬가지로, 이 책은 내가 뉴욕에서 시인으로 살았던 시절로부터 20년 떨어진 시점에 쓰였다. 하지만 트리니다드가 그 시점에서 자신의 과거를 상대하는 데 비해 나는 내 현재를 상대한다.

　『지난 삶에 관한 메모』에 등장하는 이름들 중에는 트리니다드처럼 뉴욕파와 연관되는 시인들의 이름이 많다. 고유 명사가 많이 나오는 것은 뉴욕파 시인 프랭크 오하라의 작품도 마찬가지로, 그는 자신의 시에 예술가들과 작가들과 친구들을 잔뜩 등장시켰다. 오하라는 아미리 바라카와 함께 점심을 먹다가 생각해 낸 운동인〈사람주의〉선언문에서, 시란 사람들 사이에서 벌어지는 무언가라고 주장했다.〈내가 좋았던 것은 그러면 내 마음속에 있는 생각을 있는 그대로 말할 수 있다는 점, 그리고 그것을 대중의 소비를 염두에 둔 거만한 공적 말투가 아니라 일종의 대화체로 말할 수 있다는 점이었다.〉바라카는 사람주의에 대해서 이렇게 말했다. 바라카와 오하라에게는 친밀한 대화의 말투와 질감이 곧 저항의 미학이었다.

　서로를 위해서, 또한 서로에 대해서 글을 썼던 뉴욕파 시인들의 경향성은 정말로 중요한 것이 무엇인지 다시 상상해 보고, 청중을 다시 구성해 보고, 무엇이 시에〈보편성〉을 부여하는가에 대한 기존 개념을 거부해 보는 한 방법이었다고 이해할 수 있다. 그들의 작품에 나오는 이름들은 특정한 공동체를 이루는데, 그 공동체는 또한 뉴욕파의 많은 퀴어 시인들에게 일종의 대가족이었다.

트리니다드가 시 재단 블로그에 쓴 〈열 권의 소중한 책〉이라는 글을 보면, 그런 가족에 속한다는 것이 어떤 것이었는지 조금쯤 엿볼 수 있다. 이 글에서 그는 앨리스 노틀리, 테드 베리건, 데니스 쿠퍼, 앨런 긴즈버그, 제임스 스카일러, 앤 섹스턴, 앤 스탠퍼드, 메이 스웬슨, 존 위너스, 조 브레이너드와의 친밀한 만남에 대해서 적었다. 한편 트리니다드의 책 『동인과 가십 Coteries and Gossip』 서문에서 제니퍼 목슬리는 이렇게 말한다. 〈브레이너드가 1980년대에 예술 활동을 그만둔 것은 그가 자신의 예술에 핵심 요소라고 여겼던 《헌신적 동지애》의 행위들이 그 무렵에는 《금융, 부동산, 패션, 명성의 돈키호테적 시장들》로 대체되었기 때문이다.〉 트리니다드와 브레이너드가 보기에 시인들의 헌신적 동지애는 예술의 일용할 양식이고, 출세주의와 자본주의는 예술을 굶주리게 만든다.

규칙에 관하여

에릭 올린 라이트는 게임의 은유가 자본주의 내에서 세 가지 상이한 권력 싸움을 묘사하는 데 쓰여 왔다고 말한다. 어떤 게임을 할 것인가에 대한 싸움(체제 권력), 주어진 게임의 규칙에 대한 싸움(제도 권력), 정해진 규칙 내에서 어떤 수를 두드냐에 대한 싸움(상황 권력)이다. 이 책은 정해진 규칙 내에서의 수를 기록한 글이지만, 그 규칙과 게임 자체에 대한 내 불편감도 기록되어 있다. 〈내게 주어진 게임을 내가 정한 규칙에 따라 수행하는 것이 과연 가능할까〉 하는 질문은 내가 이 글을 쓰게 된 동기 중 하나였다.

이 책을 쓸 때, 스스로 지켜야 할 규칙을 몇 가지 설정했다. 처음 정한 규칙 중 하나는 돈 이야기를 할 때는 반드시 구체적 액수를 말해야 한다는 것이었다. 또 다른 규칙은 돈 이야기를 해야 한다는 것이었다. 이런 규칙들은 내가 이해하는 한 점잖게 돈을 이야기하는 대화의 규칙으로 간주되는 것을 정면으로 거부했으니, 이런 규칙들이다. 첫째, 돈 이야기를 하지 마라. 둘째, 꼭 하겠다면, 구체적으로 말하지 마라. 셋째, 자신이 가진 돈을 축소해서 말하라. 넷째, 일해서 번 돈이라는 점을 강조하라. 다섯째, 우리가 돈에 관해 스스로에게 하는 이야기는 일 이야기임을 잊지 마라.

내가 지어낸 대안 규칙들은 글의 내용뿐 아니라 형식과 문체까지 좌우했다. 글은 모든 꼭지가 현재 시제로 시작해야 했고, 내 인생의 한 순간으로 시작해야 했다. (가끔은 이 규칙을 깨는 것을 스스로에게 허락했는데, 특히 책에 대해 쓰고 싶을 때 그랬다.) 그리고 모든 꼭지에 타인과의 대화가 포함되어야 했다. 규칙들은 조사에도 영향을 미쳤다. 원래 나는 친구들이 내게 건네주거나 추천한 기사와 책만 읽기로 정했었지만, 원고를 수정하는 과정에서 글이 요구하는 바와 글이 제기하는 질문에 대응하여 자료의 범위를 더 넓혔다. 잠시나마 그렇게 독서 범위를 제약해 보니, 친구들이 내 앎을 확장시키고 또한 제한한다는 사실을 새삼 뚜렷이 인식하게 되었다. 내 문화 자본은 내 사회 자본과 얽혀 있고 — 내가 아는 사람들이 없었다면 내가 아는 것들을 알 수 없었겠지만, 한편으로 내가 아는 것들이 없었다면 내가 아는 사람들을 알지 못했을 것이다 — 그 둘은 모두 내 경제 자본에 결부되어 있다. 내 친구들 중 다수는 나와 마찬가지로 중산층의 가치와 가정과 무지 속에서 교육받았다.

중산층에 관하여

〈중산층〉이라는 용어는 너무 널리, 너무 아무렇게나 쓰이기 때문에 정확한 의미는 보통 불명확하다. 이것은 생활 양식, 가치 체계, 사고방식을 지칭할 수도 있고 특정 경제적 구간을 지칭할 수도 있다. 다만 그 구간이 정확히 어디에서 시작되고 끝나는지는 결정하기가 어렵다. 경제학자, 사회학자, 연방 정부는 모두 각자 다른 방식으로 중산층을 계산한다. 2018년에 미국 인구 조사국은 가계 소득 4만 5천 달러에서 13만 9천 달러 사이를 중산층으로 지정했다. 미국 총인구의 절반 가까이가 이 구간에 들어간다. 버락 오바마는 2012년에 가계 소득 25만 달러 미만의 모든 가정을 중산층으로 정의했다. 의회는 나중에 이 정의를 확장하여 가계 소득 45만 달러 미만의 모든 가정을 포함시켰는데, 그러면 최상위 소득 1퍼센트만이 중산층에서 제외되었다.

한편 미국인의 40퍼센트는 만약 예상치 못한 지출이 4백 달러 발생한다면 이것을 치르는 데 어려움을 겪을 것이다. 소득 하나만을 계급의 지표로 삼는 것은 허술하니, 여기에는 빚이나 생활비나 유산이 반영되지 않기 때문이다. 그보다는 축적된 부, 달리 말해 순자산이 더 나은 지표일지도 모른다. 미국에서 가장 가난한 가정들은 순자산이 음수로, 이것은 빚이 자산보다 많다는 뜻이다. 에드워드 울프에 따르면, 중산층은 순자산이 0달러에서 47만 1천6백 달러 사이인 가정들이다. 이 구간의 양쪽 끝을 다 경험해 본 나는 순자산 0달러와 47만 1천6백 달러의 가장 중대한 차이가 안정감이라는 것을 누구 못지않게 잘 안다.

흼에 관하여

내가 이 책에서 자본주의의 의미를 살펴보게 된 동기 중 하나는 〈고래의 흼〉*이었다. 17세기에 훗날 미국이 될 식민지들에서 〈백인〉이라는 용어가 처음 쓰인 이래, 이 구별은 사람들이 다른 사람들로부터 안전과 소유권과 노동 수익을 박탈하는 데 기여했다. 한때 영국과 아프리카에서 온 계약 하인들이 어깨를 나란히 하고 일하면서 노동으로써 자유를 얻었던 이 땅에서, 〈백인〉이라는 법적 범주는 그들 중 일부는 계속 그 자유를 획득할 수 있지만 나머지는 획득하지 못하도록 만들었다.

이 책에 백인이 아닌 대화 상대와 예술가와 사상가도 상당히 기여했다는 점을 간과하려는 것은 아니지만, 나는 이 책이 백인들과 그들의 덧없는 산물들로 채워져 있다는 점을 시인하고 싶다. 나는 그리스 유물에서 시작하여 셰이커 교도들의 가구를 지나 타이태닉호와 「스쿠비 두」와 다이어 스트레이츠에 이르기까지 백인들의 산물을 헤쳐 나가며, 완전히 깨끗해지지 않는 흰색 이불을 빨려고 애쓴다. 이런 백색 제재들은 백색 조사의 산물이니, 이것은 조사자 본인이 백인이라는 뜻일 뿐 아니라 조

---

* 『모비 딕Moby Dick』에 나오는 표현으로, 소설에서 화자가 탐구하는 흰색은 백인성의 상징이다.

사의 주 용의자가 백인의 삶이라는 뜻이다. 이런 조사에는 물론 한계가 있다. 중산층 내부에서 중산층에 대해 알아내는 데 한계가 있는 것과 마찬가지다. 이 점을 감안하더라도, 내가 찾아낸 증거들에 따르면 우리가 돈에 관해 스스로에게 들려주는 이야기에는 백색 거짓말이 가득한 듯하다. 무해한 거짓말이라는 뜻이 아니라 백인의 거짓말이라는 뜻이다.

여자들에 관하여

에밀리 디킨슨은 집필 작업 초기에 등장했다. 나는 그녀의 책을 읽지 않은 지 오래된 참이었고, 마지막으로 읽은 것이 대학 때였다. 그다음에는 역시 내 대학 시절 작가인 버지니아 울프가 나타났다. 그리고 거트루드 스타인과 앨리스 B. 토클러스가 나타났다. 조앤 디디온도 나타났다. 하지만 파블로 네루다는 나타나지 않았고, 페데리코 가르시아 로르카나 마틴 에스파다나 잭 아게로스나 그 밖에 내가 공부했던 다른 작가들도 나타나지 않았다. 제임스 조이스는 짧게 등장했고, 윌리엄 포크너도 그랬지만, 아무튼 거듭해서 나타나는 것은 여자들이었다. 이 여자들, 모두 모더니스트였고 백인이었고 중산층 혹은 상류층이었던 여자들은 나의 대역처럼 보였다. 그들은 내가 더 직접적으로 생각해 보기는 어려웠을 듯한 내 삶과 일의 어떤 측면들을 생각할 수 있게 해주는 듯했다. 이 여자들은 과거에 나의 모범이었고, 이제는 또한 나의 반면교사였다. 특히 버지니아 울프는 내가 젊은 작가였을 때 꼭 필요한 안내자였다. 내가 다른 여성 작가로부터 처음으로 경제적 조언을 받은 것이 울프의 조언이었고, 나는 그 조언을 힘닿는 한 따르려고 연 5백 파운드를 벌기 위해 분투했다. 그 소득과 나만의 방을 확보하고 나서야, 나는 비로소 잠시 멈추고 그녀의 조언을 재고해 보았다.

물질에 관하여

〈다음으로 드는 생각은 내가 여기서 물질적인 것의 중요성을 너무 강조한다고 여러분이 반대할 수도 있겠다는 것입니다.〉 버지니아 울프는 『자기만의 방』에서 이렇게 말한다. 〈상징성의 여지를 너그럽게 허락함으로써 연 5백 파운드란 사색할 수 있는 힘을 뜻하고 자물쇠 달린 문이란 스스로 생각할 수 있는 힘을 뜻한다고 말하더라도, 여전히 여러분은 우리의 정신이 그런 것들을 초월해야 한다고 말할지도 모르겠습니다.〉 돈과 자물쇠와 방은 상징이었지만 또한 문자 그대로의 의미이기도 했다. 여성 작가들이 글을 쓰기 위해서는 실제 수입, 실제 프라이버시, 실제 공간이 필요했다. 『자기만의 방』에서 말하는 방은 시 용어로 〈축어적 상징〉이라고 불릴 만한 것이다. 축어적 상징은 문자 그대로의 의미와 그와는 다른 무언가의 의미를 동시에 뜻하므로, 여러 겹의 의미를 허용한다.

매기 넬슨은 〈사실적 추상화〉라는 용어가 정말로 추상적인 무언가를 가리킬 수도 있고, 아니면 어떤 측면에서는 추상적이지만 그와 동시에 실제적이거나 축어적이거나 〈사실적〉이기도 한 무언가를 가리킬 수도 있다고 말한다. 내가 이 책에서 한 작업은 두 번째 의미의 사실적 추상화다. 나는 이 책에서 내 삶, 내 물질들, 돈이라는 구체적 추상에 대해 쓸 때 〈여성〉이라는 추상적 범주에 대한 나 자신의 경험으로부터 썼는데, 내게 이 추상적 범주는 돈만큼 실재적인 것으로 느껴진다. 넬슨에 따르면, 이 범주가 실재 혹은 사실인가 아닌가 하는 문제는 페미니스트들 사이에서 오래된 토론 주제다. 모든 가능성을 살려 두는 그녀의 작업에 감사한다.

장르에 관하여

이 책을 쓸 때, 내가 쓰는 것이 대체 무엇인지 모르겠다고 계속 생각했다. 이것은 시 모음집일까? 에피소드로 구성된 에세이일까? 나 자신을 희생하여 던지는 연쇄 농담일까? 큰돈이 걸린 게임일까? 중년의 위기일까? 내부 감사일까? 시릴 코널리의 책 『조용하지 않은 무덤』처럼, 〈자기 해체에의 실험〉일까? 아니면 이것은 중산층의 기정사실들을 거부하는 실험일까?

감사의 말

다른 작가, 예술가, 학자, 시민 사상가 들과 일상에서 나눈 대화가 이 책에 정보와 아이디어를 제공한 주된 자료원이었다. 다음의 정보 제공자들에게 감사한다. 힐러리 에런스, 에이던 비스, 메이비스 비스, 로저 비스, 브라이언 볼드리, 이선 복슬리, 존 브레슬런드, 주노 브레슬런드, 민 리 찬, 댄 쿠퍼, 닉 데이비스, 에마 돌런, 레오 퍼거슨, 제니퍼 프랜시스, 크리스 가제로, 빌 지라드, 엘런 그라프, 대릴 해거드, 몰리 헤인, 짐 하지, 미셸 황, 노엘 이그나티에브, 벤 제임스, 에미르 카메니카, 칼라 켈시, 드루 랭스너, 세라 러빈, 조슈아 메히건, 나미 문, 마라 나셀리, 매기 넬슨, 보이슬라브 페요비치, 벤 피에쿠트, 수재나 프랫, 로빈 시프, 쇼나 실라이, 리사 솔라, 배리 소킨, 몰리 탬보, 데이비드 트리니다드, 크리스 바탈라로, 코니

보이진, 이바나 부코이치치, 웬디 월, 윌 웨스트, 에릭 딘 윌슨, 마크 위티.

마라 나셀리는 원고를 여러 차례 읽어 주었고, 마지막 수정 단계에서 긴밀하게 협조해 주었다. 그녀를 비롯하여 너그럽게 원고를 읽어 준 다음 분들에게 감사한다. 그들의 반응 덕분에 이 책을 다듬어 나갈 수 있었다. 메이비스 비스, 존 브레슬런드, 수전 버팸, 민 리 찬, 스튜어트 다이벡, 에이미 리치, 맷 맥가원, 나미 문, 수재나 프랫, 글렌 레티프, 로빈 시프, 데이비드 트리니다드. 초고를 읽고서 따끔하고 좋은 비판을 해준 매기 넬슨, 그리고 스무 해 넘게 나를 격려해 준 데브 골린에게 감사한다.

〈일〉과 〈서비스〉의 초기 원고를 『프리먼스Freeman's』에 실어 준 존 프리먼에게, 〈솜이불〉과 〈가난〉과 〈타이태닉〉과 〈고대 뮤〉의 초기 원고를 『주빌라트Jubilat』에 실어 준 아르다 콜린스에게 감사한다. 사실 확인을 훌륭하게 도와준 조이 존슨에게 감사한다. 일할 장소를 제공해 주고 엄청나게 잘 먹여 준 래그데일 예술가 레지던시의 모든 직원에게 감사한다. 이 작업을 처음부터 지원해 주고 내가 확신의 위기를 겪을 때 지지해 준 맷 맥가원에게 감사한다. 끈기 있게 인도해 주고 내게 이 작업에 필요한 시간을 안겨 준 칼 모건에게 감사한다.

참고 자료

1부 소비

1 멋지지 않아?

"P. S. I Love You," Gordon Jenkins, Johnny Mercer, *Recital by Billie Holiday*, Billie Holiday. Verve Records, 1994.

The Gift: Creativity and the Artist in the Modern World, Lewis Hyde. Vintage, 2007. First published 1983.*

"Norwegian Wood (This Bird Has Flown)," John Lennon, Paul McCartney. *Rubber Soul*, The Beatles. Parlophone, 1965.

2 슬럼가 탐방

Mrs. Woolf and the Servants: An Intimate History of Domestic Life in Bloomsbury, Alison Light. Bloomsbury, 2008. 앨리슨 라이트의 이 훌륭한 책은 이 책 전반에 걸쳐서 내 글과 생각에 영향을 미쳤다. 나는 버지니아 울프의 하인들, 삶, 시대에 대한 조사뿐 아니라 서비스의 속성에 관한 통찰에 있어서도 라이트에게 빚을 졌다.

* 루이스 하이드, 『선물』, 전병근 옮김(유유, 2022).

5 알맞은 흰색

Color(ed) Theory Suite, Amanda Williams. 2014 – 2016.

"Art Talk with Visual Artist and Architect Amanda Willaims," Paulette Beete. *Art Works Blog*, National Endowment for the Arts. February 17, 2016.

6 소비자가 아닌

"Minimalist Art and Articles of Faith," Wendy Moona. *New York Times*, August 26, 2005.

"Simple Gifts," Joseph Brackett. 1848.

"House Perfect: Is the IKEA Ethos Comfy or Creepy?," Lauren Collins. *The New Yorker*, October 3, 2011.

7 살아 있는 물건들

My Life with Things: The Consumer Diaries, Elizabeth Chin. Duke University Press, 2016.

In All My Wildest Dreams, Kemang Wa Lehulere. Art Institute of Chicago, October 27, 2016 – January 15, 2017.

8 소비자

"Consumption," David Graeber. *Current Anthropology*, August 2011.
〈소비자〉꼭지의 모든 정보와 많은 통찰은 소비의 개념을 파헤친 데이비드 그레이버의 이 글에서 가져왔다. 그레이버는 이렇게 묻는다. 〈우리는 왜 누가 냉장고 자석을 사는 것을 볼 때, 그리고 누가 아이라이너를 칠하거나 저녁을 요리하거나 노래방에서 노래하거나 그냥 빈둥빈둥 텔레비전을 보는 것을 볼 때 어떤 차원에서는 그들이 모두 같은 일을 하고 있다고 가정할까? 우리는 왜 그 모든 행위를《소비》나《소비자 행동》으로 묘사할 수 있다고 여기고, 그 모든 행위가 어떤 측면에서는 음식을 먹는 일과 유사하다고 여길까?〉

12 추수 감사절

The Gift: Creativity and the Artist in the Modern World, Lewis Hyde. Vintage, 2007. First published 1983.[*] 하이드는 마르셀 모스가 〈포틀래치potlatch〉라는 동사를 〈소비하다〉라고 번역했다는 점을 지적한다.

"Consumption," David Graeber. *Current Anthropology*, August 2011. 그레이버는 포틀래치에 대해 이렇게 말한다. 〈분명한 사실인 바, 족장들이 산처럼 쌓인 담요나 기타 귀중한 물건에 불을 지름으로써 지위를 다투는 광경이 우리에게 인상적으로 느껴지는 것은 그것이 우리 사회에서는 대체로 억압된 인간 본성에 관한 모종의 근원적 진실을 말해 주기 때문이 아니라 우리 소비자 사회의 속성에 대하여 한 가지 거의 뻔한 진실이 거기에 반영되어 있기 때문이다. 그 진실이란 우리 사회가 대체로 상품의 의례적 파괴를 중심에 두고 조직되어 있다는 것이다.〉 그레이버는 파괴란 소유 재산의 유산이라고 주장한다. 땅처럼 과거에 늘 공유되었던 것이 법에 의해 개인이 소유할 수 있는 것으로 재정의되어 온 기나긴 과정의 낙진이 곧 파괴라는 것이다. 그레이버는 이렇게 말한다. 〈소유의 궁극적 증거, 즉 누가 무언가에 대해서 개인적 지배권을 갖고 있다는 증거는 그가 그것을 파괴할 수 있다는 것이다. 실제로 이것은 오늘날까지도 재산권으로서의 지배권에 대한 법적 정의 중 하나로 통한다.〉

"'It Is a Strict Law That Bids Us Dance': Cosmologies, Colonialism, Death, and Ritual Authority in the Kwakwaka'wakw Potlatch, 1849 to 1922," Joseph Masco. *Comparative Studies in Society and History*, 1995.

13 자본주의

The Mushroom at the End of the World: On the Possibility of Life in Capitalist Ruins, Anna Lowenhaupt Tsing. Princeton University

* 루이스 하이드, 『선물』, 전병근 옮김(유유, 2022).

Press, 2017.[*]

15 풍요

The Affluent Society, John Kenneth Galbraith. Mariner Books, 1998.
First published 1958. 갤브레이스는 오늘날 널리 쓰이는 말인 〈관
습적 지혜〉라는 표현을 만들었다. 그의 원래 정의에서 관습적 지혜
는 지혜보다 관습에 더 가깝다. 관습적 지혜는 널리 받아들여지고,
손쉽게 예측되며, 확연히 비독창적이다. 갤브레이스는 한 챕터를 몽
땅 들여서 관습적 지혜를 설명하고, 그다음에는 당시 통용되던 경제
분야의 관습적 지혜들에 도전한다. 1958년 작인 이 책에서 내가 놀
란 점은 당시의 관습적 지혜가 요즘의 관습적 지혜와 아주 비슷해 보
인다는 것이다. 그런 관습적 지혜란 가령 자본은 늘 자유롭게 움직
이도록 허락되어야 한다, 유형 재화의 생산이 최우선으로 중요하다,
공적 서비스에의 투자보다 사적 생산에의 투자에 더 특혜를 주어야
한다, 경제는 끊임없이 팽창해야 한다, 인간의 삶과 자연계가 악화
하는 것은 그 팽창의 불가피한 대가다, 등등이다. 나는 시간이 흐르
면서 이런 관념 중 일부가 편리한 것이 아니라 파괴적인 것으로 증명
되고 있다고 믿고 싶다. 갤브레이스는 〈관습적 지혜의 적은 사상이
아니라 사건의 진행이다〉라고 말했다.

16 도덕적 월요일

"Higher Social Class Predicts Increased Unethical Behavior," Paul K.
Piff, Daniel M. Stancato, Stéphane Côté, Rodolfo Mendoza –
Denton, Dacher Keltner. *Proceedings of the National Academy of
Sciences*, March 13, 2012.

"What the Rich Won't Tell You," Rachel Sherman. *New York Times*,
September 8, 2017.

* 애나 로웬하웁트 칭, 『세계 끝의 버섯』, 노고운 옮김(현실문화, 2023).

17 지주 놀이

"The Secret History of Monopoly: The Capitalist Board Game's Leftwing Origins," Mary Pilon. *The Guardian*, April 11, 2015.

"For Sale-One Toil-Tired Girl: Highest Bidder Gets Elizabeth Magie." *Boston Daily Globe*, October 11, 1906.

"White Slave Would Sell Merely Her Mental Self." *Washington Times*, October 13, 1906.

Progress and Poverty: An Inquiry Into the Cause of Industrial Depressions and of Increase of Want with Increase of Wealth: The Remedy, Henry George. Doubleday & McClure, 1898. First published 1879.[*]

"Board to Page to Board: Native American Antecedents of Two Proprietary Board Games," Philip M. Winkelman. *Board Games Study Journal*, 2016.

The Monopolists: Obsession, Fury, and the Scandal Behind the World's Favorite Board Game, Mary Pilon. Bloomsbury, 2015.

18 자본주의

Capital: A Critique of Political Economy, volume 1, Karl Marx, translated by Ben Fowkes. Penguin Classics, 1992. First published in English in 1867.[**]

Capital in the Twenty-First Century, Thomas Piketty. Belknap Press of Harvard University Press, 2017. First published in English in 2014.[***]

"Economists Clash on Theory, but Will Still Share the Nobel,"

---

[*] 헨리 조지, 『진보와 빈곤』, 이종인 옮김(현대지성, 2019). 그 외 여러 출판사에서 펴냈다.

[**] 카를 마르크스, 『자본론』, 김수행 옮김(비봉출판사, 2015). 그 외 여러 출판사에서 펴냈다.

[***] 토마 피케티, 『21세기 자본』, 장경덕 옮김(글항아리, 2014).

Binyamin Appelbaum. *New York Times*, October 14, 2013.

"Blame Economists for the Mess We're In," Binyamin Appelbaum, *New York Times*, August 24, 2019.

20 피아노

Men, Women, & Pianos: A Social History, Arthur Loesser. Simon & Schuster, 1954.

22 일

"Money for Nothing," Mark Knopfler, Sting. *Brothers in Arms*, Dire Straits. Warner Bros., 1985.

Televised interview, Mark Knopfler. *Parkinson*. BBC1, September 22, 2000.

"Mark Knopfer: Fearless Leader," Ken Tucker, David Fricke. *Rolling Stone*, November 21, 1985.

"Dire Straits' Homophobic Faux-Pas," Sady Doyle. *The Guardian*, January 18, 2011. 이 기사를 쓴 도일에 따르면, 「거저먹는 돈」의 한 편집본에서는 〈호모 새끼〉라는 단어가 〈엄마〉로 교체되었다.

"Money for Nothing," music video directed by Steve Barron. Phonogram Records, 1985.

"In the Gallery," Mark Knopfler. *Dire Straits*, Dire Straits. Warner Bros., 1978.

"'Money for Nothing' Is Not Really Insulting to Homosexuals, Unless They Are Unlucky Enough to Be Working-Class Homosexuals," Tom Scocca. *Slate*, January 14, 2011. 이 글을 쓴 스코카는 다음과 같이 아름답게 분석한다. 〈이 노래는 컴퓨터 애니메이션 캐릭터들이 MTV 뮤직비디오를 폄하하는 ─ 노플러가 이전까지 갖고 있던 견해를 표현한 것이었다 ─ 내용의 MTV 뮤직비디오로 홍보되었고, 그 뮤직비디오는 《올해의 뮤직비디오》로 선정되면서 노래가 차트 1위를 달성하는 데 기여했다. …… 만약 당신이 예술과 상업, 진실성과 《돈에 자신을 파는 것》, 계급 연대와 계급 질투, 공연자와 관객, 내용과 광고, 그 밖의 각종 긴장들이 한데 붕괴하여 그 결과 수익도 평가도 좋은 작품이 만들어진 예를 찾고 있다면, 이것이 썩 괜찮은 후보다.〉

23 아무것

Understanding Class, Erik Olin Wright. Verso, 2015.[*] 〈아무것〉 꼭지의 내용은 사회학자들이 계급에 어떻게 접근하는지 살펴볼 수 있는 이 책에서 많이 가져왔다. 라이트는 세 가지 주요 접근법이 있다고 설명한다. 〈첫 번째 접근법은 계급을 개개인의 삶이 가진 어떤 속성들이나 물리적 조건들과 동일시한다. 두 번째는 사회적 지위가 일부 사람들에게는 다양한 경제 자원을 통제할 힘을 주지만 다른 사람들에게는 그런 자원에의 접근을 허락하지 않는 방식에 초점을 맞춘다. 세 번째는 계급을 다른 무엇보다도 경제적 지위가 일부 사람들에게 다른 사람들의 삶과 행동을 통제할 힘을 주는 방식과 동일시한다.〉

"A New Model of Social Class? Findings from the BBC's Great British Class Survey Experiment," Mike Savage, Fiona Devine, Niall Cunningham, Mark Taylor, Yaojun Li, Johs. Hjellbrekke, Brigitte Le Roux, Sam Friedman, Andrew Miles. *Sociology*, April 2, 2013. 이 조사에서는 〈프레카리아트〉라는 용어를 최하위 계급, 즉 세 종류의 자본을 모두 가장 적게 가진 계급을 지칭하는 데 사용했다. 한편 가이 스탠딩은 2011년 작 『프레카리아트*The Precariat*』에서 이 용어를 자본이 아니라 안정성의 결핍으로 정의되는 계급을 지칭하는 데 사용했다. 〈프레카리아트는 사회의 밑바닥이 아니다.〉 그는 이렇게 주장한다. 그가 말하는 프레카리아트는 우리가 전형적으로 인식하는 여러 경제 계급을 가로질러서 놓인다. 〈내가 남보다 소득이 많다는 점으로 계급을 정의할 수는 없고, 생활 양식이나 이른바 사회 자본에

[*] 에릭 올린 라이트, 『계급 이해하기』, 문혜림·곽태진 옮김(산지니, 2017).

의 접근성으로 정의할 수도 없다.〉 그는 이렇게 말한다. 그에게 계급
은 안정성으로 정의되는 것이다.

"Class Calculator: A US View of the Class System," Michael Goldfarb. *BBC News Magazine*, April 5, 2013.

"Harder for Americans to Rise from Lower Rungs," Jason DeParle. *New York Times*, January 5, 2012.

"Extensive Data Shows Punishing Reach of Racism for Black Boys," Emily Badger, Claire Cain Miller, Adam Pearce, Kevin Quealy. *New York Times*, March 19, 2018.

"Income Mobility Charts for Girls, Asian-American and Other Groups. Or Make Your Own," Emily Badger, Claire Cain Miller, Adam Pearce, Kevin Quealy. *New York Times*, March 27, 2018.

24 패싱

Sapiens: A Brief History of Humankind, Yuval Noah Harari. Harper, 2015.*

"The Inescapable Weight of My $100,000 Student Debt," M. H. Miller. *The Guardian*, August 21, 2018.

My Life with Things: The Consumer Diaries, Elizabeth Chin. Duke University Press, 2016.
마르크스에 관한 정보는 대부분 친이 이 책
에서 그의 가정 생활과 소비를 조사한 대목으로부터 가져왔다. 친은
특히 마르크스의 모순들에 관심이 있는데, 그것이 그녀 자신의 모순
들을 생각하는 데 도움이 되기 때문이다. 그리고 나는 친의 모순들과
마르크스의 모순들 둘 다에 관심이 있다.

25 멤버십

Venus de Milo with Drawers, Salvador Dalí. 1936.

* 유발 하라리, 『사피엔스』, 조현욱 옮김(김영사, 2015).

28 부자

"Here's How Much Money You Have to Earn to be Considered Rich in 42 Major US Cities," Abby Jackson, Dominic-Madori Davis. *Business Insider*, December 9, 2019.

My Life with Things: The Consumer Diaries, Elizabeth Chin. Duke University Press, 2016.

"A Promise Unfulfilled at an Art Deco Bathhouse in the Rockaways," Lisa W. Foderaro. *New York Times*, August 21, 2012.

Woman with Dead Child, Käthe Kollwitz. 1903.

2부 일

1 여가

"Aristotle on Scholê and Nous as a Way of Life," Kosta Kalimtzis. *Organon*, 2013. 이 글에서 칼림치스는 여가에 대하여 이렇게 말한다. 〈여가는 목표의 준비가 아니라 목표를 소유한 상태다. 실제로, 일부 학자는 《스콜레scholê》라는 단어 자체가 《가지다》 또는 《소유하다》를 뜻하는 동사 《에케인échein》에서 왔을지도 모른다고 말한다.〉

Politics, Aristotle, translated by Benjamin Jowett. Digireads.com Publishing, 2017.*

The Theory of the Leisure Class, Thorstein Veblen. Oxford University Press, 2007. First published 1899.**

The Affluent Society, John Kenneth Galbraith. Mariner Books, 1998. First published 1958.

* 아리스토텔레스, 『아리스토텔레스 정치학』, 박문재 옮김(현대지성, 2024). 그 외 여러 출판사에서 펴냈다.

** 소스타인 베블런, 『유한계급론』, 이종인 옮김(현대지성, 2018). 그 외 여러 출판사에서 펴냈다.

2 프로테스탄트 윤리

The Protestant Ethic and the Spirit of Capitalism, Max Weber, translated by Stephen Kalberg. Oxford University Press, 2010. First published 1905.[*]

"Why Work?," Elizabeth Kolbert. *The New Yorker*, November 22, 2004.

3 일

"Bartleby the Scrivener: A Story of Wall-Street," Herman Milville. *The Piazza Tales*. Dix & Edwards, 1856.[**]

David, Michelangelo. 1501 – 1504.

Augustus of Prima Porta, unknown artist. First century AD.

The Thinker, Auguste Rodin, 1903.

4 자본주의

A History of the World in Seven Cheap Things: A Guide to Capitalism, Nature, and the Future of the Planet, Raj Patel, Jason W. Moore. University of California Press, 2017.[***]

"The New Abolitionism," Chris Hayes. *The Nation*, April 22, 2014.

5 해방 컬렉션

They Were Her Propety: White Women as Slave Owners in the American South, Stephanie E. Jones-Rogers. Yale University Press, 2019.

"Resistance of the Object: Aunt Hester's Scream," Fred Moten. *In the Break: The Aesthetics of the Black Radical Tradition*. Univertisy of

[*] 막스 베버, 『프로테스탄트 윤리와 자본주의 정신』, 박문재 옮김(현대지성, 2018). 그 외 여러 출판사에서 펴냈다.

[**] 허번 멜빌, 『필경사 바틀비』, 윤희기 옮김(열린책들, 2025). 그 외 여러 출판사에서 펴냈다.

[***] 라즈 파텔·제이슨 무어, 『저렴한 것들의 세계사』, 백우진·이경숙 옮김(북돋움, 2020).

Minnesota Press, 2003.

"For One Springfield Woman, a Complicated Desire to Preserve Racist Emblems," Ben James. *WBUR News*, January 15, 2018.

"Shocker: DNA Test Proves Mrs. Butterworth Isn't Black," Bill Matthews. *The Peoples News*, February 24, 2010.

6 일

The Gift: Creativity and the Artist in the Modern World, Lewis Hyde. Vintage, 2007. First published 1983.[*]

Work: The Last 1,000 Years, Andrea Komlosy. Verso, 2018.

Capital: A Critique of Political Economy, volume 1, Karl Marx, translated by Ben Fowkes. Penguin Classics, 1992. First published in English in 1867.[**]

7 드래그

Paris Is Burning, directed by Jennie Livingston. Off White Productions, 1990.

"Supermodel (You Better Work)," RuPaul, Jimmy Harry, Larry Tee. *Supermodel of the World*, RuPaul. Tommy Boy Records, 1992.

"Supermodel (You Better Work)," music video directed by Randy Barbato. Tommy Boy Records, 1993.

"RuPaul: The King of Queens," Mac McClelland. *Rolling Stone*, October 4, 2013.

"Is 'RuPaul's Drag Race' the Most Radical Show on TV?," Jenna Wortham. *New York Times Magazine*, January 24, 2018.

"RuPaul: 'Drag Is a Big F-you to Male-Dominated Culture,'" Decca

[*] 루이스 하이드, 『선물』, 전병근 옮김(유유, 2022).

[**] 카를 마르크스, 『자본론』, 김수행 옮김(비봉출판사, 2015). 그 외 여러 출판사에서 펴냈다.

Aitkenhead. *The Guardian*, March 3, 2018.

"Work," Jahron Brathwaite, Matthew Samuels, Allen Ritter, Rupert Thomas, Jr., Aubrey Graham, Robyn Fenty, Monte Moir. *Anti*, Rihanna. Roc Nation, 2016.

"How Rihanna's 'Work' Works," Spencer Kornhaber. *The Atlantic*, January 27, 2016.

"Work," music video directed by Director X. Roc Nation, 2016.

"Work," music video directed by Tim Erem. Roc Nation, 2016.

8 마녀

Mother Russia: The Feminine Myth in Russian Culture, Joanna Hubbs. Indiana University Press, 1988.

Caliban and the Witch: Women, the Body and Primitive Accumulation, Silvia Federici. Autonomedia, 2014. First published 2004.[*] 〈마녀〉 꼭지의 역사적 정보는 대부분 봉건주의에서 자본주의로 이행하던 시기의 여성사 연구인 페데리치의 이 탁월한 책에서 가져왔다. 그녀는 이렇게 말한다. 〈여성 농노들은 훗날 자본주의 사회의《자유로운》여성들보다 남성 친족에게 덜 의존했고, 육체적으로나 사회적으로나 심리적으로나 남성과의 차이가 더 적었으며, 남성의 요구를 덜 받들었다.〉

Witches, Witch-Hunting, and Women, Silvia Federici. PM Press, 2018.

9 산모 도우미

Mrs. Woolf and the Servants, Alison Light. Bloomsbury, 2008.

End Slavery Now, www.endslaverynow.org.

10 조앤 디디온

"The Autumn of Joan Didion," Caitlin Flanagan. *The Atlantic*, January/

---

[*] 실비아 페데리치, 『캘리번과 마녀』, 황성원 · 김민철 옮김(갈무리, 2011).

February 2012.

"The White Album," Joan Didion. *The White Album*. Farrar, Straus and
    Giroux, 1990. First published 1979.

"Slouching Towards Bethlehem," Joan Didion. *Slouching Towards
    Bethlehem*. Farra, Straus and Giroux, 1990. First published 1961.[*]

"Out of Bethlehem: The Radicalization of Joan Didion," Louis
    Menand. *The New Yorker*, August 17, 2015. 이 기사에서 머낸드는
    이렇게 지적한다. 〈1960년에 그리니치빌리지에서 비트족 같은 모
    습으로 돌아다니던 사람들은 1967년에 샌프란시스코나 버클리나
    케임브리지에서 히피 같은 모습으로 돌아다니던 사람들과 마찬가
    지로 대부분 주말 한정의 체제 거부자였다. 그들은 조건부 반항이였
    다. 그들은 코스튬을 걸쳤고, 콘서트에 가서 약에 취했고, 그다음에
    는 학교나 직장으로 돌아갔다. 그것은 라이프 스타일이었지 삶이 아
    니었다.〉

"New York: Sentimental Journeys," Joan Didion. *New York Review of
    Books*, January 17, 1991.

11차

Lauren Kalman: But if the Crime Is Beautiful⋯, Lauren Kalman.
    Museum of Arts and Design, New York, October 20, 2016 –
    March 15, 2017.

Stone Deaf, Milena Bonilla. *The Arcades: Contemporary Art and Walter
    Benjamin*. Jewish Museum, New York, March 17 – August 6,
    2017.

Sweetness and Power: The Place of Sugar in Modern History, Sidney W.
    Mintz. Penguin Books, 1986. 〈차〉 꼭지에서 이야기한 차와 차 소
    비에 관한 역사적 정보는 모두 이 훌륭한 책에서 가져왔다.

    * 조앤 디디온, 『베들레헴을 향해 웅크리다』, 김선형 옮김(돌베개,
2021).

I'm Nobody! Who Are You? The Life and Poetry of Emily Dickinson.
Morgan Library & Museum, New York, January 20 – May 28,
2017.

My Wars Are Laid Away in Books: The Life of Emily Dickinson, Alfred
Habegger. Modern Library, 2002. 이 전기에서 하비거는 디킨슨에
게는 출판할 기회가 있었지만 스스로 그러지 않기로 선택한 것이라
고 말한다. 그는 당시의 관습을 포함하여 여러 이유를 추측해 본다.
〈디킨슨이 발표를 거부당한 것은 아니었고, 그녀의 시가 그 시절에
발표하기에는 너무 《현대적》이거나 《부정확》하거나 《대담하다》고
여겨진 것도 아니었다. 캐런 댄듀랜드와 조앤 돕슨이 보여 주었듯이,
19세기에도 많은 보수적 미국인은 최고의 글이란 사적으로 돌려보
는 글이라는 오래된 관념을 고수했다.〉

"I'm Nobody! Who are you?" (260), Emily Dickinson. *The Poems of
Emily Dickinson: Reading Edition*, edited by R. W. Franklin.
Belknap Press of Harvard University Press, 1999.

*Critical Companion to Emily Dickinson: A Literary Reference to Her Life
and Work*, Sharon Leiter, Facts on File, 2006.

12 내 것

"I am afraid to own a Body" (1050), Emily Dickinson. *The Poems of
Emily Dickinson: Reading Edition*, edited by R. W. Franklin.
Belknap Press of Harvard University Press, 1999.

"The World Is Too Much with Us," William Wordsworth. *Poems, in Two
Volumes*. Longman, Hurst, Rees, and Orme, 1807.

"The Bean Eaters," Gwendolyn Brooks. *Selected Poems*. Harper & Row,
1963.

"The Emperor of Ice Cream," Wallace Stevens. *The Collected Poems of
Wallace Stevens*. Knoopf, 1982.

"Mine – by the Right of the White Election" (411), Emily Dickinson.
The Poems of Emily Dickinson: Reading Edition, edited by R. W.

Franklin. Belknap Press of Harvard University Press, 1999.

Emily Dickinson: Personae and Performance, Elizabeth Phillips. Penn State University Press, 1988.

"I had some things that I called mine" (101), Emily Dickinson. *The Poems of Emily Dickinson: Reading Edition*, edited by R. W. Franklin. Belknap Press of Harvard University Press, 1999. 이 책 끝부분에는 디킨슨이 쓴 시들의 첫 행을 나열한 색인이 있는데, 일부를 인용하자면 다음과 같다. 〈나는 매일 지복을 누렸네 / 나는 기니 금화를 갖고 있었네 / 나는 굶주렸네, 그 세월 내내 / 나는 깨어날 이유가 없었네 / 나는 미워할 시간이 없었네 / 나는 상관하지 않았네 ─ 벽들을 / 나는 내 것이라고 부르는 것을 조금 갖고 있었네〉

"'Some Things That I Called Mine': Dickinson and the Perils of Property Ownership," James R. Guthrie, *The Emily Dickinson Journal*, Fall 2000.

15 지배당하다

The Gift: Creativity and the Artist in the Modern World, Lewis Hyde. Vintage, 2007. First published 1983.*

"On the Origins of the Northern European Notion of Paid Labor as Necessary to the Full Formation of an Adult Human Being," David Graeber. *Bullshit Jobs: A Theory*. Simon & Schuster, 2018.**

Mrs. Woolf and the Servants, Alison Light. Bloomsbury, 2008. 이 책에서 라이트는 이렇게 말한다. 〈10여 년 전에 처음 이 책을 쓸 생각을 떠올렸을 때, 나는 가정 내 서비스를 착취로만, 즉 심리적이고 감정적인 종류의 노예제로만 여겼다. 아니면 경멸의 의미를 담은《의존》이 더 알맞은 표현이었는지도 모르겠다.〉 그러나 이후 그녀의 남편이 병들었고, 그가 여생을 마칠 때까지 그녀가 그를 돌보았는데, 그 과

---

* 루이스 하이드, 『선물』, 전병근 옮김(유유, 2022).

** 데이비드 그레이버, 『불쉿 잡』, 김병화 옮김(민음사, 2021).

정에서 그녀는 모든 서비스가 억압의 문제는 아니라고 생각하게 되었다. 〈나는 이제 의존은 하느냐 마느냐의 문제가 아니라 언제 하느냐의 문제라고 생각하게 되었다. 또 자신의 삶을 낯선 사람을 포함한 타인의 보살핌에 맡길 수 있는 것, 그리고 그 일이 안전하고 편안하게 이루어질 수 있는 것이 모든 품위 있는 공동체와 사회라는 이름에 걸맞는 사회에게 중요한 문제라고 생각하게 되었다.〉

16 일

"A Composer and His Wife: Creativity through Kink," Zachary Woolfe. *New York Times*, February 24, 2016.

My Life with Things: The Consumer Diaries, Elizabeth Chin. Duke University Press, 2016.

Love and Capital, Mary Gabriel. Little, Brown and Company, 2011.[*]

"Manifesto for Maintenance Art 1969!," Mierle Laderman Ukeles, 1969.

17 서비스

"A Composer and His Wife: Creativity through Kink," Zachary Woolfe. *New York Times*, February 24, 2016.

"'Race Play': Hitting the Mainstream Media…?," Mollena Williams-Haas. *The Perverted Negress*, April 11, 2013.

"Playground 2015 Closing Keynote," Mollena Williams-Haas, Georg Friederich Haas. YouTube, November 19, 2015.

"Master/slave Relationships and Taboo BDSM Play: A Conversation with Mollena Williams-Haas," Evie Lupine, Mollena Williams-Haas. Kinkfest interview series. YouTube, April 10, 2019.

"When Prejudice Is Sexy: Inside the Kinky World of Race-Play," Anna North. *Jezebel*, March 14, 2012.

[*] 메리 게이브리얼, 『사랑과 자본』, 천태화 옮김(모요사, 2015).

"Nothing to Earn," Mollena Williams-Haas. *The Perverted Negress*,
    November 5, 2016.

18 보람

The Alice B. Toklas Cook Book, Alice B. Toklas. Harper Perennial, 1984.
    First published 1954.

Two Lives: Gertrude and Alice, Janet Malcolm. Yale University Press,
    2007.

"Strangers in Paradise," Janet Malcolm. *The New Yorker*, November 6,
    2006.

19 노역

The Affluent Society, John Kenneth Galbraith. Mariner Books, 1998.
    First published 1958.

"Undocumented, Vulnerable, Scared: The Women Who Pick Your
    Food for $3 an Hour," Shannon Sims, Verónica G. Cárdenas-
    Vento. The Guardian, July 10, 2019.

20 일

The Affluent Society, John Kenneth Galbraith. Mariner Books, 1998.
    First published 1958.

*Working: People Talk About What They Do All Day and How They Feel
    About What They Do*, Studs Terkel. Pantheon Books, 1974.

Bullshit Jobs: A Theory, David Graeber. Simon & Schuster, 2018.[*] 그레
    이버는 이렇게 말한다. 〈1930년에 존 메이너드 케인스는 20세기 말
    이 되면 충분히 발전한 기술 덕분에 영국이나 미국 같은 나라들이 주
    당 열다섯 시간 노동을 이룰 수 있으리라고 예측했다. 그리고 그가
    옳았다고 볼 이유가 허다하다. 기술적 측면에서만 본다면, 우리는
    이미 그럴 수 있다.〉

    [*] 데이비드 그레이버, 『불쉿 잡』, 김병화 옮김(민음사, 2021).

"Crafting a Job: Revisioning Employees as Active Crafters of Their Work," Amy Wrzesniewski, Jane E. Dutton. *Academy of Management Review*, April 2001.

"Being Valued and Devalued at Work: A Social Valuing Perspective," Jane E. Dutton, Gelaye Debebe, Amy Wrzesniewski. *Qualitative Organizational Research, Volume 3: Best Papers from the Davis Conference on Qualitative Research*, edited by Beth A. Bechky, Kimberly D. Elsbach. IAP, 2016.

"What's the Most Satisfying Job in the World? You'd Be Surprised," Barry Schwartz. ideas.ted.com, September 8, 2015.

21 놀이

"Explore the Neighborhood of Make-Believe," www.misterrogers.org.

"Children's Risky Play from an Evolutionary Perspective: The Anti-Phobic Effects of Thrilling Experiences," Ellen Beate Hansen Sandseter, Leif Edward Ottesen Kennair. *Evolutionary Psychology*, April 1, 2011.

22 예술

"Two Tramps in Mud Time," Robert Frost. *The Complete Poems of Robert Frost*. Henry Holt & Co., 1949.

3부 투자

1 일

The Theory of the Leisure Class, Thorstein Veblen. Oxford University Press, 2007. First published 1899.[*]

1493: Uncovering the New World Columbus Created, Charles C. Mann.

---

[*] 소스타인 베블런, 『유한계급론』, 이종인 옮김(현대지성, 2018). 그 외 여러 출판사에서 펴냈다.

Vintage, 2012.[*]

2 바틀비

"Bartleby the Scrivener: A Story of Wall-Street," Herman Milville. *The Piazza Tales*. Dix & Edwards, 1856.[**]

"Preferring Not To: The Paradox of Passive Resistance in Herman Melville's 'Bartleby,'" Jane Desmarais. *Journal of the Short Story in English*, Spring 2001.

3 투자

Dracula, screenplay by Garrett Fort, directed by Tod Browning. Universal Pictures, 1931.

Dracula, Bram Stoker. Dover, 2000. First published 1897.[***]

4 웰컴 투 더 정글

"No," Meghan Trainor, Eric Frederic, Jacob Kasher. *Thank You*, Meghan Trainor. Epic, 2016.

"Biography," Frances Willard House Museum, Chicago, https://franceswillardhouse.org.

"'Lesbian-Like' and the Social History of Lesbianisms," Judith M. Bennett. *Journal of the History of Sexuality*, January 2000.
내가 프랜시스 윌러드를 묘사할 때 〈레즈비언 같다〉는 표현을 쓴 것은 베넷의 용어를 빌려 온 것이다. 이 글에서 베넷은 다른 시대 퀴어들의 삶을 생각해 보는 사람들에게 이렇게 제안한다. 〈나는 우리가 시각을 넓혀서, 내가 《레즈비언 같다》라는 표현으로 부르기로 한 여자들도

---

* 찰스 만, 『1493』, 최희숙 옮김(황소자리, 2020).

** 허번 멜빌, 『필경사 바틀비』, 윤희기 옮김(열린책들, 2025). 그 외 여러 출판사에서 펴냈다.

*** 브램 스토커, 『드라큘라』, 이세욱 옮김(열린책들, 2009). 그 외 여러 출판사에서 펴냈다.

포함시키자고 제안한다. 그들은 동성 간의 사랑을 누릴 기회가 특별히 많았음 직한 삶을 살았던 여자들, 이성 간 결혼에 바탕을 둔 여성적 행동 규범에 저항했던 여자들, 다른 여자들을 보살피고 지지할 수 있는 환경에서 살았던 여자들이다.〉

"Truth Telling: Frances Willard and Ida B. Wells," Frances Willard House Museum, Chicago, https://franceswillardhouse.org.

"Ida B. Wells and the Lynching of Black Women," Crystal N. Feimster. *New York Times*, April 28, 2018.

"You Don't Own Me," John Medora, David White. *Lesley Gore Sings of Mixed-Up Hearts*, Lesley Gore. Mercury, 1963.

"Welcome to the Jungle," Guns N' Roses. *Appetite for Destruction*, Guns N' Roses. Geffen, 1987.

5 유지 관리

Hartford Wash: Washing, Tracks, Maintenance – Outside and Inside, Mierle Laderman Ukeles. 1973.

"Manifesto for Maintenance: A Conversation with Mierle Laderman Ukeles," Bartholomew Ryan. *Art in America*, March 18, 2009.

Touch Sanitation Performance, Mierle Laderman Ukeles. 1979 – 1980.

"Manifesto for Maintenance Art 1969!," Mierle Laderman Ukeles, 1969.

Visiting Artist Program, Mierle Laderman Ukeles. School of the Art Institute of Chicago, September 24, 2019.

I Make Maintenance Art One Hour Every Day, Mierle Laderman Ukeles. Art 〈 〉 World, Whitney Museum Downtown, New York, September 16 – October 20, 1976.

"How Mierle Laderman Ukeles Turned Maintenance Work into Art," Jillian Steinhauer. *Hyperallergic*, February 10, 2017.

6 최악주

"When Sears Flourished, So Did Workers. At Amazon, It's More Complicated," Nelson Schwartz, Michael Corkery. *New York Times*, October 23, 2018.

7 진실성

"The Bell," Eric Dean Wilson. 2019.* 〈진실성〉 꼭지의 상세 내용은 윌슨이 내게 보낸 이메일에서 많이 빌려 왔다. 그는 내게 그 자료를 써도 된다고 너그럽게 허락해 주었는데, 출간을 앞둔 그의 책에도 이 이야기가 나온다.**

"For the Sake of Life on Earth, We Must Put a Limit on Wealth," George Monbiot. *The Guardian*, September 19, 2019. 이 기사에서 몬비오는 이렇게 말한다. 〈일련의 연구 논문이 보여 준 바, 환경에 미치는 영향을 결정하는 요소 중 압도적으로 중요한 것은 소득이다. …… 부자들은 환경 위기에 불균형적으로 많은 책임을 지는데도 불구하고 지구적 재난에 가장 적게 가장 늦게 타격을 입을 테지만, 가난한 사람들은 가장 먼저 가장 심하게 타격을 입을 것이다. 연구에 따르면, 부자일수록 이런 사실을 알게 되었을 때 덜 심란해한다.〉

"Meet the Leftish Economist with a New Story about Capitalism," Katy Lederer. *New York Times*, November 26, 2019.

The Value of Everything: Making and Taking in the Global Economy, Mariana Mazzucato. Penguin Books, 2019.

8 스파이 대 스파이

Spy vs. Spy: The Complete Casebook, Antonio Prohías. Watson-Guptill, 2001.

---

* 에릭 딘 윌슨, 『일인분의 안락함』, 정미진 옮김(서사원, 2023).

** 2021년에 『냉각 이후*After Cooling*』라는 제목으로 출간되었다.

9 지옥의 묵시록

Apocalypse Now, screenplay by John Milius, Francis Ford Coppola, directed by Francis Ford Coppola. Omni Zoetrope, 1979.

10 위대한 미국

"The Water-Park Scandal and Two Americas in the Raw: Are We a Nation of Line-Cutters, or Are We the Line?," Tom Junod. *Esquire*, September 5, 2012.

"Pilot," written by Joe Weisberg, directed by Gavin O'Connor. *The Americans*. Season 1, episode 1. FX, January 30, 2013.

11 자본주의

"A Tiki Scare Is No Fair," Joe Ruby, Ken Spears. *Scooby-Doo, Where Are You!*. Season 2, episode 6. CBS, October 17, 1970.

"Mine Your Own Business," Joe Ruby, Ken Spears. *Scooby-Doo, Where Are You!*. Season 1, episode 4. CBS, October 4, 1969.

12 타이태닉

"Unsinkable," Daniel Mendelsohn. *The New Yorker*, April 9, 2012.

13 반복

"The Thrill Is Gone," Rick Darnell, Roy Hawkins. *Completely Well*, B. B. King. Bluesway/ABC Records, 1969.

"I'll Come Running," Brian Eno. *Another Green World*, Brian Eno. Island, 1975.

14 예술

"Midnight Lace #2," Philip Monaghan. "The Late Show" Project, 2010-2015.

"The Late Show," David Trinidad. *The Late Show*. Turtle Point Press, 2007.

"Peyton Place: A Haiku Soap Opera," John Bresland. *Blackbird*, 2015.

Peyton Place: A Haiku Soap Opera, David Trinidad. Turtle Point Press, 2013.

15 자기만의 것

A Room of One's Own, Virginia Woolf. Hogarth Press, 1935.[*]

Mrs. Woolf and the Servants, Alison Light. Bloomsbury, 2008. 울프의 언니가 〈거의 믿을 수 없을 만큼 멍청하다〉고 묘사했던 한 여성은 글 쓸 여유가 없었는데도, 그리고 하층 계급은 문학을 생산하지 않는다는 울프의 단언에도 불구하고, 그 언니의 집에서 가정 교사로 일했던 경험에 관한 소설을 구상했다. 절반쯤 완성된 소설은 그 가정 교사가 떠난 뒤에 발견되었다. 하지만 후대를 위해 보존되지는 않았으므로, 우리는 울프의 언니가 그것을 〈엄청나게 씁쓸한〉 작품이라고 느꼈다는 사실만 알고 있다.

16 구겐하임

"Peggy Guggenheim Influencer Overview and Analysis," Rebecca Seiferle. *The Art Story*, www.theartstory.org. December 26, 2018.

Peggy Guggenheim: The Shock of the Modern, Francine Prose. Yale University Press, 2015.

17 자본주의

Debt: The First 5,000 Years, David Graeber. Melville House, 2014.

"Were the Jews Moneylenders Out of Necessity?," Maristella Botticini, Zvi Eckstein. *Reform Judaism*, Spring 2013.

Caliban and the Witch: Women, the Body and Primitive Accumulation, Silvia Federici. Autonomedia, 2014. First published 2004.[**] 페데

---

[*] 버지니아 울프, 『자기만의 방』, 공경희 옮김(열린책들, 2022). 그 외 여러 출판사에서 펴냈다.

[**] 실비아 페데리치, 『캘리번과 마녀』, 황성원 · 김민철 옮김(갈무리,

리치는 12세기 유대인의 사회적 지위에 대해서 이렇게 말한다. 〈유대인이 대부업자로서 왕이나 교황이나 고위 성직자에게 돈을 빌려주던 일을 기독교인 경쟁자들에게 빼앗긴 것, 그리고 유대인에게 새로운 차별적 규칙들 — 가령 특징적인 옷을 입어야 한다는 규칙 — 이 부여되고 더 나아가 그들이 영국과 프랑스에서 축출된 것 사이에는 실제로 의미심장한 상관관계가 있다. 교회에게 비하당하고, 기독교인 인구로부터 더욱 분리되고 — 그들에게 허락된 몇 안 되는 직업 중 하나인 — 대부업을 마을 차원에서만 할 수 있도록 제약된 유대인은 그들에게 빚을 진 농민들의 손쉬운 표적이 되었다. 농민들은 부자에 대한 분노를 종종 유대인에게 분출했다.〉

"The Usurer and the Merchant Prince: Italian Businessmen and the Ecclesiastical Law of Restitution, 1100–1550," Benjamin N. Nelson. *Journal of Economic History*, 1947.

The Gift: Creativity and the Artist in the Modern World, Lewis Hyde. Vintage, 2007. First published 1983.[*]

"How Toni Morrison Fostered a Generation of Black Writers," Hilton Als. *The New Yorker*, October 27, 2003.

4부 회계

1 예술

Debt to Society: Accounting for Life under Capitalism, Miranda Joseph. University of Minnesota Press, 2014.

"Free Flight," June Jordan. *Passion*. Beacon Press, 1980.

2 복숭아를 먹어요

James and the Giant Peach, screenplay by Karey Kirkpatrick, Jonathan Roberts, Steve Bloom, directed by Henry Selick. Walt Disney

2011).

* 루이스 하이드, 『선물』, 전병근 옮김(유유, 2022).

Pictures, 1996.

Eat a Peach, The Allman Brothers Band. Capricorn, 1971.

The Unquiet Grave: A Word Cycle, Cyril Connolly (Palinurus, pseudonym). Hamish Hamilton, 1946.

"The Love Song of J. Alfred Prufrock," T. S. Eliot. *Collected Poems 1909 – 1962*. Harcourt, 1963.

3 회계

"Karl Marx Considers His Prospects" (postcard), Cabinet, Summer 2013.

Income's Outcome, Danica Phelps. 2012 – (ongoing).

"Income's Outcome," Danica Phelps. www.danicaphelpsprojects.com.

The Cost of Love, Danica Phelps. 2012.

"From Paint to Pixels," Jacoba Urist. *The Atlantic*, May 14, 2015.

"About the Exhibition: Danica Phelps, *Mark Down*, September 12 – October 17, 2009," Galerie Judin, Berlin. www.galeriejudin.com.

"The Art Market Doesn't Want Us to Ask Where the Money Comes From," Barbara Bourland. *Literary Hub*, July 2, 2019.

"Danica Phelps. Income's Oucome Septeber 19 – October 10, 2013," Nieves Fernández, Madrid. www.nfgaleria.com.

4 자본주의

Debt: The First 5,000 Years, David Graeber. Melville House, 2014. 그레이버는 마르크스가 1875년 「고타 강령 비판Kritik des Gothaer Programms」에 썼던 문구에 들어 있는 〈각자his〉라는 표현을 〈모두they〉로 살짝 바꾸어서 말했다. 이 문구는 마르크스가 만들어 낸 것은 아니고, 이전부터 있었던 사회주의 슬로건이었다.

The World Turned Upside Down: Radical Ideas During the English Revolution, Christopher Hill. Penguin Books, 1991. First published 1971.

"Which Way to the City on a Hill?," Marilynne Robinson. *New York Review of Books*, July 18, 2019. 이 글에서 로빈슨은 〈청교도적〉이라는 단어가 〈자본주의〉라는 단어와 마찬가지로 우리가 대체로 정확한 뜻을 모르고 쓰는 단어들 중 하나라고 말한다. 그리고 그녀에 따르면, 〈리버럴liberal〉이라는 단어도 마찬가지다. 《《리버럴》이라는 단어와 그것의 여러 형태는 꽤 최근까지만 해도 미국의 사회사상에서 성서가 축복하고 명령하는 관대함, 신앙과 사랑에 기반을 둔 너그러움을 가리키는 말로 쓰였다. 시간이 흐르자 이 단어가 세속적 맥락에서도 쓰이게 되었지만, 그 핵심적 의미는 계속 간직되었다. 그런데 이후 누군가가 영국인이 이 단어를 쓸 때는 전혀 다른 뜻을 의미한다는 것, 게다가 그것이 우리 관점에서는 나쁜 뜻에 해당한다는 것을 알아차렸다. 자칫 실수가 벌어질까 봐 염려한 사람들은 이 단어를 쓰지 않게 되었다. 그래서 우리의 전통은 그것이 쓰인 용어 그대로는 읽을 수 없는 것이 되었으니, 맥락을 이중 잣대로 여기는 새로운 해석학의 관점에서 보자면 자본주의적인 것이 되어 버리는 것이다.〉

Caliban and the Witch: Women, the Body and Primitive Accumulation, Silvia Federici. Autonomedia, 2014. First published 2004.[*]

5 화이트 러시안

Revoliutsiia! Demonstratsiia! Soviet Art Put to the Test. Art Institute of Chicago, October 29, 2017 – January 15, 2018.

I Am Not Your Negro, written by James Baldwin, Raoul Peck, directed by Raoul Peck. Magnolia Pictures, 2016.

Beat the Whites with the Red Wedge, El Lissitzky. 1919.

6 스파이들

"Inheritance," Alexander Chee. *How to Write an Autobiographical Novel*:

---

[*] 실비아 페데리치, 『캘리번과 마녀』, 황성원·김민철 옮김(갈무리, 2011).

Essays. Mariner Books, 2018.[*]

The Captive Mind, Czesław Miłosz. Vintage Books, 1955.

"'Ketman' and Doublethink: What It Costs to Comply with Tyranny," Jacob Mikanowski. *Aeon*, October 9, 2017.

Race Diplomacy: African American International Diplomacy, 1855 – 1955, Athan Biss. Dissertation submitted for the degree of Doctor of Philosophy (History). University of Wisconsin-Madison, 2018. 호머 스미스의 삶에 관한 정보는 모두 이 논문에서 가져왔다. 이 논문에는 저자가 모스크바의 러시아 국립 사회 정치사 기록 보관소에서 수행한 독창적 연구도 포함되어 있다.

"Negroes in Russia Devoted to Stalin," Homer Smith (Chatwood Hall, pseudonym). *Pittsburge Courier*, July 31, 1937. 에이던 비스의 표현을 빌리자면, 스미스의 글에는 〈정치적 프로파간다 작성자들의 문장이 갖고 있기 마련인 문체적 결함〉이 드러난다.

"Introduction: The Price of the Ticket," James Baldwin. *The Price of the Ticket: Collected Nonfiction*, 1948 – 1985. St. Martin's Press, 1985.

7 시민

The World Falls Away, Wanda Coleman. University of Pittsburgh Press, 2011.

Manifesto of the Communist Party, Karl Marx, Friedrich Engels. *Marx/Engels Selected Works*, volume 1. Pregress Publishers, 1969. First published 1848.[**]

The Mushroom at the End of the World: On the Possibility of Life in Capitalist Ruins, Anna Lowenhaupt Tsing. Princeton University

* 알렉산더 지,『자전소설 쓰는 법』, 서민아 옮김(필로소픽, 2019).

** 카를 마르크스 · 프리드리히 엥겔스,『공산당선언』, 이진우 옮김(책세상, 2018). 그 외 여러 출판사에서 펴냈다.

Press, 2017.[*]

The Precariat: The New Dangerous Class, Guy Standing. Bloomsbury Academic, 2011.

8 물

An Inquiry into the Nature and Causes of the Wealth of Nations, volume 1, Adam Smith. Liberty Fund, 2009. First published 1776.[**]

9 예술

The Coronation of the Emperor Napoleon I and the Crowning of the Empress Joséphine in Notre-Dame Cathedral on December 2, 1804, Jacques-Louis David. 1807.

"Apeshit," music video directed by Ricky Saiz. Parkwood, Roc Nation, 2018.

"Boss," Beyoncé, Shawn Carter, Tyrone Griffin, Jr., Dernst Emile II. *Everything Is Love*, the Carters. Parkwood, Sony, Roc Nation, 2018.

"Apeshit," Pharrell Williams, Beyoncé, Shawn Carter, Quavious Keyate Marshall, Kiari Kendrell Cephus. *Everything Is Love*, the Carters. Parkwood, Roc Nation, 2018.

The Raft of the Medusa, Théodore Géricault. 1818–1819.

The Massacre at Chios, Eugène Delacroix. 1824.

Venus de Milo, Alexandros of Antioch. 101 BC.

"Art and Property Now," John Berger. *Landscapes: John Berger on Art*. Verso, 2016.[***]

---

[*] 애나 로웬하웁트 칭, 『세계 끝의 버섯』, 노고운 옮김(현실문화, 2023).

[**] 애덤 스미스, 『국부론』, 김수행 옮김(비봉출판사, 2007). 그 외 여러 출판사에서 펴냈다.

[***] 존 버거, 『풍경들』, 신해경 옮김(열화당, 2019).

10 피

"The Tragedy of the Commons," Garrett Hardin. *Science*, December 13, 1968.

11 자전거 선언문

"Interview with Cauleen Smith and Brandon Breaux," Hans-Ulrich Obrist, Cauleen Smith, Brandon Breaux. *Creative Chicago: An Interview Marathon*, Hans-Ulrich Obrist, Alison Cuddy. Terra Foundation for American Art, 2019.

"What Driving Can Teach Us about Living," Rachel Cusk. *New York Times*, January 3, 2019.

12 포옹

This Is Not a Novel, David Markson. Counterpoint, 2001.

Dictée, Theresa Hak Kyung Cha. Tanam Press, 1982.*

Pond, Claire-Louise Bennett. Riverhead Books, 2017.

Holy Land: A Suburban Memoir, D. J. Waldie. W. W. Norton & Company, 1996.

Outline: A Novel, Rachel Cusk. Farrar, Straus and Giroux, 2014.**

Agaat, Marlene van Niekerk, translated by Michiel Heyns. Tin House Books, 2010.

13 사직

"William Faulkner Was Really Bad at Being a Postman," Emily Temple. *Literary Hub*, September 25, 2018.

As I Lay Dying, William Faulkner. Vintage, 1990. First published 1930.***

* 차학경, 『딕테』, 김경년 옮김(문학사상, 2024).

** 레이철 커스크, 『윤곽』, 김현우 옮김(한길사, 2020).

*** 윌리엄 포크너, 『내가 죽어 누워 있을 때』, 김명주 옮김(민음사,

14 일

"She Works Hard for the Money," Donna Summer, Michael Omartian.
She Works Hard for the Money, Donna Summer. Mercury, 1983.

"She Works Hard for the Money," music video directed by Brian Grant.
Mercury, 1983.

15 내가 원한 것은 오직

"Emily Dickinson Face to Face: Unpublished Letters with Notes and
Reminiscences," Martha Dickinson Bianchi. *Emily Dickinson:
Critical Assessments*, volume 2, edited by Graham Clarke. Helm
Information, 2002.

"I'm Nobody! Who are you?" (260), Emily Dickinson. *The Poems of
Emily Dickinson: Reading Edition*, edited by R. W. Franklin.
Belknap Press of Harvard University Press, 1999.

"Repulsed by Pharma-Bro Martin Shkreli? Maybe You Also Hate
Capitalism," Jesse Myerson. *In These Times*, February 22, 2016. 이
글에서 마이어슨은 슈크렐리가 우탱의 음반을 구입한 것에 대해 이
렇게 말한다. 〈이 상황은 구체적인 측면에서는 분명 독특한 것이었
다. 그러나 이 상황의 핵심 요소 중 하나는 전례가 많을 뿐 아니라 심
지어 미국의《인종적 자본주의》가 품은 고질이라고도 할 수 있으니,
바로 문화적 전유다.〉마이어슨은 문화적 전유를〈한 사람의 문화를
다른 사람의《재산》으로 변형시키는 것〉이라고 정의한다.

Peyton Place: A Haiku Soap Opera, David Trinidad. Turtle Point Press,
2013.

18 선물

The Law of Freedom in a Platform; or, True Magistracy Restored, Gerrard
Winstanley. 1952.

The Gift: Creativity and the Artist in the Modern World, Lewis Hyde.

2003). 그 외 여러 출판사에서 펴냈다.

Vintage, 2007. First published 1983.[*]

19 소진

My Wars Are Laid Away in Books: The Life of Emily Dickinson, Alfred
　　Habegger. Modern Library, 2002. 〈소진〉 꼭지의 마지막 문장으로
　　쓰인 디킨슨의 인용구는 그녀가 오티스 필립스 로드에게 보낸 편지
　　의 초고에서 가져왔다. 전체 문장은 이렇다. 〈제가 당신에게 허락하
　　지 않을 때 당신이 가장 행복하다는 걸 당신은 모르시나요? 우리가
　　언어에게 부여한 가장 야성적인 단어가《아니요》라는 걸 당신은 모
　　르시나요? / 아시겠지요, 당신은 모든 걸 아시니까요.〉 하비거는 이
　　렇게 말한다. 〈누구인지 몰라도 이 중요한 말이 담긴 원고를 보관했
　　던 사람은 이 말만 원하고 나머지는 원하지 않았다. 종이는 이 문장
　　들의 위와 아래에서 가위로 잘려 있다.〉
"Blame Economists for the Mess We're In," Binyamin Appelbaum, *New
　　York Times*, August 24, 2019.

20 구덩이

The Unquiet Grave: A Word Cycle, Cyril Connolly (Palinurus,
　　pseudonym). Hamish Hamilton, 1946.
"At the Dam," Joan Didion. *The White Album*. Farrar, Straus and
　　Giroux, 1990. First published 1979.

후기

A Woman of Property, Robyn Schiff. Penguin Books, 2016.
The Affluent Society, John Kenneth Galbraith. Mariner Books, 1998.
　　First published 1958.
"Imposter," Alexander Chee. *How to Write an Autobiographical Novel:
　　Essays*. Mariner Books, 2018.[**]

　　[*] 루이스 하이드, 『선물』, 전병근 옮김 (유유, 2022).
　　[**] 알렉산더 지, 『자전소설 쓰는 법』, 서민아 옮김 (필로소픽, 2019).

Frank O'Hara: The Poetics of Coterie, Lytle Shaw. University of Iowa Press, 2016.

Coteries and Gossip, David Trinidad. Split Series, volume 4. The Lettered Streets Press, 2019.

Understanding Class, Erik Olin Wright. Verso, 2015.[*]

"What Is Considered Middle Class Income?," Kimberly Amadeo. *The Balance*, June 18, 2019.

"Household Wealth Trends in the United States, 1962 – 2016: Has Middle Class Wealth Recovered?," Edward Wolff. National Bureau of Economic Research Working Paper No. 24085, November 2017.

A Room of One's Own, Virginia Woolf. Hogarth Press, 1935.[**]

Women, the New York School, and Other True Abstractions, Maggie Nelson. University of Iowa Press, 2011.

[*] 에릭 올린 라이트, 『계급 이해하기』, 문혜림·곽태진 옮김(산지니, 2017).

[**] 버지니아 울프, 『자기만의 방』, 공경희 옮김(열린책들, 2022). 그 외 여러 출판사에서 펴냈다.

옮긴이의 말

재작년 어느 백만장자의 〈기행〉이 세계적으로 화제가 된 일이 있었다. 스위스 재벌 집안의 상속자 중 한 명인 당시 32세 여성 마를레네 엥겔호른이 물려받은 돈 2천5백만 유로(당시 기준 한화 370억 원)를 거의 모두 사회에 환원한 사건이었다. 특히 화제가 되었던 대목은 이 결정이 상속세가 아예 없는 스위스의 분배 체계에 대한 비판이었다는 점, 그리고 엥겔호른이 평범한 시민 50인으로 구성된 회의를 조직하여 그 돈의 바람직한 분배 방식을 결정하도록 맡겼다는 점이었다. 부의 재분배에 대한 사회적 실험이라 할 수 있었던 이 사건에서 내가 눈길이 간 대목이 하나 더 있었다. 『뉴요커 *The New Yorker*』 기자가 엥겔호른에게 〈불평등한 사회에서 부자가 된다는 것은 다른 사람들의 삶을 희생시킨 결과〉라는 생각에 어떻게 도달하게 되었는지를 묻자, 엥겔호른은 40여 권의 책 제목을 답으로 내놓았다. 그중 가장 최근에 출간된 책 두 권이 네덜란드 철학자 잉그리드 로베인스의 『부의 제한선』과 바로 이 책 『소유하기, 소유되기』였던 것이다. 이 책의 무엇이 엥겔호른에게 영향을 미쳤을까?

　『소유하기, 소유되기』의 이야기는 율라 비스가 생애 처음 집을 구입하는 것으로 시작한다. 청년 시절에 거의 아무것도 소유하지 않는 가난한 예술가로 살아갔던 그가 이제 중년에 접어들며 어엿한 중산층이 된 것이다. 비록 30년 할부금이 걸려 있긴 하지만, 이 집은 그의 새로운 처지를 보여 주는 상징이다. 그가 새로이 소유하게 된 피아노, 정원, 소스 그릇도 마찬가지다.

　그는 물론 이런 소유가 주는 안정성을, 혹은 안정성에의 환상을 즐긴다. 그러나 여기에는 대가가 따른다. 그는 특권이 본질적으로 사람을 멍청하게 만드는 힘이라는 것을 안다. 자신이 여성으로서는 상대적으로 특권을 덜 누리지만 백인으로서는 누리고 있다는 것을 안다. 그런데 여기에 물질적 안락함이라는 특권이 더해진다면? 그는 이 변화가 자신을 어떻게 바꿔 놓을지 불안이 든다. 그래서 아직은 낯설게 느껴지는 이 소유의 감각, 소유하는 자의 멘털리티를 혼란스러운 모습 그대로 기록하기로 결심한다.

그가 소유와 아늑하게 조화하지 못하는 이유가 더 있다. 그는 예술가다. 그리고 그가 생각하는 예술은 경제적 가치 판단의 잣대로부터 벗어나 있다는 점에서 자유롭고 해방적인 활동이다. 그런 예술이 자본주의하에서 일이 될 수 있을까? 돈을 벌기 위한 다른 일에 시간을 쏟느라 예술을 할 시간이 부족해질 때, 예술가는 어떤 선택을 할 수 있을까? 창작 지원금을 받는 것은 자신의 예술을 〈팔아넘기는〉 짓일까?

『소유하기, 소유되기』는 비스가 스스로에게 이런 질문들을 던져 보는, 일종의 자기비판이자 자기 점검이다. 그 한없이 사적인 기록은 뜻밖에 (혹은 관점에 따라서는 당연히) 자본주의, 소비, 소비자 정체성, 축적, 선물, 투자, 가치, 계급, 일, 불안정성, 자유, 시간, 그리고 예술이라는 노동에 대한 고찰로 나아간다. 이 길에서 버지니아 울프, 조앤 디디온, 에밀리 디킨슨, 토니 모리슨 같은 선배 여성 작가들의 경험은 길잡이가 되어 주는 동시에 반면교사로 보이기도 한다.

[여기서부터는 사소하나마 일종의 스포일러에 해당하는 내용이 있으니, 책을 다 읽지 않은 분은 피하셔도 좋겠습니다.]

생각을 하면 할수록 더 많은 딜레마가 탄생하는 과정 끝에, 비스는 친구에게 이 책을 어떻게 끝맺어야 할지 모르겠다고 털어놓는다. 친구는 대답한다. 〈당연하지. 그 책을 끝낼 유일한 방법은 너희 집을 불태워 버리는 것뿐이야.〉 비스는 깔깔 웃으며 동의한다. 독자인 나도 깔깔 웃는다. 그러면서 속으로 생각해 본다. 내가 비스라면, 집을 불태울 수 있을까? 아니, 나는 전혀 자신이 없다. 그렇다면 나는 비스와 마찬가지로 이 책이 끝나는 지점에서 스스로 더 복잡한 해결책을 찾아 나서야만 하는 셈이다.

『소유하기, 소유되기』의 일인칭 서술이 우리에게 미치는 영향은 바로 이런 것인지도 모르겠다. 이 책은 일종의 거울이다. 비스의 개인적 경험은 우리 각자의 경험을 비추어 사고해 볼 반사판으로 기능한다. 물론 비스의 자리에 자신을 놓아 이입하기가 불가능한 독자도 있겠고 그런 독자에게 이 거울의 쓸모는 한정적이겠지만, 나처럼 이 거울에 자신을 비추어 봄으로써 그동안 간과하거나 지레 풀 수 없다고 포기했던 고민들을 직시하게 되는 독자도 많을 것이다. 엥겔호른도 아마 그런 독자였으리라. 그리고 그런 독자들끼리 대화를 나눌 때, 이 개인적 경험은 정치적 경험으로 확장되는 계기가 될 수 있다.

마지막으로 덧붙이면, 비스는 이 책을 출간한 후 결

국 직장을 그만두었다고 한다. 전업 작가가 된다는 것은 예술로써 예술할 시간을 벌겠다는 뜻인데, 그것은 잘 풀릴 경우에는 푸코의 진자처럼 스스로 추진력을 얻는 과정이 될 수 있지만 안 풀릴 경우에는 그 위태로움 위에서 예술이 균형을 잡지 못하고 추락해 버릴지도 모르는 일이다. 사실은 처음에 일기로 쓰기 시작한 이 글을 출간한 것도 비스에게는 그와 유사한 하나의 선택이었을 것이다. 어쨌거나 독자인 나로서는 이 탁월하게 영민하고 섬세한 작가의 글을 읽을 수 있다는 점에서 고마울 뿐이다. 그리고 그가 언제까지나 이처럼 자기 자신의 가장 가렵고 부끄럽고 신경 쓰이는 딱지를 굳이 긁어 부스럼 내는 글을 써주기를 기대한다. 그것은 우리 중에서도 가장 용감한 사람만이 할 수 있는 일이기 때문이다.

김명남

옮긴이 **김명남** 카이스트 화학과를 졸업하고 서울대학교 환경대학원에서 환경 정책을 공부했다. 인터넷 서점 알라딘 편집팀장으로 일했고 현재 전업 번역가로 일한다. 『우리 본성의 선한 천사』로 55회 한국출판문화상 번역 부문을 수상했다. 그 밖의 옮긴 책으로 『면역에 관하여』, 『경험 수집가의 여행』, 『비커밍』, 『우리는 언젠가 죽는다』, 『틀리지 않는 법』, 『지상 최대의 쇼』, 『남자들은 자꾸 나를 가르치려 든다』, 『여자들은 자꾸 같은 질문을 받는다』 등이 있다.

소유하기, 소유되기

발행일	2026년 2월 25일 초판 1쇄
	2026년 3월 20일 초판 3쇄

지은이	율라 비스
옮긴이	김명남
발행인	홍예빈
발행처	주식회사 열린책들

경기도 파주시 문발로 253 파주출판도시
전화 031-955-4000 팩스 031-955-4004
홈페이지 www.openbooks.co.kr 이메일 humanity@openbooks.co.kr

Copyright (C) 주식회사 열린책들, 2026, *Printed in Korea.*
ISBN 978-89-329-2557-8 03840